半半集

王国安 著

宁波出版社

图书在版编目(CIP)数据

半半集 / 王国安著． — 宁波：宁波出版社，2018.9

ISBN 978-7-5526-3284-2

Ⅰ．①半… Ⅱ．①王… Ⅲ．①中国文学－当代文学－作品综合集 Ⅳ．① I217.2

中国版本图书馆CIP数据核字（2018）第177288号

半半集

著　　者	王国安
出版发行	宁波出版社
地址邮编	宁波市甬江大道1号宁波书城8号楼6楼
责任编辑	王　苏
责任校对	虞姬颖
装帧设计	金字斋
印　　刷	宁波白云印刷有限公司
印　　张	16.5
开　　本	710毫米×1000毫米　1/16
字　　数	214千
版　　次	2018年9月第1版
印　　次	2018年9月第1次印刷
标准书号	ISBN 978-7-5526-3284-2
定　　价	38.00元

序

徐　正

在纸媒干了整整 36 年，免不了要写很多东西，但为朋友的文集作序，这还是第一次。

欣然承接王国安老师托付的作序任务，原因不外乎两个：一来王老师是我相处多年的好朋友，又是党校球友圈内有着很好口碑的球友。我进入党校球友圈就是他引荐的。为这样的老朋友出的书作序，自然义不容辞。二来《半半集》收集的美文，有不少是在《宁波日报》《宁波晚报》发表的。作者浓浓的纸媒情结以及对纸媒持之以恒的关爱、支持，着实让我感动不已。作为在这两家报社领导岗位待过多年的老报人，写此序言也算是对王老师做一点小小的回报吧。

自 20 世纪 90 年代起，王老师就在我待过的这两家纸媒发表文章。他的大名我早有所闻，不过真正认识他并结为好友，好像还是五年前进入党校球友圈之后。数年相处下来，他给我的印象是为人随和、耿直厚道、重情义、心态、人缘俱佳；知识渊博、兴趣广泛，对生活充满热爱；做事认真、踏实，这不仅仅体现在做课题上，也体现在业余写作上。这次有幸拜读了他将要出版的文集，使我进一步加深了上述这些印象。

《半半集》收集的四大类作品，展现了作者流畅、优美的文笔，朴实无华的文风。入选的散文、游记，虽无华丽的辞藻，无刻意的煽情话语，却能让人感受到作者很深的人文情怀，感受到他对生活、对社会、对祖国大好河山和悠久历史的细腻观察、品味和独到的感悟。书评、影评也很有可读性,表述通俗易懂,有独到的分析和见解,注重全球视野与地方特色相结合,展现了作者扎实的文字功底和文学理论修养。总之,花点时间去细细品味此书,有益于长知识、开眼界,养成良好的价值取向和审美情趣。

受学识和文字篇幅限制,对王老师文集的点评也许很不到位,只完成了一半。不过我认为点评的话说到一半更好。留一点空间,另一半让获赠此书的朋友们去完成,王老师肯定开心。这样做也与他取的《半半集》书名相吻合。

(作者系《宁波日报》原总编辑、宁波市记协主席)

目 录

序 \ 1

第一辑 笔 谭

绵绵的思念 \ 3
记　得 \ 6
怀念父亲 \ 8
岳父的往事 \ 12
梦回大唐 \ 16
满陇桂雨 \ 25
诗路之行 \ 27
月湖西区 \ 31
丝路之行 \ 35
北大学者马寅初 \ 39
北大的"游学生" \ 47
大佳何脱贫致富后 \ 50
怀念旧居 \ 54
河南古城 \ 58
杜宣甬上行 \ 65

陈汉章与缀学亭╲68

感谢电影╲70

母亲病了╲72

雁塔题名╲73

高山景行╲76

第二辑 杂 记

北非散记╲87

机上黑美人╲100

长白山天池╲102

西欧散记╲104

庐　山╲113

黄鹤楼╲115

革命圣地井冈山╲117

登天都峰╲119

话说澳门╲121

界　石╲123

金陵第一名胜╲125

女儿的朋友╲127

自费旅游的徐霞客╲129

谁听说荣国府内讲英语╲131

吃鸳鸯火锅去╲134

伴园苏帮菜╲136

苏州博物馆╲140

嫁　女╲143

送　行 \ 145

第三辑　书　话

文学作品才是不朽的财富
　　——重读《张贤亮选集》\ 149
胸怀世界，居安思危
　　——读戴旭的《C形包围》\ 152
道德的光芒比阳光还要灿烂
　　——读亚当·斯密和他的《道德情操论》\ 154
吴文英和他的词 \ 157
政治观的保守并不能掩盖他学术成就的辉煌
　　——读《王国维传》\ 160
读《唐诗美学论稿》\ 164
为国医大家立传
　　——评章倩如的《国医大家钟一棠》\ 168
漫谈朱惠民的白马湖文派研究 \ 172
简约而不简单
　　——读《千年文脉·浙东学术文化》\ 175
宣言的历史贡献及其时代局限 \ 178
重读柔石和《为奴隶的母亲》\ 183
茨威格和《人类群星闪耀时》\ 187
《生活的艺术》漫谈 \ 191
读书偶记 \ 194

第四辑　影　评

剪得好 \ 199

宝刀不老话谢晋 \ 201

历史不能戏说

——看《宋家三姐妹》有感 \ 202

《辛德勒的名单》随想 \ 204

电视病八种 \ 206

"恐龙"来了

——"好莱坞"入侵法兰西 \ 208

丢掉的不仅仅是大奖 \ 210

武打片重又走红 \ 211

好莱坞电影"蚕食"电影市场 \ 213

镭射电影的新走势 \ 215

"灯笼"终于挂出来 \ 217

"谢晋电影"的嬗变 \ 219

谈谈结尾 \ 222

可喜的第一步

——市首届电视剧"敦煌杯"评奖述评 \ 223

内心的色彩化

——谈《决战之后》的导演风格 \ 225

味在咸酸之外 \ 227

春节联欢晚会众人谈 \ 228

演不完的社会悲剧

——从《法外情》看港台伦理片 \ 229

不朽的史诗

——兼谈《周恩来》的叙事结构和流程 \ 231

疯狂的爱神

——谈史蜀君的《燃烧的婚纱》\ 233

见物不见人

——评《你好,太平洋》\ 235

我看《渴望》中的刘慧芳 \ 237

人性的呼唤

——评白沉的"女性三部曲" \ 238

扭曲了的母子情 \ 240

是是非非之间

——从《兵临绝境》看人物性格的矛盾运动 \ 242

"王朔电影"应当休矣 \ 244

让生命更具力度

——评琼瑶片《庭院深深》的结尾 \ 247

一个"圆形人物"

——李慧泉形象赏析 \ 248

徐义德和他的太太们 \ 249

《开国大典》观赏 \ 251

后 记 \ 253

第一辑 笔谭

绵绵的思念

2017年的最后一天,我因出版个人文集之事而想到我的中学老师陈铭,准备请他当面指教,但翻遍家里通讯录,都没有找到陈先生的电话,辗转向与先生熟识的一位朋友打听,不料朋友说陈先生单位的通讯录里已没有他的联系方式。那时我就有一种异样的感觉。尽管朋友说会通过熟人再打听,等有了消息立即告诉我,但我心里已经惴惴不安。没过多久,朋友就回电告诉我说陈先生已经在杭州辞世。这个消息令我震惊,兀自唏嘘不已,感叹人生无常。

朋友说先生走的时候很突然,事先并没有什么征兆,他是因心肌梗死猝然离世的。先生虽然不在了,但我却无法忘记他。

我与陈铭先生相逢于20世纪70年代初。当时,"文革"还没有结束,作为"一代词宗"夏承焘的研究生,他被下放到我老家的乡镇中学——天台屯桥中学,担任我们的语文老师。在偏僻小镇遇上如此学问高深的老师,那真是"先生不幸学生幸"。陈先生不仅教我写作,还教我打乒乓球。我从他那里学习了写作和打乒乓球的基本功,受益匪浅。

屯桥中学毗邻山区,是天台县的一所普通中学,没有什么像样的校舍和校园环境。1972年秋,学校开始招收高中班,我是首届高中学生,上课的地方是在原礼堂北面的一幢二层楼房。虽然条件简陋,但因当时特殊的政治环境,来了一批优秀的教师,陈先生就是其中之一,所以学习的氛围很是浓厚。陈先生上课几乎不用讲稿,出口成章,是大学教师的那种风格,不是一般中学教师的讲课模式。有一年上公开课,许多中学的语文老师都赶来观摩,他讲的《百合花》赢得满堂彩,让听课的老师和学生都开了眼界。陈先生的板书也给我留下深刻印象。他的粉笔字写得不多,不像其他老师那样完整、有条理,但常常能够画龙点睛,几个关键词一拎,便有提纲挈领的作用。陈先生温文尔雅,字也写得很好,有一种书法的美感。因此,在课堂上听他讲课、看他写字,是一种享受。

课余,陈先生教学生打乒乓球。我和徐强、徐新华是校乒乓球队的队员,也是陈先生重点培养的对象。那时,读书还是比较轻松的。因为上大学是推荐的,没有高考的压力。我从小爱打乒乓球,但没人指导,打得很不规范,对打球的理解也肤浅。陈先生就指导我说,打球和写文章一样,要取法乎上,才会不断进步。比赛时,要做到行乎当所行,止乎当所止。什么时候进攻,什么时候不能攻,都要心中有数。在他的指导下,我的球技有了明显提高。

陈先生乐观豁达,为人宽和,虽然被"贬"到乡下,但他作为一个学者,没有放弃学术思考和探索。白天,他教我们写作;晚上,他研究学问。在山村寂静的夜晚,他仔细研读《龚自珍全集》,想象这个历史人物的真实面貌,为日后著书立说打基础、做准备。

1974年高中毕业,我当了民办教师。"文革"结束后,我考上大学,那时候陈先生也调回杭州科研机构工作,担任浙江省社科院文学研究所首任所长、研究员,创建了古代文学学科,培养人才。1997年,我和他人合作出版了一部长篇报告文学后,曾送书到他的杭州寓所。他很高兴,鼓励我多写作,随手回赠我两本书。一本是他的《龚自珍综论》,另一本是他校点的《清八大名家词集》,并题上自己的名字,作为留念。

记得2008年3月,我到省社科规划办为所在单位申报国家课题,邀请陈先生来附近的莲花宾馆小聚。一起陪同的还有省社科规划办和浙江社会科学杂志社的领导。那天,天气晴朗,惠风和畅,大家聚集一堂,相谈甚欢。席间,陈先生又送我一本书《剑气箫心——龚自珍传》,这是先生研究龚自珍的专著。和11年前一样,他又签上自己的名字。未曾想这竟是我们的最后一面,如今我和先生已是天人永隔。

翻阅陈先生的这部著作,书中主人公龚自珍的猝死可能是因为心脏病,想不到先生自己也因心脏病而遽然离世,这难道是一种巧合?陈先生1939年生于广州,2017年卒于杭州,在浙江工作50多年。他一生低调谦和,但桃李不言下自成蹊。他去世后,学界在悼念他为人宽和、不立崖岸、提携后学的道德品格时,也充分肯定了他在古代文学领域取得的重要成就,尤其值得称道的是他的《唐诗美学论稿》等著作,在学术界产生了重要影响。其实,早在1988年,《读书》杂志就发表了卫军英先生的书评,认为《唐诗美学论稿》一书从美学的视角评论唐诗,无论其体系建构抑或论述观点,所表现出来的探索精神,都是唐诗本体研究的"一种突破";同年,《浙江学刊》也刊载了骆寒超先生的书评,认为《唐诗美学论稿》具有"开拓之功","作者对唐一代诗歌展开宏观的考察中,渗透着开放的文学观念和更新的研究方法"。

当然,先生的学术贡献不止于此,正如他的同事吴蓓研究员(浙江省社科院文学研究所原所长)所说,除唐诗宋词之外,清词也是陈先生涉猎的领域,他撰有《清词的中兴与衰微》等论文,校点过钱仲联选编的《清八大名家词集》。陈先生还是龚自珍和王国维的"知音"与"解人",写过这两位大才子的传记。

如今,先生已经驾鹤西去,或许是去找他的"知音"龚自珍和王国维了,而留给我的却是绵绵的思念。

(原载《宁波晚报》副刊 2018年3月23日)

记　得

　　20年前,《宁波晚报》创刊时,我们本市的一批作者就开始在晚报副刊写作。那时晚报副刊编辑是从《宁波日报》副刊过来的,因我们原是《宁波日报》副刊的作者,所以和编辑比较熟悉,编辑常常会与我们联系一些版面、内容方面的事情。记得有一年年底,编辑电话联系我们,准备在过年后出一期春节联欢晚会的笔谈,要求我们几个作者看了春晚后,每人写一篇笔谈。

　　接到任务后,我内心既高兴又纠结。高兴的是编辑看得起我们,约我们写春晚评论文章。可纠结的是,大过年的又要爬格子折腾,过不好年啦。那时还是20世纪90年代,没有用电脑写作,我们写稿子都离不开稿纸和笔,所谓"爬格子"是也。

　　那年除夕夜,我和家人看完春晚后迎来了新年。由于惦记着春晚笔谈,没睡多久就起床写稿。写完后又反复修改几次。大年初一就这样过去了。

　　第二天一早,怕邮寄晚了误事,吃过早饭就骑车送到永寿街报社大楼。那天天气比较冷,可我一路上心却有些热。两天后,当"春晚笔谈"在副刊刊出后,心里觉得特别温暖。

　　打开泛黄的旧报,回忆总是美好的。1997年2月6日,当我们创作的长篇报告文学《涅槃》出版后,晚报记者刘建国即在头版刊发杭州首发式的消息。4月14日,晚报记者又在文化新闻版刊登通讯报道

《给失足者的一份爱》,详细报道了我们历时一年写作此书,采访政府官员、三轮车夫、街道大妈等三教九流人物的过程,引起读者关注,唤起全社会对回归人员的理解、关爱和支持。

后来,当《涅槃》获得1996年度浙江省精神文明建设"五个一工程"入选作品奖后,晚报又做了报道,在读者中引起反响。

除了给晚报副刊写稿,我还与晚报订报工作有联系。由于我长期在本单位兼任工会委员,同时又承担本单位的新闻报道工作,因此,与报社打交道比较多,自然离不开订报工作。晚报创刊后,我单位就开始订报,年年如此,至今已有20多年。由于单位比较大,人比较多,于是,每到订报时节,报社总有人与我联系下一年度的征订事宜。有一年下半年,报社副刊的老前辈贺伯伯亲自找我联系晚报的征订工作,令人感动。贺伯伯是我们副刊作者的老师,又是我们的知心朋友,人品、文品都很好。现在,虽然他早已在晚报退休,但我仍然记得。

如今,我们已经进入网络时代,社会上发生的新闻事件和网络文章都可以在新媒体上看到,但是,我们这一代人还记得晚报,保持看报、订报的习惯。

写到这里,我忽然想到了董桥先生的散文集《记得》。《记得》念人忆事,给我留下深刻印象。于是,我就把自己与晚报的情缘称为"记得",作为我对晚报的一种怀旧。这种怀旧怀的是"文化那炷幽明的香火和儒林那份执着的传承"。这也许能够表达我们这代作者对晚报的一种情缘吧!

(原载《宁波晚报》副刊 2017 年 11 月 23 日)

怀念父亲

生命尽头

父亲离开我已经四年了,但我依然记得四年前的情景。

2012年农历六月初八早上7点多钟,我正在家里吃早饭的时候,突然感到一阵莫名的难受。饭吃到一半,就再也吃不下去了,仿佛冥冥中有一种心灵感应。一种不祥的预感告诉我:父亲的生命已经走到尽头。没过多久,我就接到外甥女的电话,电话是从老家打来的。外甥女语气慌张地说:"舅舅,外公不行了,快点回家。"没过多久,外甥女又打来电话。这次是来报丧的。

那天上午,宁波多云天气,35℃高温,正是一年中的三伏天。我心慌意乱,急忙和妻子从宁波赶往老家奔丧。两天前,我们刚从托老院回来,那时父亲在托老院咳不出痰,我们送他到医院住院治疗,在医院吸氧、去痰、打吊针,陪在他的身边。父亲活到94岁,虽然有点耳背,但生活自理,从不生病住院。这是他唯一的一次住院。可是,在医院只住了一天就出院了。他不喜欢那些针管和夹子。我们看他已能自由呼吸,人也舒服多了,就送他回托老院。临走那天,我们与他告别,对他说:"过几天回来看你。"他抿抿嘴对我们微笑,笑得那样自然,就像一个小孩。谁知道,这竟是我们最后一别。仅仅两天,他等不到我们送终就先走了。

我和妻子到托老院的时候,父亲正安详地躺在木板床上,好像等待我来看他最后一眼。这时,大姐已经为父亲净身,并穿好寿衣。听大姐说,父亲临走的时候,一点也没有征兆。她请了一个剃头师傅给他剃头。没想到头一剃好,父亲就咽气了。大姐还告诉我,父亲走的时候,没有一点痛苦。按照农村的习俗,八九十岁的人,如果死的时候无疾无痛,就是"喜丧"。大姐一边说,一边揭开盖在父亲头上的头巾,让我看父亲的面容。她说:"你看,面色和活着时一模一样。"我看了一眼父亲,只见他穿着合身的玄色寿衣,头上戴着一顶呢帽,面色白净,好像还在抿着嘴微笑。

两道彩虹

当天下午3时,我们叫来了殡仪馆的灵车。当灵车开到托老院的时候,天色忽然大变,头顶上空的乌云黑压压一片,天幕愈来愈暗,也愈来愈低。不久,电闪雷鸣,一场突如其来的雷阵雨倾泻而下。如注的雨水打在我们的脸上,仿佛是我们亲人的眼泪。我们在雷雨中撑起雨布,把父亲的遗体抬进灵车。灵车里摆放着棺木,父亲静静地躺在棺木里面。棺木两侧装饰着夏日的鲜花,发出阵阵清香。

父亲的遗体在殡仪馆火化后,我把父亲的骨灰送回家,在堂屋设了灵堂,等待出殡的日子。一连几天,亲朋好友和乡邻前来吊唁。他们既是来慰问,又是来叙旧。父亲生前当过生产队长,是村里第一批老党员,有40多年党龄,况且又是全村最高寿的长者。有些村民还记得父亲的好,说他勤劳善良,当干部没有私心,从不贪污,待人也通情达理,不会嫌贫爱富。这些话从前我也有所耳闻,但在父亲过世后听来,似乎特别亲切。

农历六月十四日,是父亲正式出殡的日子。那天早晨,雨后的天空格外晴朗,山间的雾气飘散后,天空中出现一明一暗的两道彩虹(双彩虹),如同两支彩笔,画出美丽的弧线。彩虹一头连着父亲即将下葬的西山,一头伸向长空。双彩虹,即是霓虹,这是一种天象奇观,有些村民却从未见过这种奇观。于是,有人就说五色祥云降临,这是出殡的好日子。

下午3时,鞭炮响过,送葬的队伍开始沿着村西溪边出行。一路上,乡邻们点燃草把为我父亲送行。队伍行进到三官堂庙的时候,等候在那里的老年协会会员也来为我父亲送行。几百人在乐队的喇叭声中逶迤而行。我双手捧着父亲的骨灰盒,在打灵幡的引路下,徐徐走向西山。那里是父亲下葬的墓地,也是我母亲的坟地。墓地坐东背西,山清水秀,能看到东方升起的太阳。母亲去世后,墓地就选择在那里。说来也巧,当我捧着父亲的骨灰盒走到山下时,一只黑色的蝴蝶忽然从草丛中翩翩而至,正好停在我父亲的骨灰盒上,久久不走。可是,当我们到达山上墓地的时候,那黑色的蝴蝶却不知飞往何处。我有些讶异,可大姐却说:"这蝴蝶是母亲来接父亲的。"也许大姐说得对,民间不是流传着梁山伯和祝英台化蝶的传说吗?

锄头镰刀

父亲下葬后,送葬的村民都散去各自回家,亲朋好友也渐渐离去。那天晚上,家里一下子冷清下来。夜深人静时,村庄没有了白天的喧闹,连平时偶尔传来的狗吠声也销声匿迹,好像什么都没有发生一样。

这个时候,我却在父亲住过的老屋里无法入睡。父亲的丧事虽说是喜丧,但毕竟是丧啊!我开灯环顾四壁,从楼下走到楼上,又从楼上走到楼下,看看父亲曾经用过的锄头、镰刀、斧头、蓑衣和斗笠,还有那些箩筐、扁担等劳动工具,心中不免感伤。30多年前,父亲曾经用那箩筐、扁担挑着自家种植的大米蔬菜,送我到外乡求学;也曾和母亲用那条扁担扛着行李送我去宁波工作。那时父亲已经60多岁了,他多么想我留在家乡帮他做些农活,哪怕给他接一接力也好。但为了我的工作,父亲还是同意把我调到宁波,含着泪送我到村口上车。如今,父亲生前用过的箩筐、扁担还留在老屋里,而他却永远不在了,不知以后谁还会来用它们。父亲一生热爱劳动、热爱土地。无论刮风下雨还是寒冬烈日,他都离不开他生活过的土地,也离不开那些劳动工具。而现在,他离世了,他会不会因此而感到孤独?

鸡鸣的时候,我为父亲祈祷!但愿父亲入土为安。因为他下葬的地方也是他生活过的地方,况且那里还有母亲陪伴。

今天,虽然父亲过世已经四年了,但我常常会想起他,想起那些锄头、镰刀,还有箩筐和扁担。每到清明节的时候,我们一家人都会给他上坟,在青山绿水中怀念他的一生。

(原载《东南商报》2017年3月12日)

岳父的往事

岳父去世已经 10 年,但前几天慈城的朋友老庄还在电话里打听他的消息,于是又勾起我对岳父的回忆。

出生于台州山村

1928 年农历十一月二十四日,岳父生于台州天台县下陈村。出生时,家中已有一个哥哥和姐姐。下陈村是个小山村,地处乌岭乡的半山岭,岭上是山区,冬季积雪;岭下是平原,物产丰饶,交通便利。下陈虽然是个小山村,但山清水秀,风景秀丽。一条小溪沿村西流过,亘古不息。溪边有一棵需数人合抱的上百年的大樟树,老而弥坚,枝繁叶茂,遮天蔽日。西山山林茂密,岩石高耸,远看似有危岩欲坠,但又巍然屹立。夕阳西下,落日的余晖从西山照在溪水之上,水面粼粼。放学后,一群群小学生从学校出来,常常到大樟树底下做游戏,或到小溪玩耍,偶尔还能捉到鱼虾。村小办在离溪边不远的祠堂里。那里既是学校,又是村里演社戏和开大会的地方。

和村里人一样,岳父小时候就生活在那个小山村,虽然家庭穷困,但在山清水秀的地方生长,倒也健康快乐。可是 5 岁时他母亲突然病亡,从此开始了他不幸的童年。他的父亲是一个老实本分的人,长年在杭州理发店学理发,却养不活一家四口。岳父8岁时,国民党到村里抽壮丁,为了逃壮丁,长兄被迫把他寄养在陈保长家。交换的条件是,家里的田地、房屋抵押给陈家,陈家供岳父读书,但后来只读了两年就被停学了。停学以后,陈家要他做雇工,每天上山砍柴、割草、做农活。晚上,还要给陈家老太太敲背。老太太难伺候,背敲重了少不了一顿打骂。

1944年2月,做了8年雇工后,岳父就从陈家出走。经人介绍,他来到本县的地主庞宪锡和富农张常道家里做雇工,没想到换来换去一个样,都是给人做牛做马。在张常道家,岳父照样上山砍柴。有一年夏天,他上山砍柴,山高路远天黑,路上跌了一跤,翻到山坡上,大腿被竹尖刺破后发炎。由于无钱治疗,病情恶化。为了活命,只得由长辈做主,卖了几分田地治病。虽然保住了一条命,但也留下了病根,以至于终生受腿疾困扰。那一年,内外交困。一边是腿疾困扰,一边是日本鬼子侵略中国,国民党政府腐败,物价动荡,人心惶惶。不得已,又卖掉了剩余的田地,成为一个无产者。

1948年,共产党领导的"三五支队"在四明山打游击,打击国民党部队。这支部队是1948年7月来到天台活动的。起初有人说这支部队是共产党部队,纪律很好,官兵吃穿一个样,不打人骂人。对此,岳父将信将疑。8月底,"三五支队"一支小分队到村里向地主、富农借钱借米,而对穷人则非常和气,在群众家里吃饭付钱,喝茶也给钱,不拿群众一针一线,受到群众好评。于是,他就私下托人报名去加入"三五支队"。因为当时是国民党统治最黑暗的时期,到处住着国民党部队。如果有人和共产党部队有联系的话,立即就会被拉去审问,轻则严刑拷打,重则枪毙。

一天深夜,村民已经沉睡。在夜幕的笼罩下,"三五支队"派人来接我岳父。在部队领导看来,这个5岁丧母、出身雇工,家里已经一无所有的穷苦孩子是参加革命的合适人选。这支"三五支队"是浙东行署第九办事处，由杨光同志领导。后来，由于工作需要，又在台西开辟新区，称为"台西武工队"，姚凯同志任武工队队长。姚凯同志是杨光同志的秘书，因此，队员都叫他"姚秘书"。后来，姚凯被调到地方工作，翁路通同志为负责人，周姚华同志为司务长，我岳父是通讯员（后为司务长）。武工队一共3个班、37人、32支步枪、2支手枪。武工队的任务有以下几条：宣传共产党的方针政策；牵制国民党军队兵力，维护社会治安；镇压仗势欺人、压迫人民、民愤极大的恶霸，打击反动势力的气焰；组织和扩充队伍，收缴地方上的枪支弹药；催收粮食等等。

参与解放新昌

1949年5月，根据办事处的统一部署，杨光部队接受解放新昌的任务，武工队在天台县的岭上乡等地活动，准备迎接解放天台的大军。5月27日，台西武工队从岭上出发，步行到天台城。武工队进城后，住在县府内的几间平房里，等待解放大军的到来。1949年6月1日，武工队从天台县城出发，一路步行到新昌横渡桥，迎接从杭州方向来的大军和南下干部到天台城。

在岳父的记忆里，那段日子无论刮风下雨，部队都要跋山涉水、站岗放哨，有时还要冒着生命危险去打仗，但心情倒是十分愉快。他懂得了为人民服务的道理，革命的立场坚定了，意志坚强了，从一个受剥削、受压迫的农民成长为一个革命者。后来，他入了党，更加坚定了跟共产党走的决心，终生都没有动摇过。他还教育子女要不忘党的领导，清清白白做人，踏踏实实做事。

笔 | 谭

逝后叶落归根

　　天台解放后,岳父先是在天台县平桥区嵩山乡任副乡长,开展土地改革运动。"土改"结束后,他被选为嵩山乡乡长。后又被调到天台县粮食局,分管粮食购销工作。1954年,台州专区撤销,天台县改属宁波专区,岳父先后被调到宁波专署粮食局和宁波地委(市委)办公室做秘书。1985年,被调到人事局做老龄工作,任老龄办副秘书长直至离休。

　　岳父乐于助人,对公益事业慷慨大方,但自己却十分节俭,从不穿西装。有一年我特意给他买了一件罗蒙西服,没想到他到去世也没舍得穿。2006年农历七月二十四日,岳父因病去世,根据他的遗嘱,我们把他的骨灰安葬在下陈村的西山岭,叶落归根。从此,他又回到了他出生的地方,永远与青山绿水相伴。

(原载《东南商报》2016年9月11日)

梦回大唐

2015年盛夏,我和永祥兄等一行四人来到西安古城出游的时候,正值大暑。大暑是夏天最热的时节。7月底,西安已是39℃高温。历史上,西安算不上最热的地方,但它却是中国建都最多的古城。无论是十三朝还是十四朝,它都是其他城市所不可比拟的。尤其是一千多年前的大唐王朝,是中国历史上最辉煌的朝代之一。遗憾的是,大唐王朝灭亡后,那个历史上曾经有过的真正大国,如同一江春水东流,再也没有回来。可是今天,走在西安城里,梦回大唐的气息和活力如同大暑升高的热浪,一浪连着一浪。大唐不夜城、大唐芙蓉园、大明宫遗址,这些大手笔的场景,仿佛使西安又回到了一千多年前的大唐和唐人时代。

复原的大明宫

"唐人"这个称呼不知始于何时,是唐代还是宋代?自唐代开始,外国人就常常称中国人为唐人。宋代,唐人已成为中国人的代称。到了近代,由于大唐的影响,欧美一些国家的人还称中国人为唐人,当然中国人自不必说。20世纪20年代,梁实秋等留学生到美国求学,在夏安的一个小饭馆吃饭时,一位广东的老华侨曾经用笔和他交谈:"唐人自何处来?"答曰:"自中国来。"又问曰:"来此何为?"又答曰:"来此读书。"这次笔谈使那位老华侨非常高兴,当即免了他们的餐费,并从抽屉里拿出一把雪茄,送给他们每人一支。后来事隔数十年,梁实秋仍然不能忘记那位与他做简短笔谈的广东老华侨,并写了一篇文章,题目就是《唐人自何处来》。

唐人的历史该从李唐王朝和长安(今西安)说起。当隋末农民起义摧毁隋朝统治的时候,李渊、李世民父子乘势从太原起兵,攻取了都城长安,旋即建立了李唐王朝。李唐王朝建立后,统治者总结了由于隋炀帝政治上的腐败和残暴导致隋朝灭亡的教训。尤其是唐太宗李世民对统治者与人民的关系有比较清醒的认识,他曾经把统治者与老百姓的关系比作舟与水的关系,给统治者留下了流传千古的名言:"舟所以比人君,水所以比黎庶;水能载舟,亦能覆舟。"为了巩固李唐王朝的统治地位,使自己这条"舟"不被人民的"洪水"吞没,李世民采取了一些比较开明宽松的政策,实行均田制和租庸调法,兴修水利,扩大农田等。这些政策减轻了农民的负担,缓和了阶级矛盾。随着农业的发展,手工业和交通运输业也相继发达起来,兴起了繁华的商业都市。据历史记载,在李唐王朝时期,都城长安就有百万唐人,这是当时世界上最大的都市。这个大都市容纳了不同肤色、服饰和风俗的人群,既有那些多才多艺的胡人,又有形形色色的外国人。在那里,来自近东和中东等国家的商人比比皆是。如果把这些形形色色的胡人和外国人加在一起,那么,长安的人口就有两百万左右,所谓大唐,由此形成。由于唐太宗的励精图治,唐代出现了一百多年的繁荣时期。而后到了唐玄宗开元天宝年间,李唐王朝国势的强大和经济文化的繁荣达到了鼎盛,享誉世界。杜甫的史诗《忆昔》记录了这种繁荣景象:

> 忆昔开元全盛日，
> 小邑犹藏万家室。
> 稻米流脂粟米白，
> 公私仓廪俱丰实。

最能体现大唐繁华景象的便是大明宫。公元634年，唐太宗李世民为太上皇李渊修建了一座夏宫。这座夏宫开始名叫永安宫，后改名为大明宫。大明宫分含元殿、宣政殿和紫宸殿三大殿。可是大明宫刚开始兴建，李渊就溘然长逝，工程一度中断。公元663年，唐高宗将大明宫扩建，使大明宫不再只是一座离宫别殿，而是作为大唐帝国的政治中心，成为大唐帝国最为壮丽的建筑群。可惜由于战乱，这座当时世界上最宏伟的宫殿建筑群，早已被夷为平地，从此冷落了1000多年。1000多年后，西安人忽然梦回大唐，想起了这座曾经代表大唐盛世的废墟，把它建成大明宫国家遗址公园，供游人参观。大明宫国家遗址公园平面呈梯形，面积约3.2平方公里。宫墙周长约7.6公里，四面共有11座门，殿、台、楼、亭用微缩景观展示。2014年，在卡塔尔多哈召开的联合国教科文组织第38届世界遗产委员会会议上，大明宫遗址被列入世界遗产名录。

大明宫遗址很大，比北京故宫大四五倍，半天走不过来。虽然有游览车在那里提供服务，但里面的几段唐代宫墙，游览车却无法到达。为了体验一下那些宫墙，我们选择行走。宫墙不高，用手抚摸它，厚实而坚硬，仿佛能触摸到它1000多年的历史。离开宫墙时，我又独自在宫墙周边徘徊，忽然发现小孩玩耍的彩色纸飞机坠落在宫墙底下，折翅难飞。历史上的大明宫毁灭了，它就像那架坠落的彩色纸飞机，看起来非常美丽，却再也飞不起来。

从大明宫遗址出来时，我在遗址公园里捡了一片落叶，却不知何名。回去的路上,顺便问了一个开出租车的西安师傅,得知它叫桐叶。于是,不由想起唐朝诗人陈羽的一句诗:"海畔风吹冻泥裂,枯桐叶落枝梢折。"大唐和大明宫,不也如同这折枝飘落的桐叶吗?它早已回不到原来的地方了,但西安人还想回到大唐,回到大明宫。为了重现大明宫的全景,大明宫国家遗址公园在遗址博物馆复原了大明宫,用现代科技再现大明宫的繁华图景。身临此境,想起英国著名的历史学家汤因比的预言。这位20世纪伟大的历史学家在展望21世纪时曾经预言,中国文明将照亮21世纪,将为未来世界提供无尽的文化宝藏和思想资源。倘若有一天,当作为世界文化遗产的大明宫重新焕发它美丽图景的时候,那西安的天空又将是唐朝的天空,或许比唐朝的天空更加灿烂辉煌!

此长安已非彼长安

20世纪30年代,鲁迅在致日本友人山本初枝的信中说:"五六年前,我为了写关于唐朝的小说,去过长安。到那里一看,想不到连天空都不像唐朝的天空,费尽心机用幻想描绘出的计划完全被打破了,至今一个字也没有写出。"原来鲁迅很早就有一个长篇小说《杨贵妃》的写作计划,小说的主人公便是杨贵妃。虽然《杨贵妃》没有写成,但"唐朝的天空"这个说法却流传下来,成为现代文学史的一段逸事。

"唐朝的天空"究竟是个怎样的天空?鲁迅没有说,史书上也没有专门的记载。这或许是鲁迅内心的一种感觉。从唐朝至今,天空还是那个天空,可人事已非,物是人非。所谓"人世几回伤往事,山形依旧枕寒流"。虽然鲁迅当年已经找不到大唐天空那种感觉,可是西安人却一直都在寻找"唐朝的天空"和唐朝的精神气质。为了重现"唐朝的天空",他们开发了曲江新区,重建了大唐芙蓉园。

大唐芙蓉园坐落于曲江新区,这里曾经是中国历史上著名的皇家园林。曲江因水流曲折而得名。它起自秦汉,盛于隋唐。自唐玄宗开始,每年的正月晦日、三月上巳与九月重阳为三大节日,百官和士民同游曲江亭。曲江诗会、曲江游宴,使曲江成为文人墨客和平民百姓游玩的公共园林。曲江的各种活动君臣唱和,百姓参与,热闹非凡。"三春车马客,一代繁华地""三月三日气象新,长安水边多丽人"写的就是这个地方和场景。唐玄宗是个玩主,为了尽兴,他还对曲江进行了大规模扩建,使曲江的盛况空前绝后。在皇家禁苑芙蓉园内,玄宗修建了紫云楼、彩霞亭、临水亭、水殿、山楼、蓬莱山、凉堂等建筑,并建了从大明宫途经兴庆宫直达芙蓉园的夹城,长7960米,宽50米,经过唐玄宗的扩建,芙蓉园内宫殿连绵,楼亭起伏。每逢曲江大会,唐玄宗携宠妃百僚登临紫云楼,与民同乐,长安城万人空巷,皆欢聚于曲江。

曲江会宴的主角是那些新科进士。他们引起的轰动效应就像今天的明星大腕。会宴期间,长安城里的达官贵人、黎民百姓全家出游,到曲江争看那些新科进士,名门淑女盛装出行,丫鬟仆妇向进士们献花,人们欢呼雀跃。可惜好景不长,由于李唐王朝政治的腐败导致长期的战祸,黄巢的起义军攻入长安,那个曾经繁荣昌盛的大唐终于像历代王朝一样开始衰亡。随着唐王朝的灭亡,大唐芙蓉园也难逃厄运。公元904年,黄巢起义军叛将朱温从长安迁都洛阳,"挟天子以令诸侯"。907年,朱温自行称帝,建都开封。这个后梁的流氓皇帝不仅结束了大唐王朝289年的统治,而且还下令长安市民迁居,然后把长安的宫殿、园林、街坊一并拆毁,一把火烧掉长安城。大唐芙蓉园也毁于一旦,化作一缕云烟,变成一片废墟。曲江会宴、曲江诗会从此消失,只剩下一个曲江池的洼地,以及几个仍在沿用的地名。今天,我们已经看不到当年大唐芙蓉园的盛况,但新建的大唐芙蓉园再现了昔日的景象。

新建的大唐芙蓉园占地999亩,水阔333亩,建筑面积近10万平方米,将盛唐元素比如帝王、诗词、歌舞、市井、饮食、妇女、杏园、科技等一一再现。陕西的作家贾平凹为此作记,以纪念此等盛事。碑记立于园前广场。记中时有嘉语,或曰:"登楼临高,远处的秦岭霞气蒸蔚,似乎白云招之即来。回首北面湖面,烟水浩淼,白鹭忽聚忽散。"或曰:"对岸有望春阁,却是另一番态度。一个如龙盘山顶,一个如凤栖水边,两相欲语,却一湖雾漫,白茫茫一片,好像又坐忘于数千年里的往事中。"又引古人语叹曰:"天生大唐则必有长安这样的城邑,以成其都。有长安城,则必有曲江这样的池园来辅其功。"如此大唐芙蓉园好则好矣,可是游园门票上百元,加之"梦回大唐"的商业演出票,需要几百元才能进行游玩,遂使许多游人望而却步。不知西安本地人要不要门票。天色将暗,晚霞满天,《梦回大唐》的演出就要开始,可是我们一行四人还站在大唐芙蓉园门口逡巡,犹豫不决。是买票进园,还是回头走人?于是,我又想起鲁迅的西安之行,想起鲁迅说过的"唐朝的天空"。我想,天空还是唐朝的天空,可是此长安(西安)已不是彼长安啦。

诗人的高度

与历史上的王朝一样,大唐也逃脱不了没落的命运。开元天宝时代,大唐强大的国势和繁荣的经济文化都到达了顶点,可是这繁荣的背后却隐藏着没落的危机,所谓金玉其外,败絮其中。唐玄宗李隆基曾经是一个有作为、有才华的皇帝,但物极必反,何况是人。唐朝从开元时的开明开始走向天宝年间的黑暗和腐败,统治集团日益骄横自满,荒淫无耻。对外好大喜功,常常发动开疆拓土的战争,四面树敌,消耗国力,加深统治阶级与人民以及汉族与少数民族之间的矛盾冲突,终于发生了"安史之乱"。当唐玄宗和杨贵妃还在大明宫夜夜笙歌,共唱霓裳羽衣曲的时候,胡人安禄山和史思明从渔阳起兵,直逼长安。唐代的大诗人白居易在流传后世的长篇叙事诗《长恨歌》里记下了这个历史事件:"渔阳鼙鼓动地来,惊破霓裳羽衣曲。"

渔阳这个地方现为天津市蓟州区,因蓟州西北有一山,名曰渔山,县城在山南,古时名叫渔阳,安禄山曾在此驻军。渔阳鼙鼓是一种军中骑兵用的战鼓,它代指战争。在白居易看来,"安史之乱"是由唐玄宗的荒淫和杨贵妃的恃宠引起的,因此他在诗中对唐玄宗和杨贵妃进行了讽刺和批评。诗人之所以要讽刺和批评,是因为统治者不依照常规办事,骄奢淫逸,以致引来叛乱,自食恶果。可是作为诗人,他又为唐玄宗和杨贵妃的爱情故事感到同情。因此,战争和爱情就在渔阳鼙鼓中交集在一起,难分难解。这首诗故事情节有许多变化,但它的主题离不开战争与爱情。当后半部写到马嵬坡兵变,六军不发,杨贵妃被迫绞死,唐玄宗在哀伤悼念中度过晚年时,便有了许多引人感叹和怜悯的内容。因此,《长恨歌》至今被人传诵。

"安史之乱"是唐代从鼎盛到衰落的标志,从此,那个曾经不可一世的大唐开始没落,唐朝进入一个战乱频频、民不聊生的时代。这次战争打乱了社会的秩序,人民颠沛流离,百业凋零。那些曾经集聚在首都长安的文人墨客,一夜之间像鸟兽一样逃出长安,散落在乡村野地,各奔东西,受尽磨难。但从文学史的角度来说,"安史之乱"却造就了伟大的诗人和诗篇。除了《长恨歌》,白居易还写了《琵琶行》,诗中那句"同是天涯沦落人,相逢何必曾相识"写的就是那个时代的景象,不知感动了多少流落在他乡的知己。

与白居易一样,唐代的大诗人杜甫的诗歌创作也在这个时期达到高峰。"安史之乱"发生后,困居长安的杜甫带着一家人和难民一起逃难,路上以野果充饥,遍尝了那些逃难者所受的苦难。在逃难途中,杜甫被叛军所捉,送到沦陷后的长安城。后冒险逃出长安,一路上历尽艰辛,逃到凤翔,穿着一双麻鞋和露着两肘的衣裳参见唐肃宗,得到一个左拾遗的官职。但不久就在政治上受到打击,从此,杜甫永远离开长安宫廷,重新与战乱中的难民为伍,同呼吸,共命运,写出了为人传诵的"三吏""三别"等叙事诗,真实地反映了唐代由盛转衰的社会现实,被后人称为"史诗"。杜甫的朋友李白虽说是个理想主义诗人,但他在"安史之乱"后慷慨悲歌,也写下了反映现实的诗篇。战乱发生后,李白从宣城经溧阳逃到剡中避难,途中写了《扶风豪士歌》。诗曰:"洛阳三月飞胡沙,洛阳城中人怨嗟。天津流水波赤血,白骨相撑如乱麻。"乱离后,李白又写了一首赠江夏韦太守良宰的诗,诗中写道:"白骨成丘山,苍生竟何罪!"批判了那个战乱的社会。

"安史之乱"后,唐朝那个王朝虽然没落了,但大唐的诗人却千百年来被人传诵。他们留下了光耀千年的诗篇,后世难以超越。为了怀念唐朝那个时代的诗人,重现那个熠熠生辉的灿烂星空,西安聘请中央美术学院雕塑研究所教授,大手笔设计了仿唐的大唐不夜城,用雕塑展现了李白、杜甫、白居易、刘禹锡、柳宗元、王维等诗人以及书法家和画家的风采。他们的雕像高大恢宏,表情丰富,形神逼肖,颇有大唐气势。可是这些诗人的名字却被放在脚下,小得几乎看不见,只有低头才能看到,这与那些被人仰视的高大雕塑形成巨大的反差,不知设计者何为。唐朝的大诗人千百年来被人高看,他们的名字应该被人抬头仰视。这是唐代诗人的高度,也是中国文学的高度!

离开大唐不夜城,我回望夜幕下的那些唐代诗人雕塑,忽然想到日本著名作家池田大作与英国历史学家汤因比的一次对话。在一次展望21世纪的对话中,池田大作曾经问过汤因比:假如给你机会再活一次,你愿意生活在中国历史上的哪个朝代?汤因比想了一想,答曰:"要是有这种可能性的话,我会选择唐代。"汤因比为什么会选择唐代?汤因比自己没有说,但我想,汤因比选择唐代,或许是因为鲁迅先生所说的"唐朝的天空";也或许是唐朝天空中那些灿如星辰的诗人吧。因为,他们创作的诗歌代表中国文化乃至世界文化的一个高度。

(原载《文学港》2016年第6期)

满陇桂雨

满觉陇位于杭州西湖之南,是杭州新西湖十景之一。此地因桂花出名,但从前却是因寺得名。五代后晋天福四年(939),建有园兴院。北宋治平二年(1065),改为满觉院,此地就称满觉陇。满觉陇两面有山,由南高峰与白鹤峰夹峙而成。陇,地势高低也。满觉陇分上满觉陇和下满觉陇。上满觉陇地势较高;下满觉陇地势较低。不知始于何时,满觉陇沿途山道两边遍植桂花,据说有7000多株,分为金桂、银桂、丹桂、四季桂几种,树林长达200多米。每到金秋时节,桂花盛开,风一吹,随风飘落,落英如雨,因而有"满陇桂雨"之美誉。

桂花是杭州的市花,杭州人当然不会错过赏桂的这个时节。每年秋天,杭州都会举办桂花节,那是杭州市民的节日。满觉陇的桂花最盛,且又得其高低错落的地势,自然是举办桂花节的好地方。今年中秋节,我们一家人到满觉陇民宿小住,正好赶上杭州的桂花节,感受到了那里的别样风情。

民宿建在山坡上,取其幽静,少了许多嘈杂的人语声。傍晚,闲来无事,就去看看桂花。窗外,几株高大的桂花树花开花落。那满目的桂花先是落在铁树上,给铁树镶上彩色的金边。然后又洒在地上,好像铺上一层小米。身处此境,自然会想到王维的诗句:"人闲桂花落,夜静春山空。"

下山就是下满觉陇。从上满觉陇到下满觉陇有好几里路程,沿途分布着三三两两的自然村落。村村户户有桂花树逸出,金桂、银桂密如雨珠,人行树下,沐"雨"披香,分不清哪是金桂,哪是银桂。若在树下吃饭,则另有一番意趣。我们一家选一户农家喝茶吃饭,点了西湖醋鱼、半只酱鸭以及老豆腐和芹菜炒香干等几个家常菜。这些家常菜做得还算入味。不过,上来的酱鸭却没有腿,就问服务员:"鸭腿是不是被厨师吃了?"答曰:"可能吧。"一家人为此回答一阵大笑。鸭腿吃不到,桂花倒吃到了。原来正在我们说话的时候,桂树上随风飘下几朵零星桂花,正好落在酱鸭上,这酱鸭就变成"桂花酱鸭"了。我们吃过桂花圆子,却没有吃过"桂花酱鸭"。可是,"桂花酱鸭"还未吃完,树上的桂花又断断续续地落下,于是我们就用手去接。我的小外孙赵梓涵一边吃着"桂花酱鸭",一边手拿勺子,围着桌子转圈,口中脆脆地叫着:"接桂花,接桂花。"

  桂花不仅可以观赏,而且可以当作美食的配料。除了桂花圆子、桂花鸭,还有桂花糖、桂花糕等等。

  在满觉陇双浦镇湖埠村,我们吃到了徐柏明家做的桂花糕,过嘴不忘。徐家的桂花糕有些与众不同,他做的桂花糕配料不只有桂花、糯米粉、麦芽糖,还有芡实粉。这种桂花糕不但甜糯,桂花味十足,而且还有开胃助气、止咳生津、去湿益肾等保健作用。据《神农本草经百种录》载:"鸡头实,甘淡,得土之正味,乃脾肾之药也。脾恶湿而肾恶燥,鸡头实淡渗甘香,则不伤于湿,质黏味涩,而又滑泽肥润,则不伤干燥,凡脾肾之药,往往相反,而此则相成,故尤足贵也。"鸡头实即芡实。回宁波前,我们买了几盒徐家的桂花糕,馈送亲友和自己食用,一连吃了好几天。

  今秋,虽然时令已经入冬,但甬城有些桂树还在开花飘香,我又想起杭州的满陇桂雨和桂花糕。

(原载《宁波日报》副刊 2015 年 12 月 4 日)

诗路之行

与丝绸之路一样，唐诗之路古已有之。它是唐代的一条诗歌走廊，起自杭绍平原，由镜湖南下曹娥江，沿江至新昌剡溪、沃江、天姥山，然后是天台山。天姥山和天台山是这条诗歌走廊的终点。20世纪90年代，当新昌学者竺岳兵提出"唐诗之路"这个观点后，很快就被学术界认同。因为经竺岳兵考证，在《全唐诗》2000多个诗人中，有400多个诗人曾经到过这条诗歌走廊唱和，写下了1500多首诗篇。

在400多个诗人中，有李白、杜甫、卢照邻、骆宾王、贺知章、元稹、崔颢、王维、贾岛和杜牧等，其中最为著名的诗人和诗篇当属李白和他的《梦游天姥吟留别》。李白的诗歌如行云流水，想象奇特，文笔夸张，浪漫色彩浓厚，这种表现手法在《梦游天姥吟留别》中表现得淋漓尽致。在这首诗中，他凭借想象的翅膀，在梦幻中游历了"霓为衣兮风为马，云之君兮纷纷而来下。虎鼓瑟兮鸾回车，仙之人兮列如麻"的神仙世界。从此，天姥山的烟雨、海日、清猿、天鸡、龙吟、熊咆、云裙、霞衣等景象天下闻名，令人向往。

其实，李白虽然写的是梦幻中的神仙世界，但他梦醒后又回到了现实世界。原来唐玄宗天宝元年（742），李白因道士诗人吴筠推荐，被唐玄宗李隆基召到京城长安供奉翰林，以为"天生我材必有用"，可以实现政治上的理想。可是，没想到皇帝召他不过是希望他做一个歌功颂德的御用文人，他感到怀才不遇，郁郁不得其志，又不愿与朝中小人同流合污。于是,他就在翰林院借酒浇愁。有一天,唐玄宗在莲花池船上游玩,召他上船写诗,但他"天子呼来不上船,自称臣是酒中仙"。天宝三载(744),李白离开长安,开始寻仙和纵情山水,寄托精神自由。《梦游天姥吟留别》是天宝四载(745)李白远离长安官场南下吴越时所作,因此,诗的结句才有"安能摧眉折腰事权贵,使我不得开心颜"。可是因为全诗主要写的是梦游天姥山,这个结句却往往被读者忽略了。

20世纪80年代初,我从天台调到宁波工作,坐汽车要经过会墅岭。会墅岭为天姥山北道口险恶之处,古为鸟道,现为险恶的盘山公路。汽车在公路上盘旋,犹如在天梯上爬行。开到岭上俯看,手心常常捏着一把汗。夏季岭上气候凉爽,冬季积雪,雪后结冰。过会墅岭5公里,就会看到天姥山,但远眺天姥山云雾缭绕,不知其详。不知1000多年前,诗仙李白是从哪里梦游天姥山。或许天姥山只是作者的一种艺术想象或艺术夸张。这种浪漫主义的表现手法如同屈原的《离骚》,天马行空,来去无踪,无法考证。屈原被楚怀王疏远后写《离骚》,诗中写到的云霓、风神、雷师、日月、凤鸟,我们到哪里去考证呢?

2015年清明节,我们一家人带着小外孙到天台祭祖,然后从天台山到新昌天姥山旅游,我终于登上天姥山。

天姥山是一座仙山,传说仙人王母曾在此居住。因此,天姥山的得名来自"王母"。姥,母也。早在唐代之前,天姥山已是文化名山。"天姥连天向天横,势拔五岳掩赤城。天台四万八千丈,对此欲倒东南倾。"李白的诗把天姥山推向高峰,使天姥山成为文人神往的圣地。

我们到新昌那天,天色空明,云淡风轻。从新昌大佛寺出发,经孺岙镇黄泥丘村进入天姥山。开始时走小道,经过几个小山村后是新建的盘山公路。一路上看不到车,偶尔有三三两两的驴友在半路歇脚,等待搭车。天姥山并不高峻,车行不到半小时,即达山顶平台。平台为一块篮球场大小的黄泥地,可供一些驴友搭帐篷露宿。平台背面为天姥山主峰,林木蓊郁,鸟雀栖集,鸣声上下。山前有几间简陋的平房,房中主人是一个朴实的山人。当我与他交谈时,他非常热情。他姓张,今年66岁,是新昌林业局派来的管理员。虽然他不知李白是谁,也不知什么是唐诗之路,但他熟悉周边的地形山脉。比如天姥山高1000米,天台山的主峰华顶比天姥山还要高100米。他一边说着,一边用手指点天台山的位置。顺着他的指点,我看到了东南方向的天台山,山色空蒙,群峰连绵,主峰华顶如在眼前,与天姥山不相上下。

天台山也是一座仙山。《十道志》所谓"顶对三辰,或曰当牛女之分,上应台宿,故曰天台"。据《台州府志》记载:"天台山,在天台县北三里。自神迹石起,至华顶峰皆是,为一邑诸山之总称。"天台山国清寺建于隋开皇十八年(598),至今已有1400多年历史。它是中国佛教天台宗和道教南宗的发源地,又是日本天台宗的祖庭。石梁飞瀑、赤城丹霞、华顶山云锦杜鹃、国清讲寺等场景,都是唐代诗人描写的题材。李白好道信仙,两次来到天台,在天台山漫游。开元十五年(727),李白经剡溪登上天台山主峰华顶,俯瞰溟渤(溟海和渤海,泛指大海),写下了《天台晓望》一诗。诗曰:"天台邻四明,华顶高百越。门标赤城霞,楼栖沧岛月。"华顶、赤城为天台县著名景点。华顶是天台县主峰,在天台县东北六十里,可观日出,东望大海;赤城为赤城山,石色皆赤,状似云霞,是天台县南门的标志。李白游了天台山后,似乎"观奇迹无倪,好道心不歇",于是后来又一次来到天台山。

唐诗中描写天台山的诗句还有很多。比如孟浩然《舟中晓望》中"问我今何去,天台访石桥"、白居易《缭绫》和《县南花下醉中留刘五》中"应似天台山上明月前,四十五尺瀑布泉"和"愿将花赠天台女,留取刘郎到夜归"等等。如今,唐诗中写到的华顶、赤城、石桥、飞瀑等场景,依然留在天台山,成为唐诗之路的文化遗存。

千百年来,唐诗一直受到中国人的喜爱,无论是杜甫的现实主义还是李白的浪漫主义,都代表古典诗歌的最高成就。今天,诗歌的时代已经过去了,不过许多人依然还在读诗和写诗、谈论诗歌、行走唐诗之路。我的小外孙三岁,已经能背几首唐诗,虽然他不知道诗是什么,不知道为什么要读诗和写诗、行走唐诗之路,我们也解释不清。其实,这无须解释。因为读诗和写诗、行走唐诗之路,是人对美好的向往。

(原载《宁波日报》副刊 2015 年 9 月 11 日)

月湖西区

月湖西区东临月湖,西至北斗河,南与共青路、长春路交会,北接中山西路,面积近 50 公顷。这是宁波历史上最大的一个历史文化保护区,其中最为甬人熟悉和骄傲的当属天一阁。天一阁为国内最早并且影响最为深远的藏书楼,它坐落在月湖西区的中轴线上,是月湖西区的核心。两侧则是历史文化街区天一巷(后又有天一街之称)和马衙街。400 多年前,天一阁的主人范钦为了使所藏之书世世代代保存下去,花钱在楼前凿池引水,以防火灾。楼成后,范钦从《易经》"天一生水"中取"天一"两字作为藏书楼的楼名,意在以水克火,可谓用心良苦。

天一阁毗邻月湖,范钦要引的水自然是月湖之水。范钦曾目睹过朋友的书楼毁于火灾,所以他才取月湖之水来防火。但除了这个原因之外,范钦是不是还另有所求?水不仅能克火,而且还是文化的母亲。唐宋以来,月湖"曲水流觞",咸集了贺知章、王安石、杨简、万斯同等一大批文人名士,成就了浙东文化学术中心的地位,开创了宁波历史上的人文盛世。那是一个令人向往的时代。作为生于其后的范钦,他引月湖之水,除了用于防火之外,也许还有另外一个愿望,那就是借月湖来传承天一阁的文脉,从而使文化的香火传于后代而流芳百世。

400 多年以来,天一阁这个名字和它所代表的藏书文化,成为宁波这座城市的文化地标。天一阁太有名了,以至它两侧的历史文化街区都被它遮蔽甚至湮没了。2010年,月湖西区开始改造,随之而来的便是旧房被整体拆迁,2000多户居民要从那里迁徙。这个时候,我们忽然发现天一巷和马衙街就像被海水淹没的陆地重新露出水面。傍晚,在这些街巷行走,常常可以看到高大的吊车直冲云天,挖土机不知疲倦地轰鸣,发出忽高忽低的闷响。

其实,除了天一阁,月湖西区的天一巷和马衙街在历史上也很有名。早在天一阁建成之前,天一巷就已经是达官贵人建造府邸的首选之地。《四明谈助》记载:"月湖之西,史丞相弥远所居。其府左则衮绣桥,今之水仙桥也;右则感圣桥(因桥北边附近有感圣寺,故名),今之虹桥也。"桥如今在月湖石浦饭店前的超然阁旁。衮绣桥在偃月街小学(现已拆迁)附近。虹桥现已改成水泥桥。当年史弥远的府邸观文府,东到月湖西岸,北至青石街,南到马衙街,西抵天一巷,建筑群呈北宽南窄格局。

1949年后,天一巷之西段改称天一街。20世纪80年代初,我从外地调到宁波工作,因没有房子,居住在宁波地委办公大楼,后到天一巷的"机关大院"借住。那里曾经属于地委机关事务管理局,里面住着一些机关的零散工作人员。那时候年轻,我们晚上住在那里,白天去上班,为生活奔忙,没有闲情仔细打量天一巷的风景。现在想来,那烟雨小巷、石板路面、瓦背上争食的野猫以及从天一阁围墙里伸出来的枝枝叶叶,总有些让人怀念。

被历史记载的还有马衙街。马衙街在天一阁的南门出口处,街面两边是天一阁的秦氏支祠和秦氏支祠照壁。马衙街不长,东到偃月街和月湖书院,西至长春路。《鄞县通志》载:"马衙街,旧名马眼漕。"街南侧有水池俗称马眼漕。据说,明初宁波卫指挥同知马胜建衙于此,故名。马衙街的来历还有一说,与宁波历史上的马氏望族有关。

马氏望族原在鄞州邱隘盛垫村,为汉代伏波将军马援之后。马援,东汉开国功臣之一,汉族,扶风茂陵人,因功得伏波将军封号,封新息侯。北宋末年,马援后人南渡避乱到盛垫入赘。据马氏族谱记载,盛垫马氏始盛于第三代贤庵公,官至明代兵部尚书,成为望族。到了清朝,马氏望族虽然开始衰落,但清朝末年又出现了一位海曙公。海曙公任知州后衣锦还乡,在月湖畔建造府邸。因马氏衙门远近闻名,所以马府门前那条街河就被称为马衙街、马衙河。

海曙公不仅使马氏世家复兴,而且在马衙街培养出了马氏五兄弟,世称"五马"。在中国文化史上,"五马"齐名成为一个时代传奇。巧合的是,五马与北大有不解之缘。在蔡元培主政的北大,群贤毕至,名流咸集,著名的有"一钱(钱玄同)、二周(周树人、周作人)、三沈(沈士远、沈尹默、沈兼士)、四陈(陈独秀、陈寅恪、陈垣、陈启修)、五马(马裕藻、马衡、马鉴、马准、马廉)。这"五马"就是马家海曙公的五个儿子。马裕藻,国文系教授,首创汉字注音,传播国语,曾聘请鲁迅等人来北大任教。马衡,金石学专家,北大研究所国学门考古学研究室主任、北大图书馆馆长,后任故宫博物院院长。马鉴,燕京大学(北京大学)国文系主任、文学院院长,香港大学中文系主任。马准,北大文字学和目录学教授。马廉,北大国文系教授,古典小说戏曲研究专家、藏书家。1935年,马廉在北大逝世后,他的藏书被北京大学图书馆购藏。北京大学图书馆还与首都图书馆合作编辑出版《不登大雅文库藏珍本戏曲丛刊》。2003年10月,北大图书馆举行"五马"纪念活动,马鉴之子马临(香港中文大学前校长)出席纪念仪式,并将北大前校长蔡元培题赠马鉴书斋的手稿原件捐赠给北大图书馆。手稿为一副对联:"万卷藏书宜子弟,十年种木长风烟。"

马廉与天一阁也有情缘。由于在马衙街长大,马廉对天一阁非常熟悉,并对古砖很有研究。1931年,宁波古城墙拆除时,马廉把废弃的古砖装进麻袋背回家研究收藏,著录《鄞古砖目》一册。1933年天一阁重修时，马廉把所藏古砖捐献给了天一阁。天一阁特辟一室予以收藏陈列，因其中有千余块晋砖，所以命名为"千晋斋"。今天，我们在天一阁"千晋斋"看到的古砖就是当年马廉捐赠的。这是马廉对故乡宁波的贡献。

2003年元旦，我因为向往天一阁，搬迁到迎春街居住。迎春街在天一阁西边，与天一阁比邻而居。黄昏，月上柳梢，我常常来到马衙街和马衙河畔散步。春暖花开的时节，马衙河畔柳树吐绿，嫩黄的迎春花率先开放，随后一簇簇艳红的桃花盛开，可谓桃红柳绿，良辰美景。想到这条小街居然走出了中国文化史上的北大"五马"，我常常会在那里留步，停下来看一看天一阁月色中的马头墙，浮想联翩。

当年马家海曙公选择在此地安家，他看中的也许就是天一阁这块风水宝地，好让子弟浸润天一阁里的书气，从而传播文化的香火。范钦不是要把藏书传给他的子弟，从而延续文化的香火吗？但范钦没有想到的是，传承天一阁文化的，除了范家，还有马家。当范家的子弟在天一阁坚守的时候，马家的子弟则把文化传播到了北京，传播到了世界。这难道是一种历史的巧合？

马衙街往东一直通到月湖书院。站在月湖书院遗址回望月湖西区，我忽然想到湖南的岳麓书院。岳麓书院里有一副对联，联曰："惟楚有才，于斯为盛。"此地不也是出人才的地方吗？所不同的是，楚地（湖湘）出的大多是政治军事人才，而此地则大多是文化学术人才。

（原载《宁波日报》副刊2014年12月20日，宁波文化遗产保护网转载）

丝路之行

我的陆上丝绸之行从兰州开始。兰州这个城市虽说不是什么旅游胜地,但它是去敦煌的中转站。在兰州,旅行者往往会去看看黄河的标志性雕塑和建筑——黄河母亲雕像和黄河第一桥;或者找个面馆吃一碗地道的兰州牛肉拉面。但是,他们却忽略了一个旅行表里没有安排的地点——甘肃省博物馆。这个博物馆不仅收藏了"马踏飞燕"等许多国宝,而且还有专门展厅展览丝绸之路的文明成果。在这个博物馆里,彩陶、青铜器、玉石、金银器、丝织品、唐三彩、泥塑、壁画、写经、石造像塔、瓷器、铜奔马及仪仗队等文化遗产见证了丝绸之路经济文化交融的历史,它们仿佛把我们带到2000多年前。

陆上丝绸之路源于西汉张骞出访西域。司马迁在《史记·大宛列传》中详细记述了这个真实的故事。当时所谓西域就是"西天",它指的是玉门关以西的荒漠地区,交通困难,人烟稀少,是一个连春风都吹不到的地方。唐朝诗人王之涣《凉州词》中的千古名句"羌笛何须怨杨柳,春风不度玉门关"写的就是那个地方。虽然作者诗中的"春风"另有"寓意",但玉门关确是不毛之地,一眼望不到绿洲。戈壁上偶尔露出的草色就像秃子头上长着的几缕头发。当我从兰州坐火车到嘉峪关,然后从嘉峪关坐汽车到敦煌,途中经过玉门关的时候,忽然对王之涣的这首出塞诗有了感性的理解。历史上有多少好诗我们总停留在一些理性的认识上,其实,只有身临其境才能真正品出它的味道。比如阳关这个出塞关口，我也是到了那里，才明白王维《送元二使安西》中的名句："劝君更尽一杯酒，西出阳关无故人。"阳关与玉门关一样都是通往西域的关口，实在太偏远了，太荒凉了，出了关口就相当于出国了。因此，我们只有到了这些地方，才会更好地体会"春风不度玉门关"和"西出阳关无故人"等感动人心的千古诗句。

汉代通西域后，丝绸之路只是一条中国通往西方的商路。它的最初作用是出口中国出产的丝绸等商品和技术。因此，当德国地理学家李希霍芬把它称为"丝绸之路"后，这一称谓就一直沿用至今。作为出口商品，茶叶、丝绸从那里输出西亚。而西域大宛国的天马——汗血宝马（甘肃省博物馆收藏的"马踏飞燕"铜奔马的原型也许就是大宛国的天马）、乐器和乐曲等则从那里输入中国。丝绸之路连接亚洲、非洲和欧洲，它跨越陇山山脉，穿过河西走廊，通过玉门关和阳关，抵达新疆，沿绿洲和帕米尔高原通过中亚、西亚和北非，最终抵达非洲和欧洲。后来，随着商路的开通，丝绸之路还成为一条东方与西方之间文化交流的主要通道。印度的佛教和释迦牟尼也从那里经过大月氏传入中原，汉文化从此开始多元。中西文化的交融促进了哲学、文学艺术、数学、天文学、医学、语言学等的发展。敦煌莫高窟和柏孜克里克千佛洞里的壁画艺术，就是这种文化融合的遗存。它是东方文化的见证。虽然《世界文明史》中没有记载，但它与西方文化同样重要。

从嘉峪关到敦煌，开车要5个多小时。不知当初以沙漠骆驼为交通工具的时代，需要几天的驼铃声才能到达。今天，5个多小时的旅途已经使人疲倦，况且一路上看不到绿色，就连古诗中那种大漠孤烟的情景也难觅踪影。汽车在马路上行驶，两边都是荒漠、戈壁，一路苍凉。如果不是中间铺了水泥马路，就好像进入一个洪荒之地。天色晚了，虽然能够看到天的尽头，但车总是开不到路的尽头，于是心生恐惧。也许从前那些到敦煌莫高窟洞穴朝圣的画家、艺人、僧侣，先是在这茫茫的荒漠中吃尽旅途之苦,再在莫高窟的洞穴中面壁几年抑或终身,才完成那些传之名山的壁画。

到了敦煌,绿色终于映入眼帘,草木欣欣。这小小的沙洲如同一个驿站,但不知从何处得到水源,把那草木养活。难道这是沙漠中的绿洲?还是"黄河之水天上来"?当年那些画家、艺人、僧侣和马匹、骆驼就是从这里得到酒水、食物,吃饱喝足后再往莫高窟?现在,敦煌已经成为旅游胜地,沙洲夜市熙熙攘攘,南腔北调的食客吆五喝六,彻夜喧哗。翌日,醉眼蒙眬的游人便前往莫高窟。举世闻名的壁画就在那里的洞穴中。

敦煌市区与莫高窟相距不远,20多公里,打个盹就到。莫高窟的洞窟有400多个,经历八九个朝代。壁画与雕塑之多、历史之久都是世上罕见的。尤其是1900年发现的藏经洞,被认为是20世纪世界最有价值的文化发现,与400多个壁画、雕塑一样属于世界文化遗产。世界遗产委员会的评价是:莫高窟地处丝绸之路的一个战略要点,它不仅是东西方贸易的中转站,同时也是宗教、文化和知识的交会处。莫高窟的492个小石窟和洞穴庙宇,以其雕像和壁画闻名于世,展示了延续千年的佛教艺术。

莫高窟壁画不仅具有法国南部和西班牙洞穴壁画中的线条、色彩、技巧以及动物和人物的形象,比如兽类的奔驰、跳跃、搏斗,人类的狩猎、杀戮、祭典仪式,而且描绘了许多通过丝绸之路传过来的佛教故事。佛陀释迦牟尼生前成佛的故事就完整地保留在那里,令人感动。遗憾的是,许多洞窟中的壁画与雕塑已经遭到破坏。其中既因时间的侵蚀,也因人为的盗取。这种破坏也发生在吐鲁番柏孜克里克千佛洞。那里释迦尼"涅槃"的壁画只剩下上半幅,下半幅则被日本人盗走。

从敦煌到吐鲁番柏孜克里克千佛洞要经过乌鲁木齐,在火车上过一个晚上就到了。吐鲁番保留了原始的交河故城和柏孜克里克千佛洞等国家级重点文物保护单位。

吐鲁番历史悠久,是东西方文化和宗教错综交织与相互融合的交会地。它曾经是西域政治、经济、文化的中心之一,也是我国丝路遗址最为丰富的地区。柏孜克里克千佛洞就在那里。

当我来到柏孜克里克千佛洞的时候,又一次被洞穴里的壁画感动了。柏孜克里克千佛洞坐落在火焰山上,那里悬崖峭壁,气候干燥,是盆地中燃烧的"火州"。要在如此艰苦的地方面壁作画,得付出多大的智慧和牺牲?

在柏孜克里克千佛洞的壁画中,给我留下深刻印象的是释迦牟尼"涅槃"的画面。从敦煌莫高窟释迦牟尼成佛到柏孜克里克千佛洞释迦牟尼"涅槃",这些壁画完整地再现了佛祖的一生,这是佛教艺术的升华。可惜释迦牟尼"涅槃"的壁画只有半幅,还有半幅早就流失到日本。虽然我们看不到下半幅释迦牟尼"涅槃"的状态,但我们能够看到上半幅佛祖"涅槃"时的"众生相":众弟子或默立、或举哀、或向往、或窃喜,神态各异,惟妙惟肖。

今天,流失在国外的壁画除了在日本外,美国、法国和英国(被俄国盗走的壁画大部分在第二次世界大战中毁于战火)也有。据说,美国哈佛福格艺术博物馆里的莫高窟壁画长期秘不示人。在英国的不列颠博物馆中国厅中央墙上,陈列有几十平方米的敦煌壁画,割痕非常明显,但难掩其久远的鲜丽。

如果有一天我能站在这些流失文物面前,当我想到它们的出处时,一定会感到一种悲哀!因为它们毕竟是中国创造的艺术。这种复杂的感情,实难为外人道。

(原载《宁波日报》副刊 2014 年 7 月 12 日)

北大学者马寅初

立冬以后,江南一夜之间刮起西北风,早晚的气温降到10℃以下。枫叶红得耀眼,银杏黄得浓郁,梧桐落叶萧萧,满城风雨。这个季节虽然很有层次感,美丽如画,但它很短暂,往往诱发人的心绪,引起人的遐思。傍晚,当喧闹与躁动还在这个城市上空飘荡的时候,当那些"明星学者"在大江南北满天飞的时候,我来到静静的湖畔散步,常常会仰望星空,想想那些先哲。这个时候,心灵仿佛被湖水洗过,浮躁的心绪就像湖水一样宁静起来。于是,便开始叩问自己——什么是学者?学者的使命是什么?

当我仰望星空、思考这个问题的时候,一个先哲凌空出现。他仿佛从遥远的云端走来,目光严肃而深邃,脸色从容。这个先哲就是德国哲学家费希特。两百多年前,费希特就在《论学者的使命》里说:"人类的整个发展直接取决于科学的发展。谁阻碍科学的发展,谁就阻碍了人类的发展。"他还说:"学者的使命主要是为社会服务,因为他是学者,所以他比任何一个阶层都更能真正通过社会而存在,为社会而存在。"在这篇演讲的结尾,费希特说:"我的使命就是论证真理:我的生命和我的命运都微不足道;但我的生命的影响却无限伟大。"这是一个学者或者说知识分子的使命,也是他们的价值所在。

2012年夏天,当我来到北京大学访问的时候,我忽然在北大的红楼里找到了这样一位真正的学者。他就是马寅初。

北大有许多名胜古迹,比如高耸夕照的博雅塔、幽静包容的未名湖、书藏古今的图书馆,还有那些古色古香的红楼。当年北大那些著名的教授、学者曾经在那里追求思想之自由、人格之独立。而蔡元培主政的北大兼容并蓄,包容了他们。马寅初先在北大任经济学教授,而后被蔡元培聘为第一任教务长。中华人民共和国成立后担任北京大学校长,校长办公室就在红楼。1957年,马寅初因发表"新人口论"的学说而被打成右派,1979年改正错划"右派"。1995年,北大为了纪念马寅初,在理科5号楼楼下竖立了一尊马寅初半身铜像。

理科5号楼也叫逸夫1楼,是一幢综合楼,楼门外没有门牌标志。进门后,大厅里有一块指示牌,指示牌上列有北大社会学系和人口研究所等10多个系所。也许马寅初是研究人口理论的,所以,北大才把马寅初铜像立在这里。虽然马寅初铜像被立在楼下,但我想,他的形象比大楼要高大得多!

1882年6月24日,马寅初诞生在浙江绍兴一个以酿酒为业的小作坊主家庭。绍兴这个江南水乡山清水秀,承载着钱塘江和曹娥江通向大海的使命。也许是历史的巧合,鲁迅、蔡元培等也出生在这里。所谓物华天宝,人杰地灵。

马寅初是马棣生的第五个儿子,生时为壬午年丙午月甲午日庚午时,生辰八字里有"马年""马月""马日""马时",加上他又姓马,可谓"五马齐全"。如此凑巧,这是什么命相?算命先生说"五马齐全"代表大富大贵之命,长大后必做大官。于是,出生后,父亲为他取乳名阿元,后来又取名元善,字尹初。元为状元,亦为首善。

马寅初的父亲以开酒坊为生,虽然希望儿子做官,大富大贵,可是又想让儿子继承家业,帮他料理酒店账务。因此,马棣生只允许马寅初读私塾,准备让他将来从事酒店管理,反对他到城里新学堂继续求学。可是从小就一心向往城里新学堂的马寅初,对父亲的强迫命令非常不满。为此,他常常遭到父亲打骂。不过,马寅初就像一颗天生的"铜豌豆"捶不烂,砸不扁,从不屈服。父子俩常常为此斗气,谁也不服谁。

马寅初违抗"父命"的故事像风儿一样传遍乡里,也传到了马棣生的上海老友张江声那里。不过,张江声不仅没有认为马寅初这个"逆子"有什么不对,反而觉得马家老五有志气。后来,张江声说服了马棣生,把马寅初带到上海读书。没想到马寅初竟因祸得福,从此改变了他一生的命运。

1898年,马寅初离开家乡到上海贵族子弟学校中西学院求学,因对自己的字感到不满意,便以谐音更名为"银初"。1901年,又以"寅初"之名考取"北洋大学",攻读采矿冶金,追寻"实业救国"之梦。

1906年,马寅初跨越太平洋,赴美国留学。在留美期间,先后获得耶鲁大学经济学硕士学位和哥伦比亚大学经济学博士学位。马寅初是我国第一个到国外学习经济,并获得博士学位的学者,他撰写的论文《纽约市的财政》,轰动了当时美国的财政界和经济界,被哥伦比亚大学列为新生的教材。这是一个华人莫大的荣誉。

1915年,马寅初跨过太平洋返回中国,怀着"强国富民"的理想,支持进步,崇尚革新。回国后,应聘到北京大学任经济学教授。1919年,任北大第一任教务长。1928年任南京国民政府立法委员,后出任财政委员会委员长、经济委员会委员长。

抗日战争爆发后,由于国民党的消极抗战,马寅初在重庆多次发表时政言论,在不同场合抨击蒋介石等国民党四大家族的腐败生活。他讲起话来喉咙粗、嗓门大,好像一头吼叫的狮子,声震场外。

当时,国民党四大家族集中在陪都重庆。蒋介石得知此事后如同芒刺在背,但又无可奈何,便派人以委员长的名义请他赴宴。可是,马寅初却不吃这一套,对蒋介石派来的人说:"委员长是军事长官,我是个文职,文职不去拜见军方!再说我给委员长讲过课,他是我的学生。学生不来拜见老师却叫老师去拜见学生,岂有此理!他如真有话说,叫他来找我!"

后来,蒋介石又派说客游说:"委员长说了,您是他的老前辈,既是老师,又是浙江同乡。委员长推荐您任财政部部长,或者是中央银行行长。"可是,国民党的利诱,并没有打动马寅初。马寅初对说客笑道:"你们想弄个官位把我嘴巴封住,办不到!"说客又说:"那么,请马老先生买些美钞吧,政府批给您一笔外汇,这可是一本万利的生意啊!"

听说国民党想收买他,马寅初勃然大怒,如同狮吼一样答道:"不,不!这种猪狗生意我不做!我不去发这种国难财!"

国民党见马寅初不吃软的,就想了一套硬的。有一天,马寅初收到两封信。一封信是一支上等派克金笔和一张字条,字条上写着"请马老笔下留情";另外一封是两枚子弹和一张字条,字条上面写着"不要攻击党国要人,不然要你尝尝卫生丸的滋味"。

面对国民党的威胁,马寅初不为所动,依然用那狮吼般的嗓音揭露国民党当局的黑暗和腐败。在一次演讲时,马寅初还带上夫人和子女。他说:"如果我为此死了,我要让他们知道我为何而死。"由于痛斥国民党政府出卖民族利益,怒骂四大家族大发国难财,国民政府与马寅初势不两立。1940年12月6日,马寅初在重庆的家中被国民党宪兵逮捕。随后被囚禁在贵州息烽集中营和江西上饶集中营。

1946年,马寅初恢复人身自由。此后,离开重庆。在离开重庆前,马寅初题了一首诗,赠给重庆大学爱国运动会主席许显龙留念。诗曰:

粉身碎骨不必怕

只留清白在人间

马寅初是中国共产党的老朋友。1949年后,他以一个学者的良心和使命,向国家领导人进言献策,参政议政。

1951年,马寅初被任命为北京大学校长。1954年9月被选为第一届全国人民代表大会常务委员会委员。作为人民代表,马寅初走遍大江南北,一边为中国国民经济的恢复而高兴,一边又为人口过快增长问题而忧虑。这时,他开始研究人口理论,对中国人口问题提出了许多独到的见解。

1957年春,在中南海召开的最高国务会议上,马寅初再次提出人口问题,建议实行计划生育。他直言不讳:"人口太多,是我们的致命伤。1953年普查已经超过了六亿,如果按净增率20‰计算,15年后将达到八亿,50年后将达到十五亿。这绝不是我马寅初的哗众取宠、危言耸听……如果不控制人口,不实行计划生育,后果不堪设想!"

对马寅初的建议,毛泽东笑了笑说:"人口是不是可以搞成有计划地生产,可以进行研究和试验嘛!言人之未言,试人之未试嘛!"

听了毛泽东的发言,马寅初以为自己的建议被采纳。此后,他加紧人口问题的研究,在北大撰写专著《新人口论》。后来,马寅初在北京大学做了"人口与节育"的报告。此稿几经修改,以《新人口论》为题,作为一项议案,正式提交全国人大一届会议。之后,又在《人民日报》上发表,在国内外引起强烈反响。然而,没想到《新人口论》发表后却在反右斗争中被康生当作右派言论。更没想到,在《红旗》杂志创刊号上,毛泽东发表了《介绍一个合作社》的文章。文中说:"人多是好事不是坏事,除了党的领导之外,6亿人口是一个决定的因素。人多议论多,热气高,干劲大!"

毛泽东的文章发表后,中国各大报刊纷纷发表评论批判马寅初的《新人口论》,并给他扣了三顶大帽子,即"宣传马尔萨斯主义""反对

'人多好办事'的唯物史观""否定社会主义制度的优越性"。从此,马寅初被打成右派分子,受到了不公正的待遇。这段历史被记载在北大的校史上。

曾任北大教务长的江长仁老人说,在北大有许多校长,虽然马寅初排在第22位,但他坚持自己的学术观点,以为真理献身的非凡勇气,表现了一个学者维护学术尊严的高尚品德。江长仁说,在那个年代,马寅初能坚持自己的观点,与毛泽东唱反调,不怕得罪毛泽东,不怕得罪政治权力,这是多么了不起的勇气啊!当年,毛泽东曾经说过:"马寅初先生不服输,不投降,可以继续写文章,向我们作战嘛!他是个很好的反面教员。"当时有人要他检讨。但马寅初拒绝检讨,他说:"因为我的理论有相当把握,不能不坚持,学术的尊严不能不维护,只得拒绝检讨。"马寅初还公开发表文章宣战:"为了国家和真理,我不怕孤立,不怕批斗,不怕冷水浇,不怕油锅炸,不怕撤职坐牢,更不怕死。即使牺牲自己的性命也在所不惜!无论在什么情况下,我都要坚持我的人口理论。"并公开声明:"我虽年近八十,明知寡不敌众,自当单枪匹马出来迎战,直到战死为止,决不向批判者们投降。"

1960年1月3日,北京风雪漫天。这一天,马寅初被迫向教育部部长提出辞去北大校长职务。但他没有因为学术问题而屈服,主动约见《新建设》杂志编辑,要求发表《重申我的请求》。在《重申我的请求》这篇文章中,马寅初写下了这么一段话:

有几位朋友,劝我退却,认一个错了事。要不然的话,不免影响我的政治地位,甚至人身安危。他们的劝告出于真挚的友谊,使我感激不尽,但我不能实行。这里,我还要对另一位好友准备谢忱,并道歉意。我在重庆受难的时候,他千方百计来营救,我1949年从香港北上参政,也是应他的电召而来。这些都使我感激不尽,如今还牢记在心。

但是这次遇到学术问题,我没有接受他真心实意的劝告,因为我对我的理论有相当的把握,不能不坚持,学术的尊严不能不维护,只得拒绝检讨。我希望这位朋友仍然虚怀若谷,不要把我的拒绝视同抗命,则幸甚。

马寅初被迫辞去北大校长一职后,回到了他在北京东总布胡同32号的旧居。从此,这位刚直不阿的学者就从中国的学术界消失了。

可是,1966年,毛泽东发动"文化大革命"后,马寅初再次遭到批判。冬天的一个夜晚,一辆绿色的解放牌大卡车在呼啸的西北风中开到他的家门口,一车的红卫兵拥入院中,他们一边高呼"打倒牛鬼蛇神"的口号,一边抄家。马寅初在西北风中被批斗,但他没有屈服。他相信"文革"终会过去,就像冬天已经来临,春天还会远吗?

马寅初没有失望,他也没有被遗忘。新华社记者杨建业在《马寅初传》中记载:1979年,新华社记者写了一篇有关马寅初问题的调查报告,马寅初的家属希望尽快为马寅初落实政策。这篇调查报告以"绝密"的内部材料形式送到中南海,得到了胡耀邦的批示。胡耀邦赞成为马寅初摘掉"右派分子"帽子,恢复名誉。

历史是什么?历史也许就是现在与过去之间的一种对话。20年前,一个暴风雪的冬天,马寅初在北京大学受到批判。在批判大会上,马寅初曾经说过:你们对我的这种无理取闹的批判,我是到死也不会服帖的。我没有错,但现在同你们说不清,将来总有一天,历史和事实将会宣布我的理论和主张是正确的。

1979年7月26日,北京阳光灿烂。中央人民广播电台广播了一条新华社发出的新闻。这条新闻的标题是:"党组织为马寅初恢复名誉。"记者杨建业报道。这是真理的胜利。上天给了马寅初高寿。当时,马寅初已经98岁,但他终于等到了这一天。这一天,马寅初的预言实现了。

9月5日,根据邓小平的批示,中央任命马寅初同志为北京大学名誉校长。时任中共中央秘书长兼组织部部长的胡耀邦含着眼泪说:"当年毛主席要肯听马老一句话,中国今天的人口何至于突破10亿大关啊!批错一个人,增加几亿人,我们再不要犯这样的错误了。"

1979年11月,马寅初的《新人口论》正式出版。1980年8月,马寅初被补选为第五届全国人大常委会委员。

1982年5月10日下午5时,马寅初因肺炎复发,病情恶化,医治无效,在北京逝世,享年101岁。

在北大访问期间,我常常到马寅初铜像前伫立,怀念这位有良知的学者和北大精神。马寅初曾经说过:"言人之所言,那很容易;言人之所欲言,就不太容易;言人之所不敢言,就更难。我就言人之所欲言,言人之所不敢言。"马寅初在经济政策和人口问题上的见解正是言人之所不敢言,为此他受到不公正的待遇。不过,马寅初始终坚持真理,从不在政治权威面前低头。这是一个学者的崇高品质和使命。

在马寅初铜像面前,我总是浮想联翩。每年的高考结束后,当四面八方的高考状元在填报北大志愿的时候,不知是否有人想到这位50年前的北大校长;或者是否有人更深一点地想到,报考北大,到北大读书,是因为北大有一位被董桥谓之"顶天立地"的马寅初校长、一位有良知的学者。

(原载《文学港》2013年第2期)

北大的"游学生"

7月初,我到北京大学参加一个短期培训班,有机会在北大听讲座,做了一回北大的"游学生"。

北大的讲座在中国是首屈一指的。"既不乏高深的学术对话,又常有师生之间的激烈争论,用'座无虚席'一词是不足以形容讲座盛况的,攀窗而立的情景随处可见。"这段文字形容的是老北大讲座的情景,现在的北大讲座之盛有过之而无不及。

在北大听讲座的学生中,有许多是"游学生"。这些"游学生"来自四面八方,有的是功成名就之士,乘车而来;有的是平民布衣,步行而至,边吃面包边听课。他们不为名利,放弃休息时间,在教室里挨挨挤挤,聆听思想的声音。

那天上午,我们在阳明楼听北大张辛先生讲国学。阳明楼位于未名湖畔,环境幽静,偶尔会从窗外传来风雨声和鸟鸣声。张先生是北大考古文博学院教授,他以考古为据,从古代讲到现代,从孔子讲到陈独秀、蔡元培和梁漱溟。张先生讲得精彩,我们听得兴奋,课堂里笑声不断。

中间休息,我们一群人走出教室,来到未名湖畔散步,看到一人在湖边设摊签名售书,就走近观看。书摊上凌乱地摆着几本书,大多没有书号、出版社。其中一本有书号,是中国文联出版社出版的,书名叫《热爱》,引起我的注意,于是便问:"这本多少钱?"没想到这个笔名为

"庄酷"的作者竟回答得非常吃力。他脸上夸张扭曲的表情和齿腭含糊不清的发音,使我愕然!原来他是个残疾人。更没有想到,这个先天残疾的人曾经是北大的"游学生",在北大听讲座、写书和卖书。出于同情,也因为尊重,我立即买下了他的书。他表示感谢,并要给我签名。只见他用双手捉笔,却哆嗦得令人不安。可他一笔一画把字写完,仿佛一个佛教徒在祭坛上完成一种庄重的宗教仪式。然后,他郑重地交给我。

翻看《热爱》,我得知他原名叫王伟,东北黑龙江人。由于出生时难产,造成脑部缺氧。出生后在医院住了七天,一天一天打针,使脑神经挫伤,支配四肢和语言的神经出现病变,平衡感和协调性产生功能性障碍。一天夜里,这个打着吊针的新生儿突然病危,闻讯赶来的父亲王振金眼看医治无望,便顿了顿脚对锅炉工说:"死了,就把他烧了吧。"可他并没有死,居然活了下来。长大后,他以常人无法理解的意志与毅力追求知识,克服脑神经挫伤留下的后遗症,从小学读到大学。1999年,从东北读完大学本科后,他只身到北大游学,在中文系当了三年"游学生"。

在北大游学,庄酷听过许多讲座,比如张双棣的《淮南子研究》、钱理群的《鲁迅思想研究》、曹文轩的《小说的艺术》、戴锦华的《大众文化研究》、陈平原的《明清散文研究》和王岳川的《当代西方文学与文化思潮》等等。此外,他还听哲学、美学、心理学、法学和伦理学等讲座。在三年游学期间,他一边听讲座,一边开始写作,完成了三部文集——《不悔青春》《生命底色》和《第四人称代词》。与其他作者不同的是,他以写书、卖书为生。因此,他的每一部作品都是自费出版。书出版后,他就像一个农民在自留地收获了瓜果一样自销,在北大三角地卖书。

上天给了他残缺的身体,但他有一种健全的精神,对人生依然热爱。正如史铁生所说:"我们不能指望没有困境,可我们能够不让困境扭曲我们的灵魂。"几年后,他又出版了三部续集《生的伟大》《生命本身就是一种成功》和《热爱》等。一个人,一摊书,从三角地卖到未名湖,成为今日北大一道独特的风景。

　　《热爱》汇集了他各个时期的代表作品。他是一个自由的作家,没有加入什么作家协会,但他的作品已经在读者中产生影响,被读者誉为"未名湖的灵魂"。虽然他的作品很难归类,但他的每一部作品都反思人性,是自己人生的感悟。在北大游学以来,他已在北大卖书23000多册。

　　我与庄酷只是在北大未名湖畔有过这样一次邂逅,但这是一次心灵的邂逅。从未名湖和庄酷身上,我似乎看到了北大的精神。他的思想和人格是独立的、自由的,他行事的方式也特立独行,有些另类。可是,北大包容了他。尽管北大的协管队员曾经阻挠过他卖书,也粗暴地没收过他的作品,但作为一个残疾人、一个自由作家,庄酷毕竟在北大游学三年,其后又卖书三年。这不是拜"思想自由,兼容并包"的北大精神所赐吗?

　　我短暂的北大游学生活早就结束了,可是至今还常常想起那个在未名湖畔游学、卖书的庄酷。

(原载《宁波日报》副刊 2012 年 9 月 10 日)

大佳何脱贫致富后

3月下旬,我随市委党校调研组参加"进村入户"大走访活动,又一次来到宁海大佳何。

仲春时节,宁波城里不知季节已经变换,可是大佳何已经山青水绿、春意盎然了。走进那些熟悉的老街,抚摸石墙上那些青青的苔藓,看到古井周围那些似曾相识的村民,我仿佛回到了十年前。

十年前,我和作家樵夫曾经来到大佳何采访脱贫致富的故事。

大佳何原来叫民主乡,地处象山港畔,背山靠海,既得山水之利,又有水涝之害。当年的民主乡有一首民谣:民主乡,民主乡,大水一来水汪汪。说的就是水涝的灾害。

俗话说:"靠山吃山,靠海吃海。"可是,那时候的象山港没有给大佳何带来富裕。相反,连年的水灾却带来了贫困。当时,大佳何是宁波十七个贫困乡之一,甚至还留下了"三多一少"的传说。那"三多一少"是:外出逃荒多,多生子女多,近亲结婚智障者多,引进人才少。

到了20世纪80年代,大佳何才调进一名小学女教师。可是,这位女教师来了后才知道大佳何的贫困。于是,她哭了三天三夜后,终于离开大佳何。这个真实的故事就发生在1985年。

也许是历史的巧合,大佳何的变化也发生在1985年。

那一年,一个30多岁的乡长何元龙来到大佳何。根据中央关于调整农业产业结构的决定,何元龙鼓励农民发展海水养殖对虾,改造高湖塘。那时,由于碱性过重,大佳何1000多亩低产塘粮食产量不高,没有多少收成。何元龙寻思,如果把这些低产塘改造成为对虾养殖基地,农民的收入就会成倍增加,大佳何才能脱贫致富。这个主意引起了村主任何文昌的兴趣,也得到了村干部的积极响应。在何元龙的帮助下,大佳何向宁海信用联社贷款40多万元,用这些钱把1000多亩高湖塘改造成浙江省最大的对虾养殖基地。

1986年,对虾养殖产值达到200多万元,纯利60多万元。那一年,大佳何的农民第一次尝到了致富的甜头。有的养殖户一年纯收入就是好几万元。有了钱,他们不仅还掉了贷款,而且还办起了私营企业。

到了20世纪90年代,许多农民又从养殖业转到灯具、五金、电子、阀门和轴承等行业,大佳何从此开始脱贫致富。

后来,山上的林家山村100多户人家也移民到了大佳何,大佳何村帮助林家山村开发资源,走共同富裕道路,成为浙江省农民共同致富的样板村。当年,何元龙书记和何文昌主任还陪同浙江省代省长柴松岳前来参观呢。

一晃十年。十年后,当我再次来到大佳何的时候,何元龙已调到建设局,但我又见到了老村主任何文昌。十年后再次相见,老何依然和蔼可亲,待人热情而令人尊敬。他说话中气十足,有一种亲和力。老何说,他已退休,但还在工作。他工作的地方是民间调解组织,而他本人则是民间调解员,专门帮镇里、村里调解民间各种矛盾,名曰"老何说和",还开通了宁海县的调解热线——12348。

老何今年已七十有二,头发花白,但看上去脸色亮堂,线条硬朗,身上透出一股"台州式的硬气"。这股硬气使我忽然想到方孝孺。大佳何是明代大儒方孝孺的出生地。几百年来,方孝孺的"天地正气"和"台州式的硬气"浸淫了一代又一代的大佳何人。这是大佳何人的天赋,与生俱来。这种传统绵延不绝,直至今天,我们依然可以从老何身上看到。

老何出身贫寒,有三个兄弟、三个姐妹。由于家贫,他小时候一边读书,一边牵牛,只读了两年就辍学帮父母做生活。虽然没读多少书,但他深受方孝孺的影响,从小就明白做人的道理,为人正派,做人有一股硬气。成年后,他当过生产队队长。由于办事公道,能主持正义,做事非常大气,42岁被选为村主任,一直工作到退休。到了70多岁,老何依然受人尊敬。在村民看来,老何德高望重,辈分也高,就像村中心那口深深的古井,老而弥坚,愈老愈令人敬畏。因此,邻里有什么矛盾疙瘩,都愿意找他说说。而老何呢,也乐意为大家排忧解难。

中饭后,老何拉着我的手去参观他的工作室。老何有两个工作室。一个在镇里,一个在村社区服务中心。镇里那个比较小,人少的时候用;社区里那个比较大,人多的时候用。我有些好奇,就问老何:"镇政府不是专门有人民调解,怎么还需要你们民间调解?"老何笑呵呵地说:"现在大佳何富裕啦,村也大了,有好几个行政村,19000多人。可是,人多了,邻里纠纷、家庭矛盾、财产赔偿等问题也多了。这些问题法律法规不一定能解决,但通过民间调解可以化解。'老何说和'嘛。"

"老何说和"的故事很多,赖家与何家的财产赔偿纠纷就是其中的一个故事。

大佳何的农民有冬季烧荒的习俗。这种刀耕火种时代留下的习俗一直延续到今天。烧荒容易引发火灾,被森林防火部门禁止。但是习俗难改啊!有些人就是喜欢烧荒。有一天,赖家偷偷地在自家承包田里烧荒。哪想到火势太猛,大火被风一吹,吹到了何家的田里,可怜那20多株桂花树就被大火裹挟,呼啦啦全都烧死。这下事体闹大了。何家说:"他种的桂花树每株值好几千元,20多株价值10万元!"赖家一听,10万元哪,我哪能赔得起?两家为此相持不下,村里也没法解决。最后,村里还是请老何出面调解。

在老何看来,赖家经济条件差,家长年纪又大,要他拿出10万元钱赔偿,确实赔不起。不过,何家虽然提出大额赔偿,但老何认为何家比较富裕,经济上不是主要问题,但何家要一个是非曲直的说法。

征得双方同意后,老何开始说"和"。他一边对赖家进行警示教育,要他们改掉烧荒的陋习,并当面向何家赔礼道歉。一边要何家接受赖家的赔礼道歉,放弃经济赔偿要求。在老何的调解下,赖家终于向何家承认烧荒的错误,并保证以后不再烧荒。而何家因为有了一个是非曲直的说法,表示不再追究经济赔偿责任。于是,一场剑拔弩张的邻里纷争就这样被老何说"和",得到化解,赖家与何家重归于好。

今天,宁波的农村已经脱贫致富。但脱贫致富后,也遇到了社会管理创新问题。"老何说和",化解矛盾纠纷,促进社会和谐,不就是一种社会管理创新吗?

离开大佳何时,我与老何告别。老何站在村门口,对着我们微笑。他笑得很自然,就像山村背后吹过来的春风,温暖而又和谐。

(原载《东南商报》2012年4月25日,获"文学新视角、关注大民生"征文三等奖)

怀念旧居

20世纪80年代初,我从台州调到宁波工作。当时,因为夫妻俩没有房子,居住在天一街岳父家。这是我们在宁波居住过的第一套房子。那是机关的套房,许多地委的老干部都住在那里。我岳父是离休干部,按当时规定分到一套48平方米的套房。这房子不算大,但那时候可以住两家。后来,又来了一个外甥,晚上只好打地铺。

天一街是一条书街,与天一阁有关,但天一街的地名不知始于何时。这条街原来叫中营巷,据说与古代兵营有关。因毗邻月湖,不仅风景优美,而且居民生活用水十分方便。后来,明朝兵部右侍郎范钦看中这块风水宝地,花巨资建造藏书楼,借用"天一生水",以水克火之意,取名天一阁。天一阁建成后,由于它是中国最早的私人藏书楼,且拥有明代地方志和科举录的孤本而成为南国书城,名扬天下,所谓"书香万里,天地一阁"。

山不在高,有仙则名。有了天一阁,中营巷就更名为天一街。从此,天一街随同天一阁出名,成为一条古色古香的书街。

我居住的地方离天一阁很近。出门对面是机关幼儿园,左边是环城马路——长春路,右首便是天一阁。环城马路靠护城河(北斗河),傍晚时分,河面上常常传来电瓶船"叭叭叭"的响声。护城河河边种着几人高的香樟树。树旁是一人来高的旧城墙。据史料记载,历史上宁波城区有许多城墙。1920年宁波城区开始拆除六个城门的月城,后来拆罗城的灵桥、东渡二门。到了1927年，宁波开始全面拆城。1933年，城墙全面拆除，沿当时的城基，建造灵桥、长春、望京、永丰、和义等路，逐渐形成环城马路。后来，由于修建环城马路，护城河一带的城墙也被拆除。

中华人民共和国成立后，宁波的中心城区沿袭民国初期的规划。而在其后的50年里，宁波城市也就是一个以海曙区环城马路为中心的小城市。每天，10路公交车沿着环城马路来回兜圈子。当时宁波还比较狭小，纵横不过三公里，中心城区主要以海曙和江东、江北沿三江口地带为主。因此，10路车绕着环城马路跑一圈，就好像过了一遍宁波城了。1985年，我女儿在天一街出生后，我和妻子推着童车路过长春路，到马园桥看护城河里的"叭叭船"时，常常会碰到10路车在西门口转悠，然后徐徐开往汽车南站。到了21世纪，宁波城市大了，原来的老三区扩大到新六区，城市的交通线像蜘蛛网一样向周边延伸。原先在环城马路转悠的10路车，也延伸到了江东、鄞州。我第一次坐10路车到江东、鄞州，看到高楼林立、商业繁华，感觉宁波城区一夜之间变大了。

城市变了，我居住的地方也变了。先是从天一街搬到地委党校进修部。地委党校进修部是临时宿舍，坐落在灵桥路，现为海曙区委办公楼。没过几年，我又搬了几次家。2003年元旦，我搬到新居，居住在迎春街。迎春街在天一阁对面，离天一街旧居不远，中间只隔了一条长春路。晚上，在长春路散步的时候，我又能看到旧居了。虽然岳父已经去世，旧居也换了主人，但每回路过那里，仿佛又回到从前。那是我女儿出生的地方，留下了我们或深或浅的记忆。

小时候，女儿就在机关幼儿园长大。幼儿园离家近。我家住在四楼，孩子在园里唱歌的声音都能听到。有时候，园里传来不知是哪个女孩的哭声，我和妻子就会嘀咕：这是不是我们的女儿？因为我们女儿从小爱哭。记得第一次送女儿上幼儿园后,我下班有点晚,见其他孩子已被父母接走,女儿一个人就在门口哭鼻子。

旧居毗邻天一阁,每到星期天,我们就会陪女儿到天一阁玩耍。天一阁藏有古今图书,但很神秘,从不对外开放。不过,住在天一街的父母总想着让自己的子女闻点书香,沾点书气,哪怕摸一摸天一阁的石狮子也好。

天一阁门前有一对石狮子,雕刻得栩栩如生。石狮子嘴巴里衔着一颗石珠子,手一触碰,就会滚来滚去,煞是好看。可是,谁也拿不出来。女儿每次用稚嫩的小手把石珠子掏出来,但到了石狮子嘴边又会滑落下去。如此者三,终不得手,逗得游人哈哈大笑。老外路过此地,甚是好奇,看到女儿活泼可爱,聪明伶俐,且又玩得高兴,便纷纷举起相机拍照,"OK,OK"一番。

有时候没有游人,检票处的嬷嬷就会带我女儿到天一阁里面看假山和金鱼。那是女儿的最爱,童年的乐趣充盈其间。嬷嬷是邻居,就住在天一街。

当然,女儿的童年也有过痛苦。那是女儿出生后的第二年夏天,我随同市委工作组下乡。当时,家里还没有电话,老干部都到门口传达室打电话。传达室由汪老伯夫妇值班,他们对我们非常友善,但我不好意思去打扰。这样,我在乡下没有给家里打过电话,家里的事也就一无所知。

我下乡不久,女儿就闯祸了。当然,这事是我回家后才知道的。第一个告诉我的是汪老伯夫妇,因为我回家先要路过楼下传达室。看来,这事已闹得满城风雨。那天回家已是傍晚时分,我一进门就去看女儿,见她一只小脚上还绑着纱布,就像一只受伤的小白兔。我似乎有些责怪妻子,怎么我一出门,家里就出事?可是,当我看到妻子一人在家养育孩子,里里外外一双手,心又蓦然软下来。原来出事那天晚上,妻子正在厨房里烧水做饭,跟在她屁股后面的女儿把地上的热水瓶打翻了,滚烫的开水漫过她的脚面,疼得她失声尖叫,嘴唇发抖。可怕的尖叫声使妻子惊慌失措,母女俩抱头痛哭,不知如何是好。她们的哭声惊动了邻居。当晚,在邻居的帮助下,女儿被送到医院治疗。

而今,20多年一晃过去了。当我说起这些童年往事时,女儿却没有多少记忆。史铁生说,有一天孩子长大了,会想起童年的事。不知道女儿什么时候才算长大。

今天,宁波城区大规模的旧城改造如火如荼。轨道交通、新火车站、月湖西区大规模拆迁正在改变我们的生活,我们居住的环境将变得越来越好。可惜由于旧城改造,我们也因之失去许多。那些曾经抚摸过的老墙门,那些曾经居住过的旧居,昨天还屹立在那里,今天就消失了。我们还来不及整理一下记忆,回忆那些老墙门里的童年时光,寻找那些留在记忆里的快乐和痛苦,它们就一下子被抹掉了。

晚上,我照例在长春路散步。而今,长春路已成为宁波最好的林荫大道。当年几人高的香樟树已长成几层楼高的合抱大树,绿荫匝地,四季常青,鸟雀栖集。大树底下有绿化带,桃树、柳树错落有致。每到春天,大地回暖,那里就会桃红柳绿。夏天,经过水体绿化的北斗河,聚草、黄菖蒲、再力花等水生植物宛如一个水上花园。可是,与它相邻的天一街旧居因为月湖西区的改造已被拆迁,推土机正在把它夷为平地,好像一片废墟。

站在断壁残垣的瓦砾上,我回头四顾,空无一人,唯有几株孤零零的老树依旧抬头仰望天空,在风雨中守望着家园。我好像失去了一个亲戚,感到一种失落、惆怅甚至寂寞,如同那些茕茕孑立的老树。

(原载《文学港》2011年第4期)

河南古城

河南有很多古城,比如开封、登封和洛阳等。古城太老了,老得就像少林寺里那棵几千年的古柏一样,裸露出条条肌理。如果不是史书的记载,我们真不知它们经历几朝几代。老有老的好处,它表明历史悠久,文化深厚。可是,老也有老的不足,那就是往往缺少活力。我们还是从开封说起。

白头宫女

开封位于黄河中下游,平原开阔,但地势较低。八月初,我们来到开封市区的时候正好下雨,满城街道尽是积水,汽车不得不像鲤鱼一样在雨水中游走。夏季不是北方多雨的季节,不知雨季开封会是什么模样。

开封的历史已有2700多年,它最繁华的时期是北宋,建都长达167年。那时的开封府被称为汴梁和东京,是中国的政治、经济和文化中心,它周边是南京、西京和北京三个辅城。宋太祖赵匡胤结束了晚唐五代的割据局面,加强了中央集权的统治地位,废除了众多的苛捐杂税,把许多中小商人和手工业者集中到工商业发达的大城市中来,形成了广大的市民阶层。而市民阶层的出现带来了城市的繁荣。

开封是北宋的都城,也是当时中国乃至世界的大都市。气势恢宏的城垣分外城、内城、皇城三重城郭,有三条护城河。城内交通水陆纵横,畅通无阻。在布局上,开封打破了封闭性的坊里制,代之以商住开放的街道形式,实行坊市合一。这种城市布局迅速扩大了商业和夜市,使都城的人口达到150余万,这是当时世界最大的都市。北宋画家张择端的画卷《清明上河图》记录了当时清明节期间开封的繁华景象。那郊外明媚的春光、汴河繁忙的码头和市内热闹的街市,令人叹为观止。今天,我们在开封的一些古街道依然能够看到汴梁、东京等字眼作招牌的商铺或酒店,这是历史的遗留。

历史还给开封留下了另一种记载,那就是兵、火以及水患,它们曾经使开封失去了往昔的繁盛。据历史记载,靖康元年(1126),金兵渡过黄河,围攻都城开封,赵宋王朝为了解开封之围,竟用大量的财物满足金国的要求。可是,不到半年,金兵又再次南侵,进攻开封。靖康二年(1127),金兵把宋钦宗赵桓父子和后妃、公主、亲王、驸马等皇室宗亲及朝臣和百工、技艺、妇女、优倡等人押往金国,将各种珍宝、图书、天文仪器、印版等掳掠一空,北宋王朝随之灭亡。这就是中国历史上的"靖康之变",也是开封的"靖康之难"。

北宋的灭亡使当时中国的政治、经济和文化中心从黄河流域转移到了长江流域以南地区,南宋在杭州建都。虽然南宋王朝是一个偏安的小朝廷,而且非常短命,但对杭州来说,都城的建立迅速带来了兴盛,百业从此开始繁华。而曾经的京城开封却"无可奈何花落去",开始没落下去。

蒙古灭金建元,在全国设立11个行中书省,简称行省。中原地区设河南江北行中书省,这是河南称省之始,省会就在汴梁开封。

中华人民共和国成立后,开封虽然仍为河南省的省会城市,但郑州的发展已后来居上,咄咄逼人。因此,省会城市的迁徙势在必行。郑州位于全国经济地理腹地中心,它贯通东西、连接南北,是沟通、促进全国各经济区交流、联合的中枢之地。1954年,河南省人民政府迁至郑州,郑州开始取代开封成为省会城市。从此,开封进一步没落。

  在开封,当年宋太祖修建的龙亭依然耸立在城内潘湖和杨湖之间,赵匡胤的蜡像依然受到当地市民的朝拜。他们往往来到龙亭后闲坐,面对宋太祖,口中发出"呕、呕"之声。他们究竟说些什么,我们无从知道。据说,他们在与皇帝对话。这是当地流传的一种风俗。今天,改革开放后,开封依然缺少活力,他们也许还在怀念北宋时期的繁华岁月,就像一个白了头的宫女,朝代已经换了,但她还在诉说前朝皇帝的往事。

少林武术

  可是,与开封的没落不同,河南的另一个城市却很兴盛。这个城市叫作登封。

  登封原本叫嵩阳,后改名为登封,这与女皇帝武则天有关。天册万岁元年(695),武则天在嵩山峻极峰建筑登封坛,次年,又登嵩山峻极峰,并在峻极峰的东南边立碑。为了纪念这一盛典,武则天敕令改"嵩阳县"为"登封县"。从此,"登封"取代"嵩阳",并一直沿用至今。后来,武则天又修建了中岳庙。不过,登封今天的兴盛却不体现在中岳庙,而在嵩阳书院和嵩山少林寺。

  登封为三教荟萃之地,有代表佛教的少林寺、代表道教的中岳庙,以及代表儒教的嵩阳书院,千百年来三大教派沿袭着三教的传统,和睦相处,互相交融。但是今天,少林寺和嵩阳书院的影响已经远远超过中岳庙。

与道教的出世不同,儒教一直追求入世,这是社会的主流文化。这种主流文化注重科举,追求功名。嵩阳书院就是这种主流文化的代表,它造就了程颐、程颢等一批大儒。虽然他们提倡的是理学,但它的核心还是儒教和儒家思想。几千年来,儒教和"新儒教"就像宗教一样影响着我们这个国家和民族,所以,有学者把它称为"中国的宗教"。

康熙辛卯年间,河南省在开封选拔举人,录取名额一县不足一人,而登封一县就中了五人。名儒景冬旸,曾在嵩阳书院读书,中进士后,九任御史,嵩阳书院名声大振,四方士人接踵而来,成为当时影响最大的书院之一。这种影响一直延续至今。

至于佛教圣地少林寺则已经演变为武术圣地。登封少林寺是中国佛教禅宗的祖庭。南北朝时,天竺僧人菩提达摩来到中国传佛法,受到北魏孝文帝的礼遇。太和二十年(496),孝文帝敕令登封少室山为佛陀立寺,供给衣食。后来达摩在寺内面壁九年,成为禅宗祖师,并传法慧可,从此少林寺以佛教禅宗闻名。不过,随着时代的变迁,今日少林寺的风头已逐渐被武术文化所取代,武术占据了上风。

少林寺僧人的武功究竟有多高?恐怕谁也说不清。但是,有关少林寺十三棍僧救唐王李世民的故事却有历史的记载。尽管故事的版本有所不同,但僧人们的武功都很高,以至于王世充这样的武林高手也不得不服。20世纪80年代,电影《少林寺》使少林武功再次扬名于世。男主角李连杰一夜成名,成为新一代的武术明星。此后,慕名前来少林寺的中外游人蜂拥而至。他们的目的只有一个,那便是武术。

少林寺的武术文化热在北京奥运会达到巅峰。2008年,第29届奥运会在北京举行。为了开幕式中的武术表演,总导演张艺谋动用了少林塔沟武术学校的2008名学生。在为这届奥运会特设的武术散打比赛项目中,塔沟武校的少林弟子张帅夺得男子散打56公斤级的金牌,少林寺武术进一步为全世界所知。

奥运会之后，武术热升温，少林寺门庭若市，前来参观的游人络绎不绝。据说每天的门票就有几万张，最多时有5万多张。

从少林寺下山，满眼都是武术学校，绵延数十里。这些武术学校有180多家，学生5万多人，相当于5个万人大学。他们来自全国各地，也有国外的，平均年龄十来岁。有的看起来还很小，但练习的动作有板有眼。夕阳西下，漫山遍野的黄土地上处处是习武的场面，此起彼伏的黄布衫随着夕阳的余晖舞动，好一派少林风光！

今年8月8日被定为全民健身日，全国各大城市都在开展健身活动。其实，武术就是一种健身活动，但它又是一种健身教育。不过，这种教育今天已经被产业化了。

前度刘郎

洛阳这个城市是中原文化的源头和中心，文化底蕴深厚，生命力很强，就像洛河两岸的牡丹一样雍容华贵。洛阳是十三朝古都，有人说是十五朝抑或十七朝。它是中国建都时间最早、建都朝代最多、建都时间最长的都城。好在虽然朝代已经久远，但洛阳似乎没有像开封一样蒙上历史的"尘埃"。这也许源自释源白马寺和尚的一句偈语："时时勤拂拭，勿使惹尘埃。"

白马寺是中国官办的第一座佛寺，是中国佛教的"释源"——祖庭，开创了中国佛教的先河，洛阳因此被誉为"佛国"。2000多年来，白马寺虽享有崇高地位，但也几经兴衰。历史的"尘埃"往往也落在白马寺的佛像上，不过又常常被人拂拭干净，并重新成为中外文化交流的佛门圣地。

2004年6月，印度前总理瓦杰帕伊来到白马寺参观，朝拜印度高僧在白马寺的圣冢,并萌生了在白马寺修建一座佛殿的想法。此后,中印双方达成了合作意向。2005年,温家宝总理与印度总理辛格共同出席关于印度在白马寺建印度佛殿的《备忘录》签字仪式。

2009年8月7日,我们来到白马寺参观的时候,印度佛殿已经竣工并对外开放。这座位于白马寺西侧的印度佛殿与白马寺的建筑风格迥异,但它们又和谐相处,使白马寺焕发出新的活力。

洛阳的文化遗产很多,除了白马寺,还有龙门石窟和关林等等。不过,这些"前人之述备矣"。我认为值得一写的倒是刘禹锡和他的作品。

刘禹锡,字梦得,洛阳人,是唐代中叶的大诗人,在当时有"诗豪"之称。刘禹锡很有才,二十一岁中进士,并考取博学宏词科。后来,由于政治斗争的原因被贬,九年后回京。可是,看到那些新得宠的权贵,书生意气的刘禹锡忍不住在玄都观里题诗讽刺:"玄都观里桃千树,尽是刘郎去后栽。"他的讽刺诗得罪了当政的权贵,因此又被贬谪。不过,之后回朝的刘禹锡依旧不改书生本色,又在重游玄都观后题诗:"种桃道士归何处,前度刘郎今又来。"尽管他又因这首诗触怒权贵被贬,但是刘禹锡始终没有后悔。

在中国文学史上,刘禹锡以诗名闻世。他的诗句"沉舟侧畔千帆过,病树前头万木春""旧时王谢堂前燕,飞入寻常百姓家"等被传诵千古。而且,他还开创了一种新的文学体裁——竹枝词。

刘禹锡曾经因为得罪权贵多次被执政者贬到楚水巴山。不过,和历史上的许多文豪一样,政治上的失意却使刘禹锡取得了艺术创作的成就。由于长期的贬谪生活,他有机会接触到武陵一带的民歌。民歌内容通俗易懂,乡间俚语亦可入诗,而且还可边唱边舞,刘禹锡因此受到启发,便效仿屈原的《九歌》作竹枝九篇,"俾善歌者扬之"。

竹枝词其实就是加工改造过的巴蜀民歌,或者说是吸收了巴蜀民歌的特点而创造的一种新的风格的诗。"杨柳青青江水平,闻郎江上踏歌声。东边日出西边雨,道是无晴却有晴。"这是刘禹锡当年写的竹枝词,它那真挚真实的情感、清新爽朗的情调和响亮和谐的节奏,还有那"下里巴人"喜闻乐见的比兴手法和谐音双关语,至今受到洛阳人的喜爱。

今天,竹枝词已成为洛阳的文化遗产,它记录了当地的民俗风情,是洛阳人喜欢、搜寻和研究的题材。"村郊如画柳如烟,祭扫人归夕照边。怪得隔墙花影动,邻家儿女戏秋千。"这是在民间流传的一首竹枝词,它描写洛阳清明节上坟踏青的乡村景象,宛如一幅《清明上河图》。

刘禹锡在仕途上并不得志,政治生命也不长,但是他死后却享有殊荣。在《全唐诗》中,刘禹锡被选入的作品不多,但他留给后人的名句很多。今天,河南荥阳市政府耗巨资建设了占地280多亩的大型文化主题公园——刘禹锡公园,免费向市民开放。

在刘禹锡公园,一代诗豪刘禹锡的墓冢受到人们的朝拜。他创作的作品被人景仰,具有永恒的艺术生命。

这是作家的艺术生命。

(原载《文学港》2010年第2期,入选《宁波当代作家散文选(2006—2010)》)

杜宣甬上行

5月2日,89岁高龄的老作家杜宣一家从上海来宁波做客,下榻在市委党校招待所。在甬期间,由我全程陪同、照应。我把这个消息告诉市作协主席李建树,他马上说:"孙钿可是杜宣的老朋友呀!不知他是不是知道此事。"于是,我又立即拨通孙老家里的电话。很巧,接电话的正是孙老,听说杜宣来宁波,孙老很高兴。

下午3时,当杜老一行前往天童旅游的时候,86岁的孙老步履蹒跚、精神矍铄地来到党校门口。我赶紧上前搀扶,见孙老刚打过吊针,手臂上还粘着胶布,不禁为他的身体担忧。可孙老一点也不在乎,急着问:"杜宣住在哪里?"我陪着他到了招待所的房间,杜宣正坐在轮椅上等着孙老的到来。当老人的手握在一起的时候,却一时无语。

杜宣原名桂苍凌,江西九江人。14岁开始在《九江日报》发表诗和散文。17岁考入上海吴淞中国公学大学预科。1932年被选为中国公学学生会主席,同时加入中国共产党。1933年,杜宣组织三三剧社,参加中国左翼戏剧家联盟。是年9月去日本留学。在留日期间,积极从事左翼文学和戏剧活动,组织杂文社,出版《杂文》月刊。当时,鲁迅、郭沫若都在该刊发表文章。在日本,杜宣还负责留日剧人协会,在筑地小剧场上演《雷雨》《娜拉》等进步戏剧,在留日学生中影响很大。就在那个时候,孙钿认识了杜宣,并成为六七十年的好朋友。

想起在东京的那些日子,孙老至今印象深刻。他说:"1934年,我由于在上海大同大学组织'暴风雨剧团',演出《叛徒》《南归》等进步戏剧,受到国民党的迫害,被迫流亡日本,在早稻田大学文学部读书。在那里,我参加了留日剧人协会,协会是杜宣负责的,他在进步的留日学生中印象很好,讲话娓娓动听,经常关心、爱护同学,我们紧紧团结在他的周围,把他当作'大哥'一样。""我们在东京筑地小剧场演出了易卜生的《娜拉》。演出非常成功,观众反响很好。待观众散尽,我和杜宣他们在舞台上拍了一张集体照。杜宣、张水华他们坐在演员座位前面的地上。我和张维冷等站在舞台左边。可惜由于我后来参加新四军抗战打仗,那张集体演出照遗失了。"杜宣说:"我还保存着那张照片。"接着,他们又谈到年轻时的不少往事。看来,杜老也非常愉快。他思维清晰,脸色红润,精神饱满,看上去一点也不像是高龄老人。

5月3日,天气晴朗,杜老在市委党校费国良副校长的陪同下到溪口旅游。由于行走不便,杜老没上千丈岩观景,费校长陪他到雪窦寺。当杜老进寺时,住持方丈早已在那里等候。六年前,杜老曾给雪窦寺方丈题写匾额"三洲感应"。今天旧地重游,方丈再请杜老题字:"月印澄潭,兜率香林。"这副对子和杜老的书法相得益彰,令方丈感动不已。

在甬期间,杜老一行还参观了河姆渡遗址、天一阁博物馆、庆安会馆和银台第,对宁波保存完好的历史文化和风景如画的月湖赞不绝口。他说:"想不到宁波这么好。在上海找不到这样完善的历史文化和风景。"离开宁波前夕,孙老按照杜老的意愿安排了东钱湖沙孟海书画院之行。在东钱湖畔,两位文坛老人谈笑风生,孩子般的开心。杜老对孙老说:"我们有近七十年的友谊,这种朋友已经不多了。我们有着共同的经历,有着很多共同的看法。过去,你吃了很多苦,现在好了。"在家人的陪同下,他们还观摩了沙孟海的书法藏品。杜老还欣然当场为书画院和宁波朋友泼墨。傍晚,钱湖水在幽幽的灯火中荡漾,似为杜老一行送行。当孙老与杜老再次相握道别时,杜老的衣袖还沾满未干的墨汁。他的宁波之行很快就过去了,但他的人缘、佛缘以及书法作品却留在了宁波。不知下次相见,会在何时何地?

(原载《宁波日报》副刊 2002 年 6 月 14 日)

陈汉章与缀学亭

去年清明节的时候,我在象山参加农村教育工作,与象山友人一起访缀学亭。

缀学亭为我国一代鸿儒陈汉章先生墓道纪念亭。它坐落在象山东陈姆龙洞水井跟山北麓,风景秀丽,环境优美。1982年,象山县人民政府为表彰陈汉章先生的学术成就,决定重修其墓道,由全国人大常委会副委员长许德珩题写碑名。背面镌刻着顾圣仪先生书写的碑记:"陈汉章,字伯弢,一八六四年生于本县东陈,一九三八年病故,享年七十五岁。一生从事经史之学教学研究,曾在北京大学、中央大学执教多年,系知名历史学家。象山县人民政府。一九八三年四月立。"1992年,象山县又在陈汉章墓道旁修建纪念碑和缀学亭,以缅怀先贤,激励后人。

缀学亭因陈汉章的《缀学堂丛稿》而名,亭形六角,高5.6米,四周有石柱石椅,占地60平方米。亭正中立纪念碑,碑高2米,左右石柱上镌刻着何志浩和刘操南的撰联"大汉天声久,文章华国长""缀学深心为国重,斯文怀抱以书传"。缀学亭落成后,与墓道连为一体,背靠青山,松柏桃李环绕左右,成为象山文史一大盛事。现为象山县重点文物保护单位。

据史料记载,陈汉章自幼勤奋好学,博闻强识,诸子百家、诗词歌赋、天文地理、医药星卜,无不通晓。他每读一书,都要用色笔加以句读,由浅而深。先藤黄,加淡墨,再浅蓝、桃红、胭脂,然后银朱。23岁时,陈汉章与章太炎一起受业于经学大师俞曲园门下,潜心钻研经史之学。25岁登乡试举人。46岁应京师大学堂(北大前身)之聘,赴京任教。在任北大教授期间,受到蔡元培校长的礼遇。后又任中央大学教授,桃李满天下。著名作家茅盾、历史学家范文澜、学者许德珩、哲学家冯友兰等都是他的学生。1913年,茅盾在北大读书时,陈汉章教中国历史。茅盾在《也算纪念》一文中说,陈汉章自编讲义,从上古史开始,尤其是从先秦诸子百家的作品中搜罗片段,证明近代欧洲所谓声光化电都是我国古已有之。此说虽然有些牵强附会,但"陈先生发思古之幽情,光大汉之天声",这种迂腐又倔强的精神令茅盾肃然起敬,并称之为爱国的怪人。

陈汉章博览群书,著作等身,是一位驰名中外的经史学家。章太炎先生曾称道"浙中朋辈,博学精思,无出其右者"。当时教育部接待外国汉学家多请其列席,以备咨询,陈汉章随问随答,毫无差错,被日本汉学家称为"两脚书库"。晚年回家乡居缀学堂闭门著书,有《缀学堂丛稿》百余种,其中刊行10种。1960年,中华书局曾影印他的《周书后案》《后汉书补表校录》和《辽史索隐》等三种,编为《史籍丛刊》出版。1985年,杭州大学古籍研究所曾组织整理其遗著《周易古注兼义》《周易杂说》《诗学发微》《公羊旧疏考证》《古微书补遗》等10余种。

象山友人还对我说起陈汉章与《象山县志》的往事。1922年,象山重修《象山县志》,陈汉章受聘任总纂。在修志时,陈汉章查阅、考证了大量有关资料,做到旁征博引、史料翔实、言之有据,《象山县志》32卷,为当时集大成者。陈汉章还在家乡创办了东陈小学和师范讲习所,收家乡子弟入学,并培养师资,为乡人所敬仰。

今年适逢缀学亭落成10周年,观瞻之人络绎不绝。对于这样一位爱国爱乡、著作等身的先贤,宁波人是不会也不应该忘记的。

(原载《宁波日报》副刊 2002 年 5 月 3 日)

感谢电影

在我童年的时候,电影与我有着割舍不断的联系。记得小时候为了看场露天电影,我常常催母亲早早做饭,匆匆扒下几口饭后就逃之夭夭。但也常常为了看电影而挨饿。

读中学时,正是"斗私批修"的年代。由于大批电影艺术家被当作"牛鬼蛇神"批斗,所看的影片少得可怜,放来放去几部样板戏,但也翻来覆去地看。后来上了大学,学的功课中有一门电影文学,从此与电影结下不解之缘。那时,新时期电影似雨后春笋般发展起来,什么《小花》《归心似箭》《天云山传奇》等等,最令人难忘的是《庐山恋》,我和几个"影呆子"竟然看了3遍!

大学毕业后,我调到宁波工作,当时正是电影界"百花齐放"的时期,"探索片""娱乐片"应运而生,滕文骥、陈凯歌、周晓文等新锐导演轰动一时。是时,《宁波日报》副刊《天然舞台》搭起了影评擂台,开展了有声有色的影评征文比赛。就在那时,我走上了电影评论之路,开始发表影评文章,从此一发不可收。后来,我又加入影视家协会,看电影成为一种"职业",每月一次的计划看片,几天几夜要看10多部影片,有时一天要看6部片子,从上午看到晚上,足足9小时。

最值得怀念的是在党校影评组的一段日子。影评组群贤毕至,老少咸集。这支总体素质较高的市内影评队伍经常开展电影宣传和电影评论,在舆论引导上起到了良好的效果。为了活跃电影市场,满足不同层次观众的审美情趣,我和郭经理还到常州、杭州和上海等地选择、组织片源,推出了"奥斯卡电影周""艺术电影周"等外国电影展映,吸引了成千上万的影迷。每到电影周,无论是盛夏酷暑还是寒冬腊月,党校会场总是门庭若市,座无虚席。1992年1月13日,《宁波日报》头版曾报道过这一盛况。

我的电影评论工作还与农村基本路线教育有过一段"联姻"。那时,我参加工作组到余姚开展社教,为了给农民兄弟开个大会,我们选了几部好电影,既宣传了党的基本路线,又使农民兄弟看了一场露天电影。回想露天电影那熙熙攘攘的场景,真使人佩服电影的魅力。

现在,我已开始从事其他文学创作了,但许多朋友说起我的作品,印象最深的还是影评。我应该感谢电影!是它给了我最初的创作源泉,也使我的作品得到读者朋友的认可。

(原载《宁波日报》副刊1995年7月29日)

母亲病了

昨晚接到一个电话,是大姐从台州老家打来的,告诉我母亲病了,病得不轻。这消息不愿听到却又无法回避。虽然我知道母亲年事已高,这一步只是情理中的事情,但一旦证实,又会生出一种莫名的惆怅。

听大姐说,前几天母亲跌了一跤,就神志不清,家人赶紧请医打针,不想对盐水针过敏,母亲浑身抽搐,眼睛翻白。眼看"大势"已去,大姐赶忙给我打电话,怕等不到我给母亲"送终"。可是第二天一早,正当我打点行装,准备前去"奔丧"的时候,大姐突然又来电话,说母亲已经清醒,暂无大碍。我长长地吐出一口气来,吊在胸口上的心随同行装一起放下。

我没有回家看母亲,但这几天老是失眠,上班无精打采,好像生了一场大病。同事似乎看出了我的心事,便一再劝我回趟老家。其实,我又何尝不想回去看看母亲呢?可是,我又怕见到母亲,不知她老人家在临近生命尽头的时候,会说出什么样的话来,叫我背负何等沉重的精神"包袱"!

母亲40多岁生我,希望有个儿子养老。虽然她目不识丁,但再苦再累也要送我上学读书。当时缺粮,家里常有揭不开锅的时候,可是为了我,母亲便常常去邻家借米。她万万没有想到儿子大学毕业后竟撇下她,远走高飞,调到宁波工作。我没有尽到做儿子的义务,现在回去怎么向母亲交代?也许母亲会原谅我,但我见了她又该怎么说呢?

(原载《宁波晚报》副刊1995年4月15日)

雁塔题名

到了西安,我们还去了大雁塔。

在西安大唐不夜城的中轴线上,有一尊玄奘的高大铜像。玄奘大法师面目慈祥,眉宇舒展,微微颔首,若有所思,左手绕念珠施印,右手执十二环锡杖,襟袖当风,神采飞扬。大唐不仅有大诗人、大画家、大书法家,还有大法师。玄奘大法师俗称唐僧,与唐人一样,唐僧也是那时值得骄傲的。我们认识唐僧是从小说《西游记》开始的。唐僧和孙悟空、猪八戒、沙僧、白龙马四个高徒到西天取经,一路碰到许多妖魔鬼怪,他们师徒上天入地,历尽艰辛,经过种种磨难,终于从西天(天竺)取到经书。那是小说家之言,自然少不了作家的艺术想象和虚构,不可全信。比如唐僧是个佛教徒,老好人,迂腐,胆小怕事,面对困难束手无策。其实,唐僧西天取经实有其事。所谓西天、天竺就是印度。史书记载,唐太宗贞观元年(627),玄奘从长安出发,经秦州、兰州、凉州、瓜州,偷渡玉门关,艰难地通过了800里沙漠,到达新疆吐鲁番。然后沿新疆天山继续西行,经吉尔吉斯斯坦、乌兹别克斯坦等国进入印度,取得经书。取回的经书保存在长安的大雁塔,并被翻译出来。这条西天取经之路,后来被人称为"丝绸之路"。 2014年6月22日,在卡塔尔多哈召开的联合国教科文组织第38届世界遗产委员会会议上,大雁塔作为中国、哈萨克斯坦和吉尔吉斯斯坦三国联合申遗的"丝绸之路 —— 长安—天山廊道的路网"中的一处遗址点成功列入《世界遗产名录》。这条陆上"丝绸之路"就是玄奘当年取经的路线。

玄奘取经回长安后,住持皇家寺院大慈恩寺,并根据唐太宗的旨意,撰写了一部地理著作《大唐西域记》。《大唐西域记》记载,玄奘在印度取经期间,曾经在摩揭陀国参拜过一座雁塔。雁塔之名还有个来历。摩揭陀国有一寺院,寺院内的和尚信奉小乘。有一天,中午将过,和尚还未吃饭,甚为埋怨,忽见一群大雁在空中飞过,一个和尚便信口说道:"我等已多日没吃肉了,菩萨有灵,应知我们肚子饿啊。"没想到话音刚落,那个领头的大雁便折翅掉在他的面前,众僧大惊,以为这是菩萨在教化他们。于是,他们将那只落雁葬在寺内,上建一塔,取名雁塔。并从此改信大乘,不再吃肉。佛教有大乘、小乘之分,大乘戒食肉,小乘不戒。

唐永徽三年(652),玄奘法师仿照印度的雁塔形制,在长安大慈恩寺的西塔院设计建造了一座砖塔,为存放佛像、舍利和梵文经书之用,名字也叫雁塔,前面加一个"大"字。"大"字是代表大乘佛教的意思。

大雁塔作为世界文化遗产得之于唐代玄奘的丝绸之路,那是1000多年后的事情。但在1000多年前,那里的雁塔题名就已经名扬天下。唐中宗神龙年间,一个名叫张莒的进士游玩慈恩寺时,一时兴起,将自己的名字题在大雁塔下,这次作秀立即引起长安满城轰动,文人纷纷效仿,尤其是那些新科进士更把雁塔题名作为莫大的荣耀。此后,凡新科进士及第,先是戴花骑马遍游长安,然后登临大雁塔,推举善书者将他们的姓名、籍贯和及第的时间用墨笔题写在墙壁上留念。如果题名中有人日后做到了卿相,还要把姓名改用朱笔书写。在雁塔题名的人当中,最出名的是白居易。他27岁一举中第,春风得意。登上雁塔后,写下了"慈恩塔下题名处,十七人中最少年"的诗句。

雁塔题名,庆典狂欢是在每年的二三月。因为那是进士录取放榜的日子。通常几千名举子只能录取几十人。每当放榜之后,新科进士都会举行盛大的宴会,新旧进士一同狂欢,在曲江举行"曲水流觞"活动。宴会名目繁多,诸如"主宴""主酒""探花"等。"探花宴"是请两位"探花"的进士到名园里采摘名花,用来赏花、饮酒、赋诗。如果有人先于他们采到名花,两位进士就要被罚酒几杯。曲江宴会的主角自然是那些新科进士,他们比今天的明星大腕红得多。中唐诗人孟郊46岁始中进士,尽管年纪大了一些,但他成为新科进士后的兴奋和得意一点也不比年轻的白居易逊色,挥笔写下了一首豪情满怀的《登科后》,诗中写道:"春风得意马蹄疾,一日看尽长安花。"

　　唐朝的进士为何要到雁塔题名?唐代最高统治者重视文学,爱好诗歌,并采取以诗赋取士的科举制,做官看重进士出身,这种科举制度使书生趋之若鹜,唐代绝大多数诗人都参加过进士考试,他们认为考取进士是人生第一等事。可是全国每年只有几十个人可以成为进士,这是何等的难事。但一旦考取进士就可以做第一等人,飞黄腾达,名留青史。而大雁塔是当时都城长安的最高建筑,也是长安城的标志性建筑,在那里题名是名留青史的最好场所,可以说无人不知。今天,大雁塔依然是西安的标志性建筑,保存完好。然而我们登斯楼后,却看不到雁塔题名的风景。不知雁塔题名毁于何时。登上大雁塔顶楼,我们俯瞰楼下,大雁塔高屋建瓴,西安城车水马龙;仰望楼外天空,白云悠悠,云卷云舒,不禁想起崔颢的《黄鹤楼》:"昔人已乘黄鹤去,此地空余黄鹤楼。黄鹤一去不复返,白云千载空悠悠。"

　　从大雁塔出来,暴雨如注。这场大雨持续了一个多小时,把西安城洗得干干净净。我们被大雨所堵,滞留到大慈恩寺躲雨。闲来无事,就站在屋檐下看雨,雨水哗哗地在眼前流淌。抬头望望身边的大雁塔,浮想联翩。那些曾经题在墙上的名字,是不是也被时光的雨水冲洗得一干二净,只留下历史的记忆,供后人怀念?

高山景行

2016年11月,应郭博士之邀,我随郭博士一起到山东济南参加"中华文明与人类共同价值"国际学术研讨会。会议在济南召开,自然与孔子有关。其实,我到那里参会,也是因为心中仰慕孔子的缘故。会议在济南开了两天,聆听了海内外学者的主题演讲后,我与郭博士就前往曲阜。

曲阜是孔子的故里,离济南不远,坐高铁不到一个小时。今天,曲阜早已成为一个地级市,市民过上了现代生活,但我们到了曲阜后,还能够感觉到它依然是一座古城。那些古建筑和古住宅,比如孔庙、孔府、孔林以及与孔庙比邻的阙里宾舍;还有那些古朴的民风、马蹄嗒嗒的马车、古色古香的孔子乐舞,都是这座古城留下的遗产。

我们住在阙里宾舍。这是一家获得过建筑遗产奖的宾馆,与孔府一墙之隔,出门右手边便是孔府。阙里宾舍建于孔府"喜房"遗址,由中国著名建筑设计大师戴念慈先生精心设计。2016年,阙里宾舍入选"中国20世纪建筑遗产"名录。阙里是一个地名,孔子曾在那里居住和讲学,因此,曲阜至今还保留着这个地名,并将其用于街道及酒店等商业用名。孔府、孔庙就坐落在阙里街北面。傍晚,我们到孔庙周边散步,常常经过阙里街。那幽幽的青石街与高大的牌坊虽然露出古老的沧桑岁月,但又给人一种高贵的气质。在孔庙的东西两侧,各有一块石牌坊,雕刻古朴,上写"德侔天地"四个古拙大字,这是对孔子一生的概括,也是阙里街留下的文化遗存。

关于阙里何时出现,孔子六十九代孙孔继汾有《阙里文献考》为证。孔继汾字止堂,山东曲阜人,国子监生,官户部广西清吏司主事。阙里作为地名,《春秋》《左传》不见提及,当始于春秋鲁国以后。因孔子成长于此,后逐渐受到关注而名载史册。尤其自东汉始,盛称孔子故里为阙里,阙里渐渐又成为曲阜的代名词,沿用至今。

鲁襄公二十二年(前551),孔子生于鲁国陬邑昌平乡(今山东曲阜城东南)。因父母曾为求子而祷于尼丘山,故名丘,字仲尼。孔子三岁时,父亲叔梁纥去世。临终之际,叔梁纥对妻子颜徵在说:"你受苦了,我对不起你,你要把儿子带大,教育成人。"

叔梁纥去世后,颜徵在在邻居曼父娘的帮助下,把他的灵柩送往墓地安葬。办完丧事,颜徵在就带着孔子从陬邑移居曲阜阙里定居,孔子在那里度过童年和少年。

孔子故宅门坐北向南,正对阙里大街,门高4.6米,宽3.68米,顶覆灰瓦,门涂红漆,相传孔子曾居住于此。相关的遗迹有故宅井,井周边绕以雕花石栏,旁立"孔宅故井"石碑。西侧建有四角黄瓦方亭,亭中立乾隆御书"故宅井赞"碑。另有鲁壁、诗礼堂以及崇圣祠。祠前东西阶下有孔氏世系碑两块。故宅门内有纪念建筑一间,相传是孔子当年居住的草堂故址,但在曲阜阙里街和孔府,我们找不到少年孔子曾经生活过的痕迹,毕竟孔子的时代离我们今天已经2000多年了。而留下来的只有一些传说和故事。

比如说阙里有一个周公庙,那里有一种祭礼仪式,孔子常常和司伴去观看。周公庙庙门站立着两个戴紫色礼帽、手执长矛的人,四个戴青黑色礼帽拿戟的人则站在两旁的石阶上,还有两个手执三尖矛的人站在东堂和西堂的前面。庙里摆放着各种器皿,香炉里香烟萦绕,在悦耳的鼓乐声中,贵族们都唱着一首古朴的歌。那首歌用一支曲子几段唱词反复咏唱,非常动听,听着听着,孔子竟顺着唱了起来。

看完祭礼回家后,孔子缠着母亲问这问那,颜徵在就给他讲祭礼的故事,满足他的求知欲望。有一天,颜徵在在院子里做农活,忽然听到隔壁邻居曼父娘正在大骂儿子曼父,曼父向她求援,她急忙跑了过去。没想到曼父和孔子两人像个泥猴似的,就讶异地对孔子问道:"你哪里弄来一身泥巴?"孔子用手指着墙根一排泥捏的礼器,颜徵在一看,那里简直就是一个礼器铺子。她明白了孔子的用意,不仅没有生气,反而温和地对他说:"学祭礼没有错,可别把衣服弄脏了,等我去买些陶烧的祭器和你们一起玩。"看到颜徵在教育孔子的方法,曼父娘有些不理解,怒气未消,但颜徵在并不在意,耐心地对她劝说:"孩子正是好动贪玩的时候,要引导他们一边玩,一边长学问,这样才能有助于他们的健康成长。"听了颜徵在的一番劝说,曼父娘虽然感到不好意思,但觉得她说得对。后来,颜徵在果然买来一大堆陶制礼器,教孩子陈俎豆,设礼容,和孩子一起穿上礼服,演习祭礼:燔柴、献爵、奠帛、读祝,行三拜九叩礼。

到了上学的年龄,孔子要求读书识字,母亲颜徵在就准备了200个蝌蚪文,要求孔子在一个月内会读、会写、会讲、会用。没想到孔子很快就学会了。后来,孔子要求学习八卦周易等知识,颜徵在已经满足不了他的求知欲望,只好把孔子交给他的外祖父教授。孔子的外祖父是一个博学之士,在那里学习三年,他就觉得孔子这个外孙是一个奇才,指着孔子对颜徵在说:"孺子可教也!"

孔子上学后,颜徵在为了培养这个孺子,承担了劳作的重任,但由于劳累过度而病倒。看到母亲因为自己生病,孔子一连几天没去上学,在家里为母亲煎药熬汤,伺候母亲喝药吃饭。他要边劳动、边学习,跟曼父学赶马车,向吹鼓手学音乐,到校场去学射箭。可是,颜徵在却要赶着孔子去上学读书。她对孔子说:"不学怎么精通'六艺'呢?不精通'六艺',将来何以能成大器?"

一天下午,颜徵在正等着孔子放学回家,忽然听到街上鼓乐喧天,人声鼎沸。原来是大贵族昭伯家办喜事。好事的曼父娘跑出去看热闹,一眼就认出那个吹唢呐的大个子就是孔子。她把这个消息告诉颜徵在,颜徵在半信半疑。待孔子一回家,颜徵在就问他:"今天你到哪里去了?中午为什么不回家吃饭?"孔子答曰:"我帮老师抄文章,老师留我吃饭。""胡说。你瞒着我做哪些鄙贱之事?"颜徵在见孔子欺骗她,便打了孔子一个耳光。这是她第一次打儿子。见母亲生气,孔子向母亲哭诉:他欺骗了母亲,是个不孝之子。颜徵在一边教训孔子,一边给他讲述孔家高贵的家世,从第七代祖先正考父讲到孔子的父亲叔梁纥,她希望孔子不要辱没先人、愧对先人,要继承孔家的传统,做一个高贵的人。孔子为了给母亲治病、分担母亲的重任而去做吹鼓手,但这件事对颜徵在打击太大了,她不仅没有治好病,反而生了重病。临终之时,她嘱咐孔子的遗言,就是要成大器。

母亲去世后,孔子要把她与父亲合葬,但不知道父亲的墓地在哪。就在乡亲们议论纷纷的时候,一个妇女突然跑来哭丧,她是邻居曼父娘。她一边哭,一边告诉孔子他父亲墓地的位置。在她的带领下,孔子和乡亲们把母亲的棺椁抬到防山,找到了父亲叔梁纥的墓地,将母亲颜徵在和父亲合葬一起。

孔子葬母后,始终牢记母亲的嘱托,刻苦读书,学习"六艺"。及长,遇鲁国大夫季平子"飨士",便前往与宴。春秋时期,各国诸侯每年都要举行"飨士"宴会,这是周公留下的传统。孔子来到季氏相府门前,门内一人挡住了他的去路,叫他留步。此人名叫阳虎,是季氏家臣,因其凶暴如虎,所以人称阳虎。见阳虎挡路,孔子施礼道:"大人有何指教?"阳虎说:"孔丘你怎么到这来了?""季大夫飨士,我来赴宴。"孔子从容答道。阳虎听后哈哈大笑,嘲讽地说:"季府设宴招待名流,你也能来?"孔子回答:"我乃大夫叔梁纥之后,怎能不来?"两人正在争执,季平子出来见孔子。孔子闻听是季大夫,就施礼说:"我来相府非为赴宴,而是要见大人,求您相助,愿为国出力。"季平子说:"我能帮你什么?"孔子吟了一首志向远大的诗。那时,与人对话,是要用《诗》里的句子。对孔子的回答,季平子非常满意,点头赞叹道:"以诗作答,酣畅得体,真是名不虚传啊!"虽然季平子欣赏孔子,有意留下他,但后来孔子还是在阳虎的阻挡下退出季府。在那个礼乐崩坏的时代,年轻的孔子要想建功立业并不容易。

这些传说和故事在阙里流传,有人还把它编成小人书,作为一种旅游文化产品。不过,孔子更为人所知的故事则记载在汉代司马迁的史学作品《史记》中。

据《史记》记载,孔子的六代祖名叫孔父嘉,是宋国的一位大夫,做过大司马,在宫廷内乱中被杀,自孔父嘉之后,其后代子孙开始以孔为姓。其曾祖父孔防叔为了逃避宋国内乱,从宋国逃到了鲁国。从此孔氏在陬邑定居,变成了鲁国人。

孔子的父亲为叔梁纥(叔梁为字,纥为名),母亲是颜徵在。叔梁纥是当时鲁国有名的武士,人品出众,立过两次战功,曾因单臂托住悬门而闻名。叔梁纥曾任陬邑大夫,先娶妻施氏,生九女,无子。又娶妾,生一子,取名伯尼,即孟皮。孟皮脚有毛病,依当时礼仪不宜继嗣,于是叔梁纥又与年轻女子颜徵在野合而生孔子。

孔子年少而好礼。长大后,孔子身高九尺六寸,人们都称他为"长人",觉得他与一般人不一样。鲁国大夫孟釐子病危,临终时告诫儿子懿子说:孔丘这个人,是圣人的后代,他的祖先在宋国灭败。他的先祖弗父何本来继位做宋国国君,却让位于他的弟弟厉公。到他的另一个先祖正考父时,历佐宋戴公、宋武公、宋宣公三朝,三次受命一次比一次恭敬,所以正考父鼎的铭文说:"第一次任命时鞠躬而受,第二次任命时弯腰而受,第三次任命时俯首而受。走路时顺墙根快走,也没人敢欺侮我。我就在这个鼎中煮些面糊粥以糊口度日。"他就是这般恭谨节俭。我听说圣人的后代,虽不一定做国君,但必定会有才德显达的人出现。如今孔子年少而好礼,他不就是才德显达的人吗?如果我死了,你一定要以他为师。等到孟釐子死后,孟懿子和鲁国人南宫敬叔便前往孔子处学礼。

孔子家境贫穷,社会地位低下。到长大之后,曾给季氏做过管理仓库和牧场的小吏,也做过主管营建工程的司空,但都得不到重用。后来,虽然做过鲁国的大司寇,但还是实现不了自己的政治理想。于是,他离开了鲁国,周游列国十四年,但没想到在齐国受到排斥,在宋国、卫国遭遇驱逐,又在陈国和蔡国之间被围困,最后返回了鲁国。

回到鲁国后,鲁哀公和季康子虽然向孔子问政,但"终不能用孔子",孔子的政治理想仍然得不到实现。于是,"孔子亦不求仕"。他潜心诗书,作《春秋》,"追迹三代之礼,序书传,上纪唐虞之际,下至秦缪,编次其事"。古之诗 3000 多篇,孔子删除重复的,整理出合乎礼乐的 305 篇,作为"备王道、成六艺"的题材。

孔子还在乡里办学,以诗、书、礼、乐教授弟子。弟子三千,身通六艺的贤者七十有二。他是中国第一个教育家,他的教育思想对后代影响深远。

司马迁的《史记》被后人称作"实录"和"信史",因此,有关孔子的记载比较可信。但《孔子世家》主要是写孔子一生的,而自孔子之后的孔家十二代则一笔带过,只有家谱式的几句话。譬如"孔子生鲤,字伯鱼。伯鱼年五十,先孔子死""伯鱼生伋,字子思,年六十二"。如今,孔氏家族已历八十代,大都不为人所知。但孔氏家风代代相传,成为阙里孔府的一个传奇。

孔氏家风自孔子始。孔子曾经教育儿子孔鲤"不学诗,无以言""不学礼,无以立"。此后,孔家便以学诗学礼为祖训家学,把"学诗学礼承旧业"当作家风。礼乐传家久,诗书继世长。

《论语》里有一段孔子父子的对话,记载了孔子对儿子孔鲤的"庭训"家学:"尝独立,鲤趋而过庭。曰:'学诗乎?'对曰:'未也。''不学诗,无以言。'鲤退而学诗。他日又独立,鲤趋而过庭。曰:'学礼乎?'对曰:'未也。''不学礼,无以立。'鲤退而学礼。"

孔子不但教育儿子孔鲤学诗学礼,而且还教育孙子孔伋(字子思)学诗学礼。据《圣门十六子书》说,有一次,孔子晚年闲坐时曾经喟然长叹,年幼的子思问他为何叹气,是不是担忧子孙不学无术,辱没家门?当得知孔子正是为此而忧时,子思对孔子说,我要继承家业,从现在开始刻苦学习,丝毫不敢懈怠。孔子听后欣慰地说,我不用担忧了。后来,子思继承了孔子的儒家思想,作《中庸》。《中庸》对孔子思想的发扬做出了重要贡献。子思的学生孟子继承了他的思想,是儒家思想的代表人物,与孔子并称"孔孟"。

孔氏家学千年绵延不绝,子子孙孙把《尚书》《诗经》《礼记》《春秋》《孝经》和《论语》作为儒家经典,在家族内部代代相传,并以诗礼传世。孔子第五十三代孙衍圣公孔治把孔家的祖训"建堂于私第,命以诗礼,示不忘过庭之教"。到了明代,孔家在孔子故居阙里建造诗礼堂作为家族聚会的场所。衍圣公专主孔家祭祀,不再外出任官,能有更多的时间学诗学礼,继承孔子的事业。在孔子家学的熏陶下,孔氏族人恪守家学传统,学术发达,人才辈出,产生了孔安国、孔颖达、孔继涵、孔继汾、孔广森、孔广林等经学家,学术领域涉及经史子集以及数学、天文、地理和音韵等学科,著书立说者300人,著述1000种。据《孔子世家谱》记载,孔氏家族共有5000多人考中进士、举人、生员等。

孔氏家族不仅在内部传承孔子儒家学说,而且还开设学校,收徒设教,传播孔子思想。今天,孔子的思想已传到世界许多国家,有100

多个国家和地区建立了500多所孔子学院和1000多个孔子课堂。传播孔子思想和中国传统文化，这都要拜孔子所赐。

  为了纪念孔子，曲阜每年都要举行祭孔大典。祭孔大典是山东省曲阜专门祭祀孔子的大型庙堂乐舞活动，是集乐、歌、舞、礼为一体的综合性艺术表演。祭孔大典一般从每年9月26日持续到10月10日，可惜我们到曲阜时已经错过时间，没有赶上祭孔大典。不过，在曲阜孔庙，我们却看到了开城仪式。早上八点整，太阳光已经照在名为"万仞宫墙"的城墙上，城墙熠熠生辉。在阳光照耀下，城门洞开，鼓乐队列队出城，然后鼓乐齐鸣，演员开始乐舞表演。表演者举着"有朋自远方来，不亦乐乎"的孔子名言，欢迎四方游客来此旅游。开城仪式每天都有，规模虽不及祭孔大典，但照样隆重而好礼，体现了孔子的礼乐精神。我在开城仪式中走进城门，到孔庙膜拜心中景仰的孔子，忽然想到了司马迁。司马迁曾经在曲阜观孔庙庙堂车服礼器、诸生习礼其家时，流连忘返，不由感慨地说："天下君王至于贤人众矣，当时则荣，没则已焉。孔子布衣，传十余世，学者宗之，可谓至圣矣。"

  太史公还引用过一句诗赞美孔子，诗曰："高山仰止，景行行止。"诚哉斯言。

第二辑 杂记

北非散记

2017年1月24日零时,酝酿了一年的北非之行终于从上海浦东机场开启。那个时候,我们就像等待已久的恋人,终于到了就要相见的时候,心里不由产生一种莫名的兴奋。飞机12小时后经停巴黎戴高乐机场2号楼,在那里等待的杨导与我们会合,转机到达摩洛哥的卡萨布兰卡,开始为期10天的北非之行。同行者10人:团长晶之君一家3人,儿子小顾全程担任英文翻译;李总夫妻2人;林局孙博士夫妻2人;作者夫妻2人;酋长杨导1人。

马格里布

为了使读者对北非的历史有所了解,我想这次北非之行先从马格里布说起。

马格里布是一个专有的地理名称,阿拉伯语的原意是"日落的地方",或者说是"西方"的意思。北非的摩洛哥、突尼斯和阿尔及利亚统称为"马格里布国家"。但大马格里布除了这三个国家外,还包括毛里塔尼亚和利比亚。1989年,在卡扎菲的发起下,摩洛哥、阿尔及利亚、突尼斯和利比亚四国联合成立了阿拉伯马格里布联盟。后来,毛里塔尼亚也加入这个联盟。1994年11月12日,在第十六次阿拉伯马格里布联盟会议上,埃及提交了加入申请。

在古代,马格里布是指阿特拉斯山脉和地中海海岸之间的地区,原住民为柏柏尔人。后来,阿拉伯人统治了这一地区,柏柏尔人皈依伊斯兰教,形成伊斯兰文化。19世纪末,马格里布大部分地区成为法国殖民地,一部分成为西班牙殖民地。因此,这一地区又受到欧洲文化的影响。从文化学的角度看,文化既有地区传统文化,又有国际现代文化。地区传统文化中有普遍价值的部分互相融合,就会形成"共创、共有、共享"的国际现代文化。今天,与非洲其他国家一样,马格里布正在形成一种文化综合的模式,既保留自己的文化传统,又融合其他文化。了解了马格里布的这些历史文化后,我们就会明白杨导在导游词中经常说到的柏柏尔人、阿拉伯人。

摩洛哥位于非洲西北部。南部为撒哈拉沙漠,西部濒临大西洋,面积45.95万平方公里,海岸线1700公里,人口3000多万,其中75%为阿拉伯人,20%为柏柏尔人。摩洛哥原属法国殖民地。1904年10月,法国和西班牙在摩洛哥签订势力范围的协定。1912年3月30日,摩洛哥成为法国保护国。1956年,摩洛哥开始获得独立,但直到今天我们还可以看到法国文化对摩洛哥的影响,比如法航、法语和法国西餐依然是摩洛哥人的习惯和生活方式。什么是文化?文化就是人们长期形成的习惯和生活方式。用社会学家安东尼·吉登斯的话说,文化指的是一个社会中成员或者群体的生活方式。独立后的摩洛哥官方语为阿拉伯语,但通用法语,阿拉伯文化和法国文化在那里融合。这种文化融合在圣地亚哥岛的大里贝拉老城和摩洛哥的非斯古城等地随处可见。今天,摩洛哥依然是法国人的旅游胜地,那里已经成为法国人、欧洲人度假的"后花园"。尤其是冬季,当欧洲寒气逼人的时候,摩洛哥却气候宜人,花木扶疏,温暖如春,许多法国人、欧洲人都会到那里度假。我们在摩洛哥的几个主要城市旅游,随处都可以见到欧洲人的身影，他们是摩洛哥的常客，而我们则是匆匆的过客而已。

圣地亚哥岛

　　北非的另一个国家是佛得角，这个小小的国家位于大西洋的佛得角群岛上，人口只有 50 多万，面积 4000 平方公里。佛得角的意思是"绿色的海角"。苏伊士运河开通之前，它是各大洲航路的十字路口，也是欧洲绕道亚洲的必经之地。1456 年，葡萄牙人来到佛得角，佛得角成为葡萄牙的殖民地，作为贩卖非洲黑奴的转运站。1975 年，佛得角获得独立，成为一个独立共和国。这个只有 50 多万人口的小国，旅游资源却比较丰富。圣地亚哥岛是佛得角面积最大、人口最多的岛。此岛地处北大西洋东南部，属于背风群岛的一部分，位于马约岛和福戈岛之间，长 75 公里、宽 35 公里，面积 991 平方公里，最高点海拔 1394 米。圣地亚哥岛有 8 个城镇，其中大里贝拉老城是葡萄牙在热带地区的第一个殖民基地，也是欧洲在热带地区的第一个殖民基地。2009 年，佛得角的大里贝拉老城被联合国教科文组织列为世界文化和自然遗产。世界遗产委员会的评语是：大里贝拉见证了欧洲在非洲的殖民统治和奴隶史，它保留着最初的街道布局，包括两个教堂和皇家要塞及 16 世纪大理石装饰的绞刑场。

　　1 月 26 日，我们在杨导的引领下，驱车来到圣地亚哥岛。杨导博学多才，心智过人，是复旦大学旅游专业的研究生，目前正在撰写毕业论文。他一边开车，一边说着毕业论文中的几个段落，这是我们这次北非之行的精彩"桥段"。虽然只有几句话，但为我们理解这座城市和城市中的景点提供了铺垫。一路上，杨导的"桥段"消弭了我们旅途的疲倦，也引起了我们对那些城市的联想和欲望。

圣地亚哥岛虽然海拔不高，但登岛也不易。杨导陪我们选择当年葡萄牙人登岛的崎岖线路步行，沿途都是火山留下来的岩石，特别硌脚。同行的徐姐因为不宜爬山，就在停车场等候，她的先生原地陪在她的身边，全程照应，令人感动。当我们徒步来到岛上的时候，大西洋的海风从西面吹过，有些凉意，但由于是背风，并不凛冽。岛上建有城墙，城墙上安装炮台，那是当年葡萄牙人应对海盗修筑的工事，可惜后来还是被海盗攻克，守城者被绞死。如今，这个小岛已成为历史。由于年久失修，城墙上有些炮筒已经倒戈，似乎成为一种摆设，供人玩耍。在城墙周围，开着一种黄色的亮眼的花，那是生命力顽强的芦荟，给人以热烈奔放之感。花之下有叶，掐一枝叶挤出水汁涂在手、脸上，据说可修复被紫外线灼伤的皮肤。团长晶之君把芦荟汁涂在晒黑的脸上，一会儿，皮肤就洇出血红色，好像一只得胜归来的斗鸡，观者无不哄笑。

从岛上下来，杨导找到了大里贝拉老城中的两个教堂。在教堂和老城参观，我们感受到了资产阶级殖民文化的影响。尤其是大教堂，它依然保留了当年欧洲宗教的建筑理念和人文思想。殖民文化不仅体现在建筑上，也影响着殖民地人民的生活方式。基督教的传播提供了医疗保健和西方教育。作为回报，传教士则要求被殖民者信仰西方的世界观、接受西方的生活方式。因此，我们在批判殖民者的时代局限和贩卖奴隶的罪恶时，是否也应该看到殖民文化的历史意义。正如马克思在《共产党宣言》中所说："资产阶级，由于开拓了世界市场，使一切国家的生产和消费都成为世界性的了。""过去那种地方的和民族的自给自足和闭关自守状态，被各民族的各方面的互相往来和互相依赖所代替了。物质的生产是如此，精神的生产也是如此。"今天，人类社会已经发展到全球化时代，虽然当时没有全球化这样的概念，但我们在佛得角等北非国家，到处都可以看到全球化带来的影响。其实，在殖民时期，非洲就已经全球化啦。

|杂|记|

卡萨布兰卡

　　说到"桥段",我们应该说说《北非谍影》这部电影和卡萨布兰卡这个城市。《北非谍影》是由华纳兄弟影片公司出品的爱情电影,由迈克尔·柯蒂斯执导,亨弗莱·鲍嘉、英格丽·褒曼、克劳德·雷恩斯、保罗·亨雷德等主演。影片讲述了二战时期发生在卡萨布兰卡的故事。商人里克手持宝贵的通行证,反纳粹人士维克多和妻子伊尔莎的到来使得里克与伊尔莎旧情复燃,两人面对感情和政治的矛盾难以抉择。该片于1942年11月26日在美国上映。1944年在第16届奥斯卡颁奖典礼上获得了最佳影片、最佳导演、最佳剧本三项奖项。2007年,美国好莱坞编剧协会评选了史上"101部最伟大的电影剧本",该片排名第一位。据说故事之所以被设置发生在卡萨布兰卡,是因为卡萨布兰卡是难民逃出纳粹占领的欧洲的重要中转站。在影片中,当伊尔莎为了逃难来到卡萨布兰卡里克开的酒吧,并请求他帮助时,里克说了一句经典的台词:"全世界有这么多城市,城市里有这么多酒吧,可她却偏偏来到我的酒吧。"真是人生何处不相逢啊。正是因为这个桥段,推动了情节的发展,两人开始旧情复燃,但又对感情和战争难以取舍。影片最后,当里克知道当年伊尔莎没有到火车站与自己一起走的原因后最终决定帮助他们。他放弃了和伊尔莎之间的爱情,默默忍着内心的痛苦,目送情人远去。影片中有一首黑人歌星杜利·威尔逊演唱的主题曲《时光流转》,也感人至深,至今仍然在里克酒吧里回荡,好像时光正在流转,回到过去那个时代。

　　卡萨布兰卡是我们北非之行的第一个城市,与其说是游览这座城市,还不如说是参观卡萨布兰卡这座城市中的里克酒吧。尽管这个酒吧已不是当年影片情节中的酒吧,但它依然凭借《北非谍影》这部电影风靡全球。那天下午,我们从巴黎戴高乐机场到达卡萨布兰卡后,没有休息,杨导就带着我们参观哈桑二世清真寺。傍晚5时许,我们慕名来到传说中的里克酒吧,迫不及待地要求用餐。可是出人意料的是,服务生一定要坚持到6时半开门。因为晚上的用餐时间是从6时半开始,这是酒吧的规定。杨导多次说明我们的来意,并请求先到里面坐一坐,也得不到回应,我们只好在酒吧前面等待。来此吃饭的人一拨又一拨,大多是欧美人,他们和我们一样,也得不到服务生的允许,好多人悻悻而去。杨导说,来此吃饭的客人都要提前几天预定。看来,酒吧的生意很好,不愁没客人吃饭。

闲来无事,我们就到酒吧西边广场上转悠,等待6时半吃饭。广场上有几棵大树,树冠冲天,树下一群小孩正在玩耍,言笑晏晏。广场周围,三五个小学生踢着足球,自得其乐。有时球踢到马路上,开车的司机也不会介意。我们到卡萨布兰卡的时候,2017年"非洲杯"足球赛正在加蓬进行,摩洛哥足球队已经进入8强,将对阵埃及。60年前,卡萨布兰卡因一部《北非谍影》出名。60年后,好莱坞会不会在那里拍一部有关足球的电影?说不定也会出名。当然,这只是一个玩笑。一部《北非谍影》就足够卡萨布兰卡这个城市出名了,用不着再拍其他电影,除非世界各地的旅游者对《北非谍影》这部电影和里克酒吧已经厌倦。

6时半,我们终于走进里克酒吧,那里开始有人进出。根据预订,我们被带到一楼靠墙的座位,在灯光摇曳中准备吃西餐。酒吧复原了电影中的场景,分上下两层。我们要了一瓶红酒,四家人对坐举杯喝酒。杨导给我们敬酒,我们也回敬一杯。当然,每家夫妻少不了要互相敬酒,重新体念一下爱情。为了保持酒吧的情调和氛围,我们尽量小声说话。可是由于说话的习惯,我们一桌声音还是太大。也许我们到此一游,顾不了那些礼仪,但欧美的游客就大不同,他们成双结对而来,不光来此一游,还是来怀旧的。酒吧提供了这种怀旧的场景和氛围,加之《时光流转》的音乐,如此良辰美景,怎能不令人迷醉?

在里克酒吧,最好的位置是二楼。那里不仅可以俯瞰整个酒吧的风景,而且还可以不断回看当年的影片《北非谍影》,片中的女主角和男主角的对话已经成为经典,使人百看不厌。楼上的墙壁上,装饰着女主角英格丽·褒曼的剧照,全由你欣赏,甚至可以想入非非。今天,卡萨布兰卡已经成为著名的旅游城市,到底是电影成就了这座城市,还是这座城市成就了电影? 我想,两者都有吧。这就像电影中的爱情,谁能说是男主角里克成全了女主角伊尔莎,还是女主角伊尔莎成全了男主角里克?

在佛得角吃年夜饭

1月27日(当地时间26日),我们在佛得角旅游,住在民宿酒店。那天,正赶上吃年夜饭。一大早,团长夫人就去买下饭。团长夫人梅会计是这次我们团队的财务总管,她勤劳能干,购物、记账、付费、开车样样在行。菜场离住宿的酒店不远,走几步就到了。当地的蔬菜和东星斑鱼非常新鲜,价格也不贵。但买来的下饭却没地方烧。自己在酒店烧吧,主人不同意,怕烟火影响酒店环境;请厨师加工吧,加工费又很贵。后来,我们找到一家温州人开的饭店。老板姓林,2003年夫妻两人从温州来佛得角,在佛得角开饭店已经10多年。好多在佛得角的华人,特别是温州人都到他的饭店吃饭,生意不错。巧的是我们团友林局也是温州人,同姓同地方,地道的老乡。在异国他乡能碰上自己家乡的同姓人,那真是一种巧合。就像《北非谍影》中的台词所说,全世界有这么多城市,城市里有这么多酒店,可她却偏偏来到我的酒店,真是人生何处不相逢啊。同是老乡,林局与林老板越说越亲近,林老板满口答应帮我们加工年夜饭,我们也准备付一些加工费。但对林老板来说,付不付加工费都无所谓。因为全世界的温州人都有一个特点,只要是温州老乡,从不见外。见气氛很好,我们又在饭店点了几个菜,一个排骨汤,一个猪肚,还有芋艿。

林老板那边做菜,我们这边闲聊。林老板40开外年纪,中等身材,方脸,面孔白净,看上去憨厚善良。老板娘与林老板颇有夫妻相,肤白脸圆,与人为善。她有一头黑发,洗菜时就把头发盘在头上,戴上一顶白色厨师帽,干净利索。夫妻俩夫唱妻和,配合默契,一桌年夜饭在他们的料理下做成了。

那天晚上,我们一行四家,加上杨导,一起在那饭店吃年夜饭,而林老板夫妻还在招待当地的非洲客人吃饭。这是我们第一次在国外吃年夜饭,别有一番滋味。席间,我们把带去的一瓶茅台喝了,举杯庆祝新年即将到来。酒后,团长夫人她们和林老板算账,他只收点菜的钱,14欧元。我们要他收一点加工费,他始终不收,让我们好生过意不去。后来我们提出再吃点饭,零钱不要找了,他总算收下了20欧元。

这顿年夜饭给我们留下了深深的印象。除了茅台酒的醇香、东星斑的鲜美,还有温州人林老板夫妻的善良与友好。可惜因为林老板夫妻忙于做菜,我们没有给他们夫妻敬酒,这是一个小小的遗憾!

非洲兄弟

在北非旅游,我们不但感受到了中国人的善良与友好,而且也感受到了非洲兄弟的善良与友好。

说起非洲兄弟,我们老一辈的人就会想到中国外交史上的重大事件。1971年10月25日上午,第26届联合国大会在纽约联合国总部召开。大会以76票赞成、35票反对、17票弃权的压倒性多数,通过了中国恢复在联合国合法权利的提案。这个提案是阿尔巴尼亚和阿尔及利亚等国家提交的。提案通过的时候,许多当时在场的非洲国家代表都站起来热烈鼓掌。这个提案不仅恢复了中国在联合国的席位,而且把台湾赶出了联合国。当天下午,周恩来总理在人民大会堂召集外交部有关人员,讨论联大问题。会议期间,毛泽东给周恩来打来电话,询问此事。周恩来汇报了讨论的情况,并向毛泽东征求要不要去参加联大会议的意见。毛泽东当即指示:"要去,马上组团去。这是非洲兄弟把我们抬进联合国的。"后来,中国派出了以乔冠华为团长的代表团出席第26届联大,并留下了乔冠华在大会开怀大笑的经典场面。我们不是历史人物,没有见证这个历史场面,但我们在北非的佛得角却经历了另一个场面。

佛得角是一个小岛国,空气清新,风景优美。在那里租车做一次环岛游,是一个不错的选择。于是,我们决定租几辆车过把瘾。有小顾和杨导在,语言沟通没有问题。租车手续办好后,我们就像脱缰的野马到处奔跑,开始环岛旅行。一天上午,我们来到一个沙滩,停车吃饭。为了方便,我们就把车停在沙滩边,准备在海边小店吃大西洋的东星斑。可是小店的土著夫妻却听不懂英语,我们也听不懂他们的语言。还是团长有办法,他一边用手比画,一边给他们画鱼图。这种原始的交流方法很管用,我们在非洲土著家吃饭常常用这种方法。小店的土著夫妻似乎明白了我们的意思,双方谈好了土豆烧东星斑的做法与价钱。此鱼可以和土豆烧煮,也可以和饭一起蒸,做鱼饭,但都不用调料,不用油红烧。那似乎是一种原始的方法,吃起来鲜美,也没有鱼腥味。坐在海边的遮阳伞下,我们一边眺望渔民打鱼,一边品尝大西洋的东星斑,其乐融融。一锅鱼一上桌,很快就被我们抢着吃光,连锅底的汤也没留下。

享受了大西洋里的东星斑,我们与土著告别,送一些风油精和清凉油等小礼品,作为感谢。没想到上车发动汽车的时候,才发现车轮在沙滩里打转,怎么开都开不动。就是车上的人下来了,也无济于事。正在我们着急的时候,几个在海边打鱼的非洲兄弟走过来,帮我们抬车。他们娴熟地用手扒开细沙,然后三五成群在后面帮我们抬汽车。在非洲兄弟的帮助下,我们一起推出车子,重新上路。当从沙滩里抬起车子的时候,我忽然想起了毛泽东曾经说过的那句话:"是非洲兄弟把我们抬进联合国的。"今天,非洲兄弟帮我们抬车的意义,虽然不能与当年中国进联合国的历史意义相比,但非洲兄弟的善良和友好却是一样的。我们感谢非洲兄弟!感谢非洲兄弟的善良与友好!

非斯的味道

1月31日,我们来到了非斯古城。非斯是我们这次北非之行的必经之地,这不仅因为地理上的缘故,而且有人文上的原因。一路上,杨导用散文诗般的语言向我们推荐这个城市。

非斯古城是阿拉伯人心中的"精神首都"。1981年,世界遗产委员会对它的评价是:非斯古城建于公元9世纪,那里有世界上最早建立的大学——卡拉维因大学。公元13世纪至14世纪时,非斯代替马拉喀什成为马里尼德王朝的首都,从而到达了它的鼎盛时期。聚居区中的城市建筑和主要遗迹都可以追溯到那个时期,其中包括伊斯兰学校、集市、宫殿、民居、清真寺、喷泉等等。尽管国家的首都于1912年迁到了拉巴特,但是,非斯仍然是摩洛哥最主要的文化中心和宗教中心。

│杂│记│

　　非斯坐落在中特拉斯北麓海拔400多米的高地上,为摩洛哥历史上最早建立的城市,至今已有2800多年历史,被尊为伊斯兰教圣地。非斯古城是全球最大的步行区,有9000多条街巷。城内卡拉维因大学是世界上最早建立的大学,比英国的牛津大学早90年。卡拉维因大学建在清真寺里,至今还保留着清真寺的建筑风格。起初的教学方式是向教徒讲解《古兰经》,求学的学生有来自阿拉伯国家,也有来自欧洲的。我们来到大学的门前时,那条狭长的小巷已是人来人往,但都不能到里面参观。据说,不是穆斯林是很难走进大学里面的。从蓝天白云处透过来的阳光照在卡拉维因大学古老的门楼上,仿佛有些神圣,难道这是《古兰经》烛照出来的神灵之光?非洲人信仰伊斯兰教,《古兰经》则是伊斯兰教的圣经。与基督教相比,伊斯兰教对当地土生土长的社会和文化制度更宽容,也更有吸引力。与传统的非洲信仰一样,它注重公共的习惯和神灵的力量。

　　走进老街,游览麦地那,好像去迷宫探险,那是一个熙熙攘攘、热闹繁忙的街巷迷宫,一个行人、驴子、买卖和手艺的天下,虽历经数百春秋而大致轮廓未变。在众多住宅之间,有许多堪称范本的精美建筑,比如穆斯林学校、清真寺、喷泉等。在非斯古城行走,处处可以碰到装运货物的毛驴、马匹和两轮车,这是阿拉伯人的日常生活状态,也是这座城市特有的风景。毛驴和马匹常常在逼仄的小巷里与行人碰面。当然,行人会主动让到一边,待它们嗒嗒地穿过,才继续行走。日常的生活用品都可以用它们运载,但家具等一些建筑材料不知从何而来。

　　我们用脚丈量了一下,街巷宽不过2至3米,有些更加狭窄,两人相向而走都有点困难。千百年来,老城的人世世代代就这样生活在那里,从不改变。织布、缝纫、制皮等等都用手工,仿佛自古而然,越原始越好,他们似乎对现代工业不感兴趣。当东西方诸多国家在全球化的浪潮中躁动不安,没完没了地竞争经济文化地位、掠夺自然资源的时候,他们依然我行我素,过着与世无争的日子,内心非常宁静。斯多葛哲学的观点认为,人类追求的终极目标,就是内心的宁静。如果我们同意这样的观点,那么,我们已经在那里找到了证明。除了非斯,摩洛哥的其他城市也是这样。

在非斯古城,还有一个保留节目便是参观皮革染坊。染制皮革是非斯的传统手工业,历史悠久。不过,走进皮革染坊,染坊里弥漫着一种刺鼻的怪味,除了主人赠送的薄荷叶去味外,我们每人还戴上了事先准备好的口罩。这个时候,我才想起杨导出国前为什么要我们带口罩。口罩在那里派上了用场。非斯人制皮崇尚自然,不用化学原料。据说为加固色泽,染缸里掺杂了鸽子粪和牛马的排泄物,这是当地人传统的工艺,千百年代代相传。这种制皮工艺原始落后,原料发酵带来的气味臭不可闻。不过,非斯人似乎没有大惊小怪,他们每天生活在这种味道中,已经见怪不怪了。今天,原始的制皮工艺早已被现代工艺所取代,但非斯人仍然保留了下来,也许是供人参观,或者是满足人们的欲望和好奇心吧。

非斯的味道,不仅来自皮革染坊,也来自精油、香料以及满城可见的垃圾。当然,还来自食物和人体的排泄物。

我们匆匆离开非斯古城,好像逃离这座城市似的,非斯的味道让我们不能久留。同行的孙博士早就已经受不了,她虽然戴着头巾,可是非斯的味道却无孔不入,就好像雾霾一样,让人无处藏身。这是她终生难忘的一次旅行。孙博士是社会学教授,年轻有为,她对社会学颇有研究。回国后,她将把留有非斯味道的头巾收藏起来,不知她是不是把它作为社会学研究的一个课题。

离开非斯古城后,我们一行来到城外。站在城外高处往下看,只见带有中世纪色彩的古城墙绵延10多公里,城墙上有垛口。墙内的麦地那,那个北非城市中常见的阿拉伯人聚居区,茫茫一大片白色小屋,鳞次栉比,连绵不绝,其中有许多幢建筑蔚为壮观。夕阳西下,黄昏就要来临。这个时候,我们从远处看非斯,非斯犹如一个沉睡中的美人。不过,这个美人美则美矣,却只能远看,不能近观,因为她患有"狐臭"。

(原载《宁波市老教授协会》2018年第1期)

机上黑美人

　　国庆节期间,我从上海坐飞机到纽约,十多个小时的航程有些无聊,就随便翻翻随身带的几本书,无意中看到哥伦比亚作家马尔克斯的一篇美文《飞机上的睡美人》。此文写的是马尔克斯在飞机上和一个安第斯山姑娘的一次"艳遇"。那是一次旅行。马尔克斯在戴高乐机场的候机大厅里与安第斯山姑娘相遇,后来又在机舱里相邻而坐。那姑娘真是美丽动人,细嫩的麦色肌肤,绿宝石的杏眼,长达腰际的黑色直发,脚步犹如母豹式轻盈。这是作者有生以来见过最美的女人。

　　这是一个真实的故事。虽然这种"艳遇"不是人人都会遇到,但旅途中谁又能说得准呢?当我结束纽约的旅行,乘美联航UA3371航班前往加拿大多伦多的途中,就遇到了。

　　我是早上8点多钟从华盛顿机场登上一架小飞机到多伦多的。那小飞机好像只有几十个座位,是我坐过最小的飞机。空姐是一个美国黑人,二十七八岁模样,黑黝黝的脸,身材匀称,对人总是以职业性的微笑,露出一口白亮的牙齿,显得十分优雅。当她为我们倒水和饮料时,脸上就会垂下一绺柳丝般的头发,她也不去理它,任其自然,没有一点刻意。起先,我以为还有其他空姐,但后来当我确定只有她一人时,觉得有些好奇,难道一架飞机就像以前的公共汽车,一个开车,一个卖票?

　　华盛顿机场到多伦多不远,一个半小时,中途不供应中餐,但供应饮料。几十人全由一人服务,似乎有些紧张,但她非常从容,迈着小碎步,来来回回在狭小的走道里奔走,为我们倒饮料、加冰块,没有一点紊乱和失态。加冰块时,她先把盒子里的碎冰摇一摇,然后熟练地用铲子铲起冰块,冰块就会发出有节奏的嚓嚓声。这声音在飞机的嗡嗡声中尤其特别,好像一种打击乐伴奏,给我留下了深深的印象。从飞机起飞到降落,她不停地工作着,几乎没有空闲休息。她做得如此专业,精力如此充沛,效率如此之高,是我见过的空姐中最好最美的。虽然由于语言不通,我们没有与她说过一句话,但她已经为我们提供了想要的服务。这样的服务使语言变得没有必要。当然,为了表示感谢,我们不忘说一句:"谢谢。"

  飞机很快就到达多伦多机场,我们走出机舱,与空姐告别。她站在机舱门口优雅地微笑,精神依然饱满,黑黝黝的脸上又露出白亮的牙齿。她笑得那样自然,就像窗外多伦多清新的空气和灿烂的阳光。我一边与她说"再见",一边又想起马尔克斯的美文《飞机上的睡美人》。这次旅行何尝不是一次"艳遇"呢?所不同的是,马尔克斯遇到的是飞机上的睡美人,而我遇到的却是飞机上的黑美人。

(原载《宁波晚报》副刊 2016 年 6 月 22 日)

长白山天池

中国有许多天池,但唯独长白山天池神秘莫测。

2008年7月26日是个好日子,天气多云转晴,天上飘着几缕白云,我们一行几人来到长白山旅游。没想到一走进长白山地带,我们就被原始树林裹挟,置身于绿色之中。静静的白桦林、修长的美人松,还有那些乔木、灌木、野草、野花、苔藓和松鼠等,构成了森林的生物图景。虽然我们看不到季节的变化,比如冬季漫山遍野的白雪茫茫,林海雪原;春季冰雪融化,绿草如茵……但夏季的鲜花盛开色彩缤纷,已经使我们心情舒畅。不过,长白山最大的亮点不是它的生物系统,而是那个神秘的天池。

从地图看,长白山地处黑龙江与吉林两省,毗邻朝鲜。天池坐落在中朝两国的边界,是中国和朝鲜的界湖。虽然海拔只有2000多米,但它却是我国最高的火山湖。长白山原是一座火山。火山爆发喷射出大量的熔岩,在火山口形成盆状,时间长了,便积水成湖。这就是天池的由来。在天池的周围,那些火山喷发出来的熔岩构成了不规则的山峰。于是,天池就被群峰环抱。由于长白山天气变幻莫测,云雾缭绕,因此,天池又常常被云雾遮蔽,要窥视它的容貌并不容易。据说有一位国家领导人非常想亲眼看一下神秘莫测的天池,但几次来长白山都无法如愿。

说来也巧,当我们登上天池的顶峰时,正午太阳的光线直射在湖面,湖水像珍珠一样闪闪发出绿蓝色的光,湖面上浮光跃金。我们似乎还没有准备好接受这天赐的礼物,想不到神秘的天池一开始就像一个少女裸露出它美丽的胴体。也许意识到有些羞涩,天上忽然飘来几朵乌云,遮挡在天池的头顶。于是,天色很快变得阴暗,天池似乎也披上衣裳,看上去有些朦胧。这时候,池水泛起深蓝色的幽光,好像挂在美人玉颈上的一颗椭圆的蓝宝石。

在石峰上看天池,由于地理位置的不同,天池的形状也各有不同,但无论你在哪个位置,天池都是美丽的。如同一个美人,从正面看还是从背面、侧面看,她都是无可挑剔的。难怪天池被朝鲜当作"圣湖",顶礼膜拜。在天池的另一边,有一条白色的栈道通到天池。这是朝鲜人朝拜"圣湖"的"天路"。我们不知道这种朝拜始于何时,但也许走过栈道的人心里都有一个愿望:天池是神秘的,她会给人们带来幸福。

天池的神秘还在于"怪兽"的传说。听说,有人看到过一种不知名的"怪兽"在天池里游弋。"怪兽"的活动没有规律,它犹如一艘潜艇,时而露出水面,时而潜入水底,难以捉摸。我们在天池上没有发现"怪兽",但据说科研人员在"天池怪兽观察站"曾拍摄过照片,证明确有不明生物在水中游弋。可是,天池除了水之外,就是巨大的岩石。池水深至几百米,原本没有生物。既然水中没有生物,那么,"怪兽"如何生存呢?

看来,长白山天池至今还很神秘。越是神秘,就越吸引人去探索。不过,总有一天,长白山天池会被人类揭开神秘的面纱,露出它的真面目。

(原载《文学港》2009 年第 3 期)

西欧散记

2007年10月,当枫叶红了的时候,我们一行十人来到意大利、法国、德国和奥地利等西欧国家,开始了西欧之行。

文艺经典

西欧有许多文艺经典,可以上溯到文艺复兴时期。14世纪意大利的文艺复兴是一次人类从来没有经历过的伟大变革,那是一个产生巨人的时代。意大利是文艺复兴的发祥地,在诗歌、绘画、雕刻、建筑和音乐等方面都取得了辉煌的成就。著名的文坛"三杰"(彼特拉克、但丁和薄伽丘)全都诞生在意大利。彼特拉克是人文主义的鼻祖,享有"人文主义之父"的美誉。他第一个发出复兴古典文化的呼唤,提倡"人学",反对"神学",写下了许多诗歌。薄伽丘是意大利民族文学的奠基者,他的短篇小说集《十日谈》开欧洲近代短篇小说的先河,对西欧现实主义文学影响很大。《十日谈》出版后,被译成西欧各国文字,直到十六七世纪,短篇小说家都在继承他的创作传统。

当然,但丁和米开朗基罗是两位巨人。在但丁故居,但丁的雕像并不大,但这位被恩格斯称为"中世纪的最后一位诗人,同时又是新时代的最初一位诗人"却是一位文学巨人,世界最伟大的诗人之一。他的代表作《神曲》已成为世界文学经典。他说过的名言"走自己的路，让别人去说吧"至今闪耀着光芒。

在米开朗基罗广场，我们看到了米开朗基罗创作的《大卫》雕像，好像有一种亲切感。因为，在宁波大剧院的广场上有一尊佛罗伦萨市政府赠送给宁波的《大卫》雕像，已成为宁波城市的一大景观。米开朗基罗是文艺复兴时代的又一位巨人。由于创作了《大卫》雕像，他被誉为意大利首席雕刻家。《大卫》雕像前无古人，后无来者，成为雕刻艺术的经典。当"大卫"第一次漂洋过海来到宁波的时候，更多的中国人看到了来自西欧的艺术经典。

今天，当文艺的经典离生活愈来愈远的时候，如果我们来到意大利的佛罗伦萨重温，或者体验一下那些文艺经典，就好像去攀登一次高山。当我们到达"山顶"的时候，豁然有一种"会当凌绝顶，一览众山小"的感觉。

西欧的文艺经典也体现在建筑上。如果说中国的文化在地下，那么，西欧的文化则在地上。文艺复兴催生了西欧的建筑风格。这种建筑风格的基座建立在对中世纪神权至上的批判和对人道主义的肯定基础上。建筑师希望借助古典的比例来重新塑造理想中古典社会的协调秩序，所以，文艺复兴时期的建筑是讲究秩序和比例的。严谨的立面、平面构图和柱式系统便是秩序和比例的结果。比如使用对称的形状和集中式形制恢复"自然"风格，用圆形和正方形建筑取代哥特式建筑。这种文化理念和造型艺术体现在大理石上，辅之以完美的雕刻，成为不可复制的经典。

在法国巴黎和意大利佛罗伦萨，我们随处可见这样的经典。石墙、石雕、石街，几百年不变。可惜，这样的经典如今已是凤毛麟角。

金色大厅

2007年10月29日,我们从法国巴黎出发,经过蓝色的多瑙河,来到世界音乐之都——维也纳。

深秋时节,维也纳沐浴在浓郁的色彩之中。这种色彩便是红与黄的天然组合。一场秋风秋雨刚过,阳光灿烂,满地的落叶无声无息,宁静、安详而超脱,好像躺在大地母亲的怀抱中安息。

维也纳这座城市是与莫扎特、贝多芬和海顿等人的名字连在一起的。一座城市拥有那么多的音乐艺术大师是上帝给这座城市的特殊礼物。这虽然有失公允,但维也纳也没有辜负上帝的厚爱,对上帝的回报便是建造了金色大厅这个世界顶尖的音乐艺术殿堂。一年一度的新年音乐会让全世界喜欢音乐的人享受一次音乐的盛宴。

2007年是莫扎特诞辰250周年,奥地利政府把它定为"莫扎特年"。在维也纳,到处可以感觉到"莫扎特年"的气氛。酸奶、啤酒、香肠、蛋糕、巧克力等等,全都与莫扎特的名字有关。我们下榻的酒店,有介绍莫扎特和金色大厅的明信片,明信片上可以看到莫扎特和金色大厅音乐会的盛况。说来也巧,我们到达维也纳时,正好看到中央电视台国际频道播出的节目——我国通俗歌手谭晶金色大厅个人演唱会访谈录。这是我们在西欧第一次看到国内的电视节目,而且就在维也纳。这让我们多少有些激动。于是,我们决定去金色大厅听音乐会。

金色大厅是一个纯粹做音乐的地方,因此,对于每一位歌手来说,能够登上这样一个最高艺术殿堂是一种骄傲。2006年9月13日,谭晶在金色大厅举办个人独唱音乐会。这场名为"和谐之声"的音乐会不到两小时,谭晶唱了16首歌。她的演唱征服了在场的观众,赢得了热烈的掌声。欧洲记者把谭晶的歌声比作"天籁之声",认为她的声音很"和谐"。对于这场音乐会,谭晶自己也很满意。她当时的感觉是一种极致，作为一个中国人非常自豪。

晚上7点半，我们一行四人驱车来到金色大厅。与我们想象不同的是，金色大厅的外立面并不起眼。可是，当我们走进金色大厅时，莫扎特的塑像就引人注目。那金碧辉煌的建筑犹如王宫，令人目眩。虽然不是纯金的，但很多是金色的。原来金色大厅的精华是在大厅里面。

金色大厅是一个长方形结构的建筑，整个建筑都有音响设计。据说，金色大厅的地板已有上百年历史。每年有那么多的演唱会，地板已经被磨得十分破旧。但是，再破旧的地板也不能换。有一次，大厅的人换了一下，结果新年音乐会的效果就不好。大家坐在下面听，感觉音响不对了。于是，大厅的人连夜把新地板拆了，换上原来的旧地板。第一次到金色大厅听音乐会，音乐会的内容并不重要，重要的是音响。完全不同的音响可以使美声在大厅的任何一个角落里听到。这对唱歌的人来说是一种极致；对观众来说，也是一种无上的享受。

在金色大厅听音乐会，就像在法国喝葡萄酒那样纯正、地道，味道醇厚。

作家的高度

法国的葡萄酒固然很好，值得法国人骄傲。但法国人骄傲的地方很多，比如凯旋门。世界各地有许多凯旋门，但唯独巴黎的凯旋门影响深远。巴黎的凯旋门有许多人写过。比如说它是拿破仑时代所建，为纪念拿破仑所指挥的奥斯特里茨战役的胜利。但凯旋门断断续续建了30年，拿破仑直到逝世都没有从凯旋门凯旋。比如说1840年12月15日，法国把拿破仑的遗体从圣赫勒拿岛接回法国国葬，90万巴黎市民冒着严寒参加拿破仑的葬礼。拿破仑死后才从凯旋门"凯旋"。比如说1919年7月14日，参加过第一次世界大战的法国官兵穿过凯旋门庆祝胜利。这个日子也是法国的国庆日。因此,每年的这一天,游行队伍都要经过凯旋门庆祝国庆。又比如说凯旋门是一件艺术精品,凯旋门是巴黎具有纪念性的标志建筑,等等。但我以为,值得一写的还是维克多·雨果。

1885年,法国著名作家雨果逝世。法国人民为了悼念这位伟大的作家,举行了隆重的国葬。5月22日,他的遗体在凯旋门下停灵一夜,供市民瞻仰,然后经过凯旋门安葬在先贤祠。一位作家能够享受与法国皇帝拿破仑这位民族英雄一样的待遇,这是作家的荣誉,被法国人引以为荣。法国对雨果的尊重,也就是对文化和人文精神的尊重。因为,雨果是值得法国人尊重的。

雨果是19世纪法国浪漫主义文学运动的领袖和代表作家。他的创作长达60多年,作品既有诗歌小说,也有剧本和哲理论著,是法国宝贵的文化遗产。他创作的长篇小说《巴黎圣母院》和《悲惨世界》成为世界名著。《巴黎圣母院》和《悲惨世界》还被拍成电影,在世界上广为流传,成为经典之作。他说过的名言至今被人引用:世界上最宽阔的是海洋,比海洋更宽阔的是天空,比天空更宽阔的是人的胸怀;脚步不能到达的地方,眼光可以到达,眼光不能到达的地方,精神可以到达。

20世纪初,雨果的作品被翻译到中国后,很快就得到中国人民的喜爱。他作品中的人道主义思想和人文关怀精神是人类共同的主题。雨果不仅是法国文学史上的伟大作家,而且也是中国人民的朋友。在中国人民遭受苦难的时候,他有勇气站出来说话。1861年,当英法侵略者侵略中国,并纵火焚烧圆明园后,他拿起笔来写道:"法兰西帝国从这次胜利中获得了一半赃物,现在它又天真得仿佛自己就是真正的物主似的,将圆明园辉煌的掠夺物拿出来展览。我渴望有朝一日法国能摆脱重负,清洗罪责,把这些财富还给被劫掠的中国。"

这是一个法国作家的呼唤与呐喊,它代表人类的良知。

凯旋门是高大的，高约 50 米。但我站在凯旋门下时，忽然感到比凯旋门更高更大的是雨果。

这是作家的高度。

歪打正着

意大利是一个宗教国家，宗教节日的传统历史悠久。2007 年 10 月 31 日，当我们前往比萨斜塔参观的时候，正好赶上万圣节，路上到处是开往比萨城的汽车。车堵得慌。

万圣节又叫"鬼节"，是西方国家的传统节日，源于基督诞生前的西欧国家。万圣节前夜就是"圣夜"。传说当年死去的人的灵魂会在万圣节前夜造访人世，于是，人们就用篝火或灯火吓走鬼魂，为鬼魂照亮道路，引其回归。万圣节在 10 月 31 日，其实是赞美秋天的节日。今天，万圣节已经变成西方国家一年中最流行和最受欢迎的节日之一。人们不再把这一节日当作"鬼节"或用来赞美秋天，而是当作一场真正的"狂欢"，许多玩家都以极大的热情来庆祝这一节日。

比萨斜塔位于意大利托斯卡纳省比萨城北面的广场上。广场的草坪上，排列着大教堂、洗礼堂、钟楼和墓园等宗教建筑。它们各自相对独立，但又形成风格统一的罗马式建筑。钟楼便是比萨斜塔。比萨斜塔的外墙面为乳白色大理石砌成，塔身倾斜，但斜而不倒。

据史料记载，比萨斜塔建于 1173 年，当时设计为垂直圆柱形结构，高 8 层，底层圆柱 15 根，中间 6 层 31 根，顶层 12 根。没想到建到第 4 层时，由于地基不均匀和土层松软，导致塔身倾斜，工程被迫停工。1231 年，工程继续，第一次使用大理石。为了把塔身扶正，建造者采取各种方法加以修正，但都无法改变重心偏离。

1360年,停停造造差不多100年的比萨斜塔终于完工,并做了最后一次修正。斜塔建成后,塔顶中心偏离塔体中心垂直线2米左右。600多年来,由于松散的地基难以承受塔身的重压,继续向南倾斜。1972年,意大利发生一次大地震,比萨斜塔大幅度摇晃了20多分钟,但仍然斜而不倒,堪称世界建筑史上的奇迹。1987年,比萨斜塔和与它比邻的大教堂、洗礼堂和墓园被联合国教科文组织评为世界遗产。

　　比萨斜塔的出名是因为它的倾斜,当然这种倾斜不是有意为之,而是歪打正着。当初,意大利人并没有想到塔身会倾斜,更没有想到这种倾斜的价值和意义。几百年来,斜塔斜而不倒,引起人们的好奇。今天,世界各地的旅行者正是冲着倾斜而来的。斜塔创造了巨大的经济效益,引起了当地政府的关注。据意大利《晚邮报》报道,为了吸引更多的游客,增加更多的旅游收入,比萨市政府计划在比萨斜塔附近再建一座"比萨斜塔"——现代化办公楼。这座办公楼的外形要求与斜塔一模一样。不过,这种有意为之的"作品"会不会弄巧成拙?

　　比萨斜塔的出名也与物理学家伽利略有关。据说1590年,出生在比萨城的伽利略,曾经在比萨斜塔上做过自由落体实验。他将两个重量不同的铅球从相同的高度同时扔到塔下,结果两个铅球同时落地。根据这个实验,伽利略发现了自由落体定律,从而推翻了古希腊亚里士多德关于重量不同的物体下落的速度也不同的定理。伽利略在比萨斜塔做实验的故事记载在他的学生维维安尼的《伽利略生平的历史故事》一书中。

　　伽利略是一位著名的物理学家,他的发现以及他所用的科学推理方法被爱因斯坦称为人类思想史上最伟大的成就之一,而且标志着物理学的真正开端。可是,这位被誉为"近代科学之父"的科学大师,却由于证明哥白尼地球围着太阳转的"日心说"理论而遭到罗马教廷的迫害。在生与死的选择中,伽利略被迫选择了生。他在法庭上表示忏悔,同意放弃哥白尼的学说,并在判决书上签了字。今天,谁能想到,文艺复兴时期曾经创造过科学与艺术的伟大成就而领先于欧洲的意大利,却已经落后于欧洲强国。有人说,意大利的落后与罗马教廷对伽利略的审判有关,也与伽利略在判决书上签字有关。

历史的记忆

最后,说说德国。德国是世界著名的汽车王国。因此,德国给我们的第一印象便是汽车。德国人做事比较认真、严谨。这种性格也体现在汽车上。德国生产的汽车不仅名气大,而且质量好,这是世界上公认的。在马路上,宝马和奔驰的身影是最多的。德国的汽车以两厢车居多。尤其是那些我们称为"迷你型"的汽车,小巧玲珑,惹人喜爱。不过,德国给我们印象最深的还是柏林和柏林墙。这是历史的记忆。

柏林有东柏林和西柏林之分,这是历史的缘故。德国"二战"失败后,根据雅尔塔协定和波茨坦协定,柏林被苏联、美国、英国和法国占领。苏战区为东柏林,美、英、法占领区为西柏林。因此,东柏林和西柏林虽同处一地,但人为地被分裂到两个国家 —— 东德和西德,并从此开始东西方两大阵营的冷战。东德为社会主义,西德为资本主义。柏林墙便是东德和西德的分界线,也是社会主义与资本主义、东方与西方冷战的标志性建筑。为了阻止东德人逃往西德,东德政府建了柏林墙。

据当年一名退役老兵说,1961年8月12日凌晨,东德动用了两万多名军警和建筑工人,一夜之间筑起柏林墙。到8月13日中午12时,东西柏林之间一条长154千米、高3.6米的混凝土加铁丝网围墙建成。之后又加固加高。于是,一条围墙就切断了东德与西德的联系。

1989年,东欧剧变,东西德开始统一,柏林墙才被推倒。1989年

11月9日,东德领导人克伦茨下令凿开柏林墙,宣布开放东西柏林。那一天,10多万东德人像潮水一样涌向西柏林,与分离28年的亲人与朋友团聚。为了纪念这一历史事件,德国政府保留了一段1.3公里左右的柏林墙,并在马路旁边竖立一片白色的木制墓碑,以纪念那些倒在柏林墙下的亡灵。这就是我们今天看到的柏林墙。

我们来到柏林墙参观的时候,裸露的墙面上许多弹孔清晰可见。想当年,有多少东德人想尽各种办法试图偷越这座围墙,却倒在柏林墙下。1961年,18岁的东柏林青年彼得·费希特尔翻越柏林墙。但当他爬上墙顶,正准备翻越到墙那边的时候,一声枪响,结束了他年轻的生命。也许,他的名字就在那白色的木制的墓碑上。在柏林墙,这样的故事很多。

德国在"二战"后重建。如今,统一后的德国已成为欧洲和世界强国,重新得到世界的尊重。但是,德国人没有忘记历史上犯过的错误。战争不仅造成欧洲的灾难,而且也给德国带来创伤。今天,柏林墙虽然倒了,但这段历史值得记忆。2007年11月9日是柏林墙倒塌18周年纪念日,德国政府在柏林举行各种纪念活动。这一天,德国无党派组织提议建造一座柏林墙纪念碑,以此纪念自由与和平。

在柏林墙上,我们还看到了许多国家的文字与图画,也有中文,其中希望中国统一的文字引起我们的共鸣。世界上只有一个中国,这是世界上大多数国家的共识,可是,台湾当局却坚持要搞"台独"和"入联公投",在台湾与大陆之间筑起一道无形的"墙",这自然引起中国人的反对。我想,柏林墙已经推倒,台湾与大陆之间那道无形的"墙"的消失也不会远了。因为,历史告诉我们,国家统一、世界自由与和平是人类历史发展的定律。既然是定律,那谁也无法违背。

(原载《文学港》2008年第2期)

庐　山

山不在高,有仙则名,这是智者对名山的看法。庐山的海拔不如黄山,它的险峻也不及黄山,但要论名人荟萃,非庐山莫属。

庐山又名匡山或匡庐。相传周武王时,有匡氏兄弟七人结庐此山,故名。庐山的出名可以追溯到东晋高僧慧远,他在庐山隐居了30多年,立身行道,从此使庐山名声远扬。晋代的大诗人陶渊明也给庐山增色不少。陶渊明官场失意到庐山,后来写出了传诵千古的《归去来兮辞》。至于唐朝的李太白,更把庐山当作求仙学道的居所,他写庐山瀑布如画似梦,令人叹为观止:"金阙前开二峰长,银河倒挂三石梁。"到了明代,地理学家徐霞客在失去爱妻后游历的第一座山便是庐山,雄奇秀丽的庐山使徐霞客从丧妻的痛苦中超脱出来。黄昏,在八月庐山的朦胧中,徐霞客从桃花峰到达汉阳峰时,住在一个草庵中。翌日,他登上了汉阳峰和五老峰。在《徐霞客游记》中,有一段描写五老峰的文句颇为壮丽:"惟登一峰则两旁无底,峰峰各奇不少让,真雄旷之极观也。"

对庐山的吟咏一直延续到当代。余秋雨在"文化苦旅"时也到过庐山。在遍察庐山胜迹之后,他对庐山的文化现象和山水的人文意义做了一番感慨。其实,在中国现代史上,庐山已不仅仅是旅游胜地和文化名山,它还和政治风波连在一起,带有明显的政治色彩,"此后,越来越多的政治活动、外交谈判、军事决定产生于庐山。密密层层的云雾藏进了中国现代史的神秘经纬"。

毛泽东游庐山后曾写了一首七言律诗《登庐山》。诗曰："一山飞峙大江边,跃上葱茏四百旋。冷眼向洋看世界,热风吹雨洒江天。云横九派浮黄鹤,浪下三吴起白烟。陶令不知何处去,桃花源里可耕田?"这是一首抒情诗,气势不凡。

我到庐山时住在庐山宾馆,宾馆距召开党的八届八中全会即庐山会议的会址不远。沿着一条山坡而行,很快就到达会址所在地。在二楼大礼堂,当年会议的摆设依旧。会场不大,但显得异常庄严肃穆。里面并排放着3台电视机,每隔20分钟播放一次电视资料片《庐山烟云》。据说这部电视资料片从1995年5月开始播放,但只供内部播放,不对外公开,每年有20万人次观看,至今已有上百万人观看过此片。这部片子把庐山风光与政治风云融为一体,真实地再现了庐山的自然和人文景观,给到庐山旅游的人补了一堂党史课,这是一种意外的收获。离开会址的时候,我忽然想到,《庐山烟云》会不会像电影院放映的电影《庐山恋》一样,创造电视播放的吉尼斯纪录?

(原载《宁波晚报》副刊 2000 年 8 月 24 日)

黄鹤楼

年初,去了一趟慕名已久的黄鹤楼。

黄鹤楼因黄鹄矶而得名("鹤""鹄"古音相通)。据《元和郡县志》记载:"江南道鄂州城西临大江,西南角因矶名楼,为黄鹤楼。"而后人则大多传说黄鹤楼是因仙人乘鹤归去而得名的。由于黄鹤楼造型独特,且又具有"临观之美",因此,黄鹤楼历来是江城武汉的一大胜景。

"胜景所在,必有文章。"黄鹤楼亦不例外。黄鹤楼的出名自然与崔颢的《黄鹤楼》一诗相关。相传诗仙李白游黄鹤楼时诗兴大发,欲题一诗,不想崔颢的《黄鹤楼》已题在上头,只好望楼兴叹:"眼前有景题不得,崔颢题诗在上头。"然后怅然而去。据说,凡是李白到过的胜地,他都要题诗,唯独黄鹤楼是个意外。不过,虽然李白没在黄鹤楼题诗,却写过一首《黄鹤楼送孟浩然之广陵》的诗,末尾一句:"孤帆远影碧空尽,唯见长江天际流。"意境开阔,情景交融,历来为人称道。可惜那天我登临黄鹤楼眺望,却始终难觅"晴川历历汉阳树,芳草萋萋鹦鹉洲"的景观,也体验不到那种孤帆远影和长江天际的情景。

原来今日之黄鹤楼已非昔日之黄鹤楼。20世纪50年代,武汉长江大桥建成,"一桥飞架南北,天堑变通途",曾使多少人为之自豪。可是,长江大桥的兴建却带来了黄鹤楼的迁移和重建。重建后的黄鹤楼从江边移至桥头,这就是我们今日所见的黄鹤楼。它虽然仿造昔日黄鹤楼的模样,但再也没有往日那种"日暮乡关何处是,烟波江上使人愁"的感受和"孤帆远影碧空尽,唯见长江天际流"的意境了。

听说黄鹤楼下有黄鹤廊,廊内的名联匾额也是黄鹤楼的一大景观,可惜如今也难觅踪迹。武汉的朋友说,十年前,为了与新建的黄鹤楼交相辉映,相得益彰,武汉市领导和规划部门在黄鹤楼下马路南侧斜坡上建造了仿古建筑一条街——黄鹤廊,从廊头到廊尾悬挂着省内外著名楹联专家和书法家的几十幅名联匾额,供游人观赏。可是十年后,这些深受游人赞赏的名联匾额如同黄鹤一样一去不复返,如今已荡然无存。我问同行的武汉朋友,这是何故?武汉的朋友告诉我,在商品经济的大潮中,黄鹤廊各家门面承包转让,名联匾额无人管理;再是商家招牌换证,经营内容变更,楹联匾额改头换面,变成了商品广告。皮之不存,毛将焉附?难怪黄鹤廊和黄鹤楼一样只闻其名而不见其实了。

无独有偶,曾因范仲淹的千古名句"先天下之忧而忧,后天下之乐而乐"而扬名天下的岳阳楼,向来备受推崇,可是如今的岳阳楼已没有过去八百里洞庭那样"浩浩荡荡,横无际涯""上下天光,一碧万顷"的壮观景象和览物之情。由于自然资源被蚕食,洞庭湖正在变小,失却了那种气吞山河的浩然之气。我想,如果范文正公生活在今天,他将如何写出传诵千古的《岳阳楼记》?

江河之好,登临之乐,乃人之常情,然而这有赖于我们对自然资源的妥善保护。在经济建设日新月异的今天,我们更应珍惜这些有限的自然和人文资源。只有这样,我们才能上对得起先贤,下无愧于子孙。

(原载《宁波晚报》副刊 1999 年 7 月 31 日)

革命圣地井冈山

"环滁皆山也",这是欧阳修《醉翁亭记》中的名句。其实,把它用来描写井冈山也是非常贴切的。

井冈山是中国革命的第一个根据地,这座名山曾经把中国革命的"星星之火"燎遍全国,因而井冈山又被称为中国革命的"摇篮"和"圣地"。不久前,我来到了这座心仪已久的名山。

我所住的黄洋界宾馆是观看黄洋界哨口的好去处。哨口海拔1300多米,地势险要,是井冈山大小五井通往宁冈县的唯一通道,真可谓"一夫当关,万夫莫开"。身临其境,环顾左右,我仿佛听到了"黄洋界上炮声隆"。遥想当年,井冈山的红军在江西老表的支持下,用不足一个营的兵力,打败了国民党军队的两个团,难怪毛泽东在重上井冈山的时候写道:"过了黄洋界,险处不须看。"

茨坪是井冈山的中心。当年,毛泽东、朱德等红军官兵就生活在那里。第五次反"围剿"失败后,国民党对井冈山根据地实行"三光"政策,"石头要过刀,茅草要过火,人要换种"。据史料记载,仅茨坪村的村民就有110余人被杀。在茨坪村红军故居里,我看到了当年村民冒着生命危险保存下来的一截土墙残壁。它嵌在墙面正中,似乎还在诉说着当年的腥风血雨。

在井冈山革命烈士陵园,我默读着铭刻在碑石上的那些名字。他们中有当年战斗在井冈山的40多位将领,还有许多知名和不知名的死难烈士。他们与井冈山同辉,永远受人景仰。

井冈山不仅是一块红色的土地,而且还有着丰富的旅游资源。中华人民共和国成立后,井冈山封山育林,森林面积达85万亩,占土地面积的88%,覆盖率为68%,是全国之最。山上山下,峰回路转,林壑优美,空气清新,气候宜人。五指峰是井冈山的主峰,海拔1438米,风景秀丽,第四套100元人民币的背面图案就是五指峰。据说这个图案不仅纪念当年五指峰下中国红军最早的造币厂和"工"字银圆,而且也代表井冈山的风光。朱镕基总理在五指峰参观时曾经幽默地说:"这是中国最值钱的地方。"

1965年5月,毛泽东重上井冈山,故地重游,触景生情,写下了气势磅礴的《水调歌头·重上井冈山》,抒发了他对井冈山的深情。井冈山的斗争前后历时两年多,这在中国革命的历史长河中只是短暂的一瞬,但红军在这里创建了第一个革命根据地,开辟了一条"农村包围城市"的道路,并留下了井冈山精神。这些都成为中国革命和建设的宝贵的精神财富。

从井冈山回来,我带回了两样特产——红薯和竹筷。据说红薯是井冈山这块红土地的象征;竹筷代表井冈翠竹,象征着井冈山精神。

(原载《宁波晚报》副刊1998年11月21日)

登天都峰

从黄山旅游回来,人就像被掏空似的,非得将息几天才能恢复元气。有同事笑话我:"花钱买疲劳,不值得。"可是,远足登高所获得的乐趣,又岂是同事能够体会到的。

黄山是中国十大旅游胜地之一,以其花岗岩风化形成的自然景观著称于世。中学课本里说黄山有"奇松、怪石、云海、温泉"四绝,这是大自然的赐予。但登上黄山,才发现黄山的好处远不止此。

那天晚上,看过温泉、奇松和怪石后,我们入住光明顶。光明顶、莲花峰和天都峰为黄山三大高峰,海拔都在1800米以上。光明顶住宿条件很差,但它是观日出的胜地,可惜第二天清晨天公偏偏不作美,蒙蒙细雨裹挟着团团雾气,不知把太阳赶到哪里去了。日出看不成,不过,那山上的云海算是一览无余了。初次置身于这样似画非画、似幻非幻的"仙境",人就仿佛腾云驾雾起来,但又总觉得有一股冷气附身。"我欲乘风归去,又恐琼楼玉宇,高处不胜寒"便是这时的真实写照。

当云海稍纵即逝后,那远处的群峰就千姿百态,气象万千,绰绰约约移到眼前,这其中便有天都峰。早知道天都峰为黄山第一险峰,于是,我们几个男子汉随着探险者的队伍行进到天都峰脚下。导游说,天都峰陡峭险恶,每年都有冒险者失足丧生。听他这么一说,再抬头往高耸入云的峰顶一看,许多人的心就悬了起来,终于不敢上山。伫既然已经来到了天都峰下,不登又未免遗憾。于是,我们三五相约,一鼓作气登山，"不到长城非好汉"。

　　天都峰确实难爬，一开始就得手脚并用。好不容易爬到山腰，体力已消耗大半。往下看，悬崖峭壁，深不可测；往上看，遥遥峰顶高不可攀，真有"蜀道难，难于上青天"的感觉。愈往上路愈险，而力愈不足。跌跌撞撞爬到"天桥"（俗称"鲫鱼背"），已是气短力竭，手脚哆嗦，扶着栏杆向下看，人悬在半空摇摇欲坠，生命仿佛如鸿毛一样微不足道。

　　登上峰顶，环顾四周，俯视苍茫大地，想起杜甫的名句"会当凌绝顶，一览众山小"，不觉踌躇满志，那巍巍的天都峰不就在脚下吗？山登绝顶我为峰。这时，又觉得生命重于泰山，人又变得那样的高大。也就在这时，我才真正体会到"没有比人更高的山"这个简单而又深刻的道理。

　　花钱买这样的疲劳，我以为值得。

（原载《宁波晚报》副刊 1998 年 6 月 19 日）

话说澳门

到了珠海的湾仔码头,放眼望去,"东方的蒙地卡罗"——澳门便隐约可见。

和香港一样,澳门自古以来就是中国的神圣领土,原属广东省的香山县。1553年,葡萄牙人以曝晒被雨水浸湿的货物为名,借机登陆澳门"借居"。万历年间,借地又改为租地,并筑有城台。1624年至1625年,当时两广总督下令把葡萄牙人擅自修建的城台拆毁,只留矮墙。后来,此墙便成为葡萄牙人在澳门的界墙之一,墙北为华人居住地,墙南为中葡人杂居的租借地。为了加强对租居地的管理,明朝设立提调、备倭、巡缉三行署,以示监管。1685年,清政府在澳门设立"关部行台(海关)"以及三个税口。1730年,香山县丞移驻前山寨,改为分管澳门的县丞,负责"管理民夷"事务。

鸦片战争后,葡萄牙人逐渐越过界墙。1848年,葡萄牙驻澳门总督亚马勒封闭在澳门的海关行台,拆毁香山县丞衙署,驱逐清朝驻澳官员。此后10多年间,葡萄牙人一步步将澳门地区的15平方公里的土地"蚕食"殆尽,占为己有。

澳门是个半岛,北与珠海市相通,南有两个小岛——氹仔和路环。过去,澳门到氹仔要乘渡海小轮。如今,一座跨海大桥飞架两地,氹仔和路环又有堤相连。从澳门到氹仔的跨海大桥,是澳门的一大景观。桥长2569.8米,宽9.2米,连同两端的引桥在内,实际长度为

3449.9米。从游船上仰望,气势如虹,令人叹为观止。

澳门有许多闻名于世的名胜,比如大三巴牌坊、妈阁庙和葡京大酒店。大三巴是澳门的象征。它巍峨壮观,雕刻精美,充满宗教色彩,原是圣保禄教堂的前壁。"三巴"即"圣保禄"语音之讹。圣保禄教堂历史悠久,在我国的古籍中称为"三巴寺"。

如果你去澳门环岛游,沿途还可以隐隐约约看到澳门的其他名胜古迹,但它们和大三巴牌坊一样,只能是"雾里看花"。尽管如此,我们毕竟看到了澳门这块祖国的固有领土,因此而产生的"移情"已远远大于实际的"距离"。今天,随着香港的回归,澳门这颗明珠回到祖国的怀抱已经指日可待了。我们期待着这一天的到来。

(原载《宁波日报》副刊 1997 年 12 月 8 日)

界　石

电视连续剧《中英街》播出后,勾起了我对中英街的回忆。

三年前,我们到深圳考察,中英街是最后一站。按照当时规定,我们办好特许通行证后,便来到沙头角"待命"。沙头角是深圳的一个边陲小镇,背靠梧桐山,面临大鹏湾,山明水秀,四季如春。但在当时,有关中英街的传说很多,因此,我们一到沙头角,便有了一种神秘的感觉。

可是,等我们踏上那条曲折而狭长的中英街时,却没有发现什么光怪陆离之处,唯有街中的几块界石引人注目。在这条长250米、宽3—6米的小街中线,竖立着7块石碑(还有一块在河中),它们代表当时的华界与"英界"。华界一侧刻有"光绪廿四年·中英地界"字样;"英界"一侧刻有"英中地界1898"的标志。1898年6月9日,英国强迫清政府签订了《展拓香港界址专条》,强行租借九龙半岛界限街以北,深圳河以南,包括大屿山等230多个岛屿在内的广大地区,即所谓"新界",为期99年。

1899年4月,英国以武力完成了对新界的接管,沙头角也就成为边界上的小镇了。而界石则分出了"一国两制",给沙头角这个小镇蒙上一层神秘的色彩。香港居民从新界联和墟方向出发,过了麻雀岭以后便进入"禁区"范围;而内地游客从深圳市区前往沙头角,则必须持特许通行证方能入内。不过,华界与"英界"虽然泾渭分明,看似井水不犯河水，但我们看到两地往来之人络绎不绝。据说通商通婚也司空见惯，两边亲如一家。

今天，随着香港的回归，中英街已成为历史的陈迹。为了保留历史的真实面貌，对青少年进行爱国主义教育，有关部门已经做出决定，中英街将不再更名，并把它作为爱国主义教育基地，以此警示国人不忘历史。

电视剧《中英街》中有首歌词说："别看中英街那么窄，它可是一堵墙，一堵很厚的墙。"现在，这堵墙终于被推倒了。

（原载《宁波日报》副刊 1997 年 8 月 25 日）

金陵第一名胜

石头城南京有两个有名的湖,一是玄武湖,一是莫愁湖,为金陵两大风景。

玄武湖坐落在玄武门外,与玄武门相得益彰。远远望去,湖面辽阔,风景优美,像个"大家闺秀"。相比之下,位于南京水西门外的莫愁湖显得小了,犹如"小家碧玉"。莫愁湖虽小,却名在玄武湖之上,历来被称为"金陵第一名胜"。

莫愁湖原名石城湖,因石头城而得名,后因莫愁女的传说而更名。相传六朝齐梁时洛阳女子莫愁因年幼丧母,与父亲相依为命,从小勤劳聪明,采桑、养蚕、纺织、刺绣样样能干。莫愁还跟父亲学会了采药、治病。十五岁那年,父亲上山采药时不幸罹难,莫愁因无钱葬父只得卖身到都城建康的卢员外家,嫁给卢家公子为妻。第二年,她生了个儿子,取名阿侯。卢家虽然富贵,不愁吃穿,但生性善良的莫愁却常常上山采药,为百姓治病,助人为乐,深得民心,乡亲们一见莫愁,就什么忧愁也没有了。

有一天,梁武帝听说卢家牡丹花很美,便来到卢家赏花,想不到卢家如此美丽的牡丹花竟是莫愁所栽,更想不到莫愁之美竟胜似花中之王牡丹!于是,梁武帝派人害死了卢公子,把莫愁选为妃子。莫愁誓死不从,宁为玉碎,不为瓦全,竟投石城湖而死。当地百姓为了纪念莫愁,就把石城湖叫作莫愁湖。

到了明朝，朱元璋定都南京，在莫愁湖畔建造小楼，曾与徐达弈棋于此，后人称此楼为"胜棋楼"。清乾隆时，江宁知府李尧栋又对莫愁湖进行整修，文人墨客纷纷前来，莫愁湖名声远扬，盛极一时。

今天，莫愁湖中的莫愁故居——郁金堂四合院内壁嵌有梁武帝为莫愁所作的诗碑和清代莫愁女石刻像。我想，莫愁湖之所以被称为"金陵第一名胜"，除了莫愁湖的自然景色外，恐怕主要是因为那个美丽的民间传说。莫愁女的勤劳、善良、聪明、贤惠、助人为乐、"宁为玉碎，不为瓦全"，符合中华民族的传统美德，容易被平民百姓所接受。这样的传说融入这样的风景，能不使莫愁湖生辉？

（原载《宁波晚报》副刊 1997 年 7 月 10 日）

女儿的朋友

这几天,家里讨论最多的莫过于女儿交了一个朋友。这事还得从小学生作文竞赛谈起。

自从晚报开展"我的星期天"小学生作文竞赛后,一向文静的女儿开始按捺不住跃跃欲试的念头。当她终于把打算参赛的想法羞涩地向我启口时,我当然顺水推舟,鼓励她应征。真巧,那个星期天,她在治疗近视眼,于是她写了治疗近视眼的经历。

当她把文章交上去时,老师说,这是一个很好的题材。现在中小学生患近视的越来越多,保护少年儿童的视力,减轻他们的课业负担,减少视力残疾已成为一个社会问题。

过了几天,女儿把修改好的征文稿投进信箱。从那以后,她就天天盼望自己的小文章在晚报的副刊上发表。到了征文的最后一天,她的豆腐块文章终于在晚报的副刊上露脸,这下把她兴奋得不知如何是好。更想不到过了几天,这文章还得了个奖。可是,最令人难以相信的是,女儿还因为这篇文章交了一个朋友。

那天,女儿回家后向我做了个鬼脸,神秘兮兮地对我说:"爸爸,我有了个朋友,不知该不该向你讲。"我听了一愣,说:"这是你个人的秘密,说不说由你。""给你看吧。"她递给我一封信,署名洪斌元,是宁海中学的学生。信中说:"我是一个你所不熟悉的人,首次给你写信,你也许会觉得异常惊奇。其实很简单,我是在《宁波晚报》副刊上看到你的文章后知道你的。作为一个近视眼的学生,我因此也就产生了极大的兴趣。经过一番思考,我终于决定与你联系,想从你那里得到关于治疗近视眼的信息,并和你交一个朋友。"

翌日,女儿就写了一封回信。内容大意是:"洪斌元,让我怎么称呼你呢?是晚报使我们相识。虽然我们并没见过面,但我愿意和你交一个朋友,并把我治疗近视眼的信息告诉你,让我们为保护视力而共同努力,希望我们学业有成,身体健康。"

信寄出后,女儿可能又会收到来信。当然,她又要回信。我觉得他们各自交了一个近视朋友。但我又想,交友事小,而他们提出的问题——治疗近视眼、保护视力却是一件大事。据统计,目前全国患近视的学生已达 5000 万人,其中小学生近视率为 16%,初中生为 49%,高中生为 70%,并有继续上升的趋势。这是一组触目惊心的数据。为了我们的孩子,我们家长、我们学校、我们社会都应该关心下一代的视力健康,为减少近视残疾而减轻学生的课业负担,提高少年儿童的眼保健知识水平。

(原载《宁波晚报》副刊 1996 年 6 月 21 日)

自费旅游的徐霞客

到了江阴,自然想到了苏南的"财气",可是江阴市市长在轻描淡写地介绍了江阴的有贝之"财"后,却突然提高嗓门,说起了无贝之"才"的徐霞客。在江阴,有关徐霞客的故事可谓代代相传,绵延不绝。

徐霞客本名徐弘祖,江阴南阳岐人,自小就有问奇于名山大川之志,虽五经三史无所不通,却不屑于功名。万历二十九年(1601)初夏,一向无意仕途的父亲徐有勉在受到贪官污吏的欺凌后,违心地要求儿子徐霞客去江阴参加江苏省学政主持的秀才考试。

到了考场,徐霞客对空洞无物的八股文不感兴趣,却给乡人宋紫贵捉刀,助其过关。尔后,他在自己的试卷上对八股文进行了抨击:"千喙同声,势如蚊聚,庸陋支离,莫以为甚。"

两天后,秀才考试发榜,宋紫贵榜上有名,而徐霞客却名落孙山。当时,徐有勉气得要掴他的耳光,但一看倔头倔脑的徐霞客把头顶过来,举起的手反倒软了。

后来,徐霞客自费周游中国16个省,考察山川地形,历经30多年。足迹所至,北达燕晋,南及云贵、两广,并把考察所得按日记载,写成《徐霞客游记》。这部在地理学和文学史上具有双重价值的名著,其篇幅之宏伟、考察之精深、文采之斑斓,都是前无古人的。徐霞客的游记揭示了中国西南石灰岩地区溶蚀地貌的特征,这在世界上是第一次。徐霞客还纠正了"岷山导江"的说法。1958年,毛泽东在一次会议上说:

"明朝那个写《徐霞客游记》的江阴人徐霞客没有官气,他跑了那么多路,找出了金沙江是长江的发源。'岷山导江',这是经书上说的,他说这是错的,应该是金沙江导江。"

十年浩劫期间,在徐霞客故居所在地——马镇,其村民为了保护徐霞客的碑文,在石碑上涂了一层厚厚的石灰。江阴人保护文物不仅因为徐霞客的才气,还因为他的骨气。难怪江阴市市长在说起徐霞客和他的游记时,总是要补充一句:"徐霞客写游记可是自费旅游的。"

(原载《宁波日报》副刊 1995 年 7 月 3 日)

谁听说荣国府内讲英语

"Miss Lin is here！"刚死去母亲的林黛玉蹙着眉头来到了荣国府,府里的丫鬟兴奋地报知她的到来。怎么一句"林妹妹来了"变成了"叽叽喳",原来是市少儿外语实验艺术团在用英语排演传统名剧《红楼梦》。

这里是市轻工业职工中专的一间简陋教室,正中央铺开一长块红地毯,一群十来岁的小学生正在紧张地排演着,因为"六一"那天他们的节目要在新江厦商城前与市民见面。表演虽还稚嫩,但随口而出的英语却让人惊异。

作为少儿教育改革的一项尝试,市少儿外语实验艺术团抓住少儿爱表演、爱模仿的天性,利用艺术手段培养少儿学英语的兴趣,从而使他们既通过特定氛围强化了英语学习,又受到了良好的艺术启蒙教育。一年前,当学校培训科科长李蕾敏把创办这一艺术团的设想摊到校长吴瑞锦的面前时,吴校长大加赞赏。于是,李蕾敏攥着向学校借得的2500元开办费,走上了一条别人从未走过的路。

1993年2月,第一期学员正式开课。结合少儿英语教育实践,李蕾敏不想让小学员拘泥在枯燥的背字母、背单词、学习句型语法上,而是选用少儿电视课本《玛泽的故事》作为教材,利用电化教学方式进行生动有趣的情景对话,同时邀请有关人员做艺术指导。可是好事多磨,一些家长陪同孩子学习几次后,开始产生了怀疑,就这么看看电视、对对话,还有手舞足蹈,能学到真正的英语吗?不到两个月,"呼啦啦"46个学员走掉了一半。这也难怪,当时谁会相信这种"闹着玩"的"游戏"能教出人才?

这时候李蕾敏表现出了不凡的毅力和才智,她一边向社会寻求资助充实经费,一边继续招收第二期学员,并根据课本内容自编英语短剧《追捕》。她相信,这种寓教于戏、融英语学习与艺术表演于一体的英语教学方法,迟早会引起孩子的兴趣,被家长接受。《追捕》排演成功后,她把它制成录像带送电视台播出,得到了好评。此后,她又编排了一台英语短剧《岗多国的盛会》,让所有学员穿戴上新制的异国服饰参加表演。

说来也怪,平时,孩子们常常忘记单词和发音,可一进入剧中规定的情景进行角色对话,马上就会脱口而出。在《岗多国的盛会》中扮演皇后的李慈君,今年才10岁,是镇明小学三年级学生,平时学习时比较淘气,自被选上皇后后,她就很用功。角色大都分A、B角,谁能吃苦、演得好,谁就能当A角。李慈君演得好,当上了A角。现在,她是艺术团的"台柱子"之一。还有一位小学员,他的舅舅在国外。他在艺术团学了几个月后和舅舅对话,一句句流利的英语把对方听得一愣一愣的。

把《岗多国的盛会》制成录像带送上海、宁波的电视台播出后,李蕾敏和她的丈夫开始改编《红楼梦》。计划中的《红楼梦》分《黛玉进府》《大观园斗诗》《黛玉出走》三折。根据孩子们的理解能力,淡化原著中的爱情成分,代之以小朋友间的友情。她写中文脚本,丈夫译成英语,然后请外语教师润色。外语教师说,这么复杂的句型,词汇量又大,只学了一年的孩子怎能掌握?导演也感到为难,这一传统名剧孩子们用中文表演已经够难,何况用英语?但是,李蕾敏有信心,她与沈文君等又开始了艰苦的尝试。两个多月过去了,《红楼梦·黛玉进府》已排得有模有样。

少儿外语实验艺术团在结合教学排演英语剧外,还注重外国的风俗习惯,包括礼仪、西餐等的教学。这种立体教学方法不失为少儿教学上的有效经验,可借鉴和推广。

(原载《宁波日报》周末版 1994 年 5 月 28 日)

吃鸳鸯火锅去

时下,色彩缤纷的酒家雨后春笋般冒出来,成为今年甬城冬季的一大景观。地处南大路的湖东酒家店虽不大,也没有招人惹眼的豪华装饰,但那别具风味的重庆"鸳鸯火锅"却吸引了南来北往的食客。

现今,吃火锅已不是什么新鲜事,火锅店也比比皆是,但要在千人一面的火锅中吃出一种别样的滋味,倒也是凤毛麟角。湖东酒家的"鸳鸯火锅"来自四川巴山蜀水,乃民间小吃衍变而成,其特色是"麻"和"辣",别有一番滋味。

坐在暖融融的"鸳鸯桌"旁,夹一块火锅料投入红通通、热辣辣的火锅中浸泡。稍许,拽起来放到盛有麻油的小碟蘸一下再吃,一股草果香气便扑鼻而来。不过,这时候还感觉不到"鸳鸯火锅"的麻辣味,可是几个"回合"后,就觉得有点不对味,口舌生麻,这会儿,麻味上来了。而后,辣味接踵而至,悄然在口中停留。吃到这个份儿上,"鸳鸯火锅"彻头彻尾的麻辣才算吃到了。

头一回吃泼辣、爽快的川味火锅总感到不太习惯,但对它那一吃就忘不了的麻辣味却留下了独特的印象。主人吕亚明告诉我,如果你第二次吃"鸳鸯火锅",那你就不会再吃别的火锅了。此话不差。现在,光顾"鸳鸯火锅"的食客越来越多,既有北方人,也有宁波人,他们大多是吃过多次的常客。

眼下,时值隆冬,正是吃火锅的大好时节。如果你没有吃过火锅,那就不妨去尝尝川味火锅的风味吧。听主人说,"鸳鸯火锅"一直可以吃到盛夏六月,吃得大汗淋漓,这当然是四川人的习惯,不知宁波人有没有这种雅兴。

(原载《宁波经济信息报》1993年1月8日)

伴园苏帮菜

大年初二,我们一家便来到了苏州。这次旅游是女婿赵益华全程安排和照应的,我只有一个要求,那就是去中国历史文化名街平江路走走,在那里吃吃苏帮菜。

平江路是一条历史文化街区,但在历史上,它是行政名称。据史料记载,从北宋政和三年(1113)至元至正二十七年(1367)的250余年间,苏州曾经被称为平江府和平江路。元代实行行省制,设江淮行省,置浙西路军民宣抚司,次年即改宣抚司为平江路,属江淮行省,因此平江路为苏州元代的行政名称。

今天,虽经岁月淘洗,但平江古街保存完好,那里的居民生活依然如旧。走进这条古街,我们仿佛走进历史,那古街坊、古宅院、古桥、古井、古牌坊以及缓缓流淌的古老河水、水中央来来往往的原住民,还有那声声入耳的吴侬软语,都似乎没变。2005年,由于风貌保护与环境整治取得的成就,平江路历史文化街区获得联合国教科文组织颁发的亚太文化遗产保护荣誉奖。

在平江路行走,我喜欢雨天。这不仅由于诗人戴望舒写过《雨巷》,而且因为雨天雨巷有一种江南特有的味道。正月初二那天,苏州一直下着雨,雨天里行人虽然不多,但这时候的雨巷特别会引人遐思。当年戴望舒那首被人传诵的《雨巷》也许就是作者遐思的结果。

戴望舒写的是丁香巷里"像丁香一样的姑娘",而我要写的则是传芳巷中的伴园。那天晚上,女婿在网上预订了一家苏帮菜私房菜馆,名曰伴园,我们一家在那里用餐。

伴园坐落在平江河畔,此地为平江路北段,门牌传芳巷3号。从平江路拐进这条小巷里的菜馆,一下子显得幽静起来,有一种闹中取静之感。主人姓高名越,在门口迎客。如果你不仔细看,还以为是一个普通的男服务生,但若多看几眼,你就会发现他的不同寻常之处。先是他的脸庞,似有满族人之特征,如果留有胡子,那就是一个标准的满人啦。再是他举手投足之时,有礼有节,既谦卑又不失高贵,在不经意间透露出一种普通人所没有的教养抑或贵族气质。

在伴园菜馆落座,与主人高越聊天,得知伴园还有些来历。原来伴园的名字与主人的爷爷高德峰有关。高德峰20世纪20年代毕业于上海复旦大学。1936年回苏州平江路创办东义小学。当时,平江路仓街一带比较贫穷,手工艺人多,但小孩没钱读书,文盲很多。高德峰采取义务制的方式办小学,目的就是想扫除文盲。所以,他把小学取名为"东义小学"。义者,义务也。

东义小学建成后,校园里面有一个漂亮的大园子,高越小时候常常在那里玩耍。在他的记忆里,大园子给他留下了童年的快乐和幸福。1956年公私合营,东义小学改为公办。虽然学校的性质变了,但里面的大园子没变,依然留在他的记忆里。后来,他在大园子旁造了一幢房子,房子里面有一个小园,取名"伴园",寓意自己的小园伴着爷爷的大园。这是一种精神的陪伴或者寄托。

2005年,平江路历史街区保护获得联合国教科文组织嘉奖后,平江路的街巷重新焕发了活力,保护与开发相得益彰。在保留原有的古街古巷风貌的基础上,一些沿街沿巷的店铺餐馆相继开业,给游客提供购物、美食、休闲的场所。2015年,高越在伴园开了一家餐馆,经营苏帮菜。没想到开业才三年的伴园苏帮菜竟一座难求,如果要来就餐,需要提前预订才有固定座位。

到苏州自然要吃苏州的本帮菜,即苏帮菜。我对苏帮菜并不陌生。20世纪80年代初,我和妻子结婚后曾到苏州旅游,那时候旅游的人不多,我们找家像样的餐馆吃饭并不难,可以说随到随吃,不像现在需要预约、排队。在我的记忆里,苏帮菜做得比较精致,但偏甜。这也难怪,因为宋代以来,苏帮菜的口味就有较大的变化。原来南人菜咸而北人菜甜,江南进贡到都城的鱼蟹要加糖加蜜。南宋定都杭州后,北方的甜味饮食对苏帮菜产生了很大的影响,苏州本来偏咸的口味一下子改成了偏甜的口味,这种习惯一直影响至今。后来,苏帮菜演变成中国八大菜系之一。苏帮菜作为苏菜中苏锡菜的一个重要分支,属于"南甜"风味,用料上乘、鲜甜可口、讲究火候、浓油赤酱,不仅选料严谨,制作精细,更是因材施艺,四季有别,烹调技艺以炖、焖、煨著称,重视调汤,保持原汁。

苏帮菜一定要带点甜,这样才能调出它的味道,这是传统。但时代在变,人的口味也在变。伴园私房菜继承了苏帮菜的传统,但又做了创新,融入了自己的特点,尽可能用苏州本地的食材合理配置。比如松鼠鳜鱼、南瓜酒酿圆子、酸萝卜鸭血草鸡汤、手剥虾仁等。主人告诉我,虽然这些菜都属于苏帮菜,但已经经过改良,吃起来没有那么甜了。

我喜欢酸萝卜鸭血草鸡汤和手剥虾仁这两道菜。酸萝卜鸭血草鸡汤是第一道菜,一上来就开胃。以前,苏州人喜欢用白萝卜炖排骨汤,但伴园改用酸萝卜和草鸡炖汤。酸能解腻、开胃,对于行旅之人特别适口。汤里除了酸萝卜,还有专门制作的鸭血,吃起来别有一番滋味。手剥虾仁是苏帮菜的代表作之一。小河虾手工出肉,清炒几下就可上桌,看似简单,但这道菜对食材和火候的要求很高。只有最新鲜的虾仁和恰到好处的火候才能做出有弹性和鲜嫩爽滑的口感。最后一道菜是春卷点心,这也是苏帮菜的特色。伴园做的春卷也与别家不同,里面的馅子是鱼肉,一口下去满是汁水,口舌生香。

伴园私房菜除了精心配置、用心烹调外,食材、选料都很讲究,有优质放心的供货商。为了保证食材的安全和质量,菜馆选的都是定点的本地菜,雇一位农村大嫂送货。虽然本地菜比外地菜贵很多,但比外地菜要好吃,这也是伴园私房菜远近闻名的重要原因。

晚餐后,我们与主人告别,主人把我们送到园外。

离开伴园后,我又转身看了一眼这个安静的小园,似乎有些遐思。苏州不仅有平江路这样的历史文化名街成其名,而且也有伴园这样的苏帮菜辅其美。

苏州博物馆

到苏州旅游,除了在平江路历史文化街区徜徉,我还去参观了建筑大师贝聿铭设计的苏州博物馆。

正月初三那天一早,女婿赵益华就开车把我们送到苏州博物馆外面。按规定,博物馆要在上午9时开馆,但8点钟游客已经在博物馆外墙那里排起长龙。我们8点多钟到那里排队,排在我们前面的是一对30多岁的夫妇,身边带着一儿一女。男孩稍大,已经懂事,小女儿还未满周岁,躺在童车里似睡非睡。他们一家来自徐州,虽然是江苏本省,但到苏州的路程却要比从宁波出发远很多。两人拖儿带女来一趟苏州看博物馆很辛苦,但他们愿意,觉得很有意义。

9点多钟,终于等到参观时间。我们一踏进博物馆大门,就好像来到了苏州的一个园林。博物馆分三层,地下一层,地上两层。一楼就是大厅。

进了大厅,我们在一楼的东西长廊里转了一圈,似乎忘了这是一座博物馆,它简直就是我在苏州看到过的园林。园林里所有的因素,皆可以在博物馆里体现出来,令人惊叹一座博物馆竟然可以这样设计。它小巧玲珑,精致怡人,既是人工的智巧之物,又与自然衔接,浑然一体。从博物馆的长廊里可以看到天光,仿佛充满灵性。随着自然光线的变化,比如晴天、雨天、清晨、午后、黄昏、入夜,长廊里的风景都会随之改变。这座博物馆设计得太美啦,以致人们在参观时会感觉形式大于内容。这不是设计者的错,而是馆藏的东西还不够丰盈。这也难怪,因为苏州博物馆毕竟是一个地市级的博物馆。如果我们把它放在地市级博物馆的层面上评价,那我们就不会对它的内容高看了。

作为一个地市级的博物馆,它的特点在于有其地方特色的内容。如果从这个角度来看的话,苏州博物馆还是有它的内容。比如展厅里吴中风物就吸引我的目光。在明清文人的集体记忆中,苏州有着无可替代的历史文化位置。这不仅是因为苏州是山川钜丽、风土清嘉的江南奥壤,声名文物、群彦汪洋的人文渊薮,商贾辐辏、百货骈阗的繁华都会,更为具体而感官的是麋鹿姑苏的吊古幽情、才子佳人的风流佳话、闲隐君子的雅人雅事,乃至衣服屋宇的穷奢华靡、饮食器皿的精工巧作、俳优伎乐的恒舞酣歌、宴会游戏的场景等诸如此类的苏州物质文化与消费生活的城市印象。对此,浙人王士性曾做如下评论:"姑苏人聪慧好古,亦善仿古法为之,书画之临摹,鼎彝之冶淬,能令真赝不辨。又善操海内上下进退之权,苏人以为雅者,则四方随而雅之;俗者,则随而俗之,其赏识品第本精,故物莫能违。又如斋头清玩、几案、床榻,近皆以紫檀、花梨为尚,尚古朴不尚雕镂,即物有雕镂,亦皆商、周、秦、汉之式,海内僻远皆效尤之,此亦嘉、隆、万三朝为始盛。至于寸竹片石,摩弄成物,动辄千文百缗,如陆子匡之玉,马小官之扇,赵良璧之缎,得者竞赛,咸不论钱,几成物妖,亦为俗蠹。"从精巧的展厅中,我细细地品味了那些"雕镂神工""文房雅事""锦绣浮生""书斋长物""攻玉巧技""陶冶之珍""闲情偶寄"和"宋画斋"等具有苏州地方特色的吴中风物,大开眼界。苏州不仅以园林闻名于世,而且也有与之标配的物质文化和精神生活。我在那些精致的吴中风物前流连忘返,忽然想到了一句流传久远的俗语:"上有天堂,下有苏杭。"也许在古人看来,苏州自古就是人间的美丽天堂。

参观苏州博物馆那天,正好下雨。雨中的博物馆另有一番朦朦胧胧的景象。这是江南特有的一种景致。从长廊中走出展馆,馆外别有天地。竹林疏影横斜,水畔凉亭亭亭玉立,湖面曲桥横贯,如同一幅清寂空灵、意境迷人的立体水墨山水画。

  参观结束时,我又在博物馆的长廊里碰到徐州的一家人,小男孩还在闲看、玩耍,好像在想着什么。我想,虽然他或许还不明白什么叫博物馆、博物馆有什么用,但如此美丽的博物馆已经在他心里留下了美好的印象。可惜那天早上我五岁的外孙因为起不了早,没有和我们一起到博物馆参观,但我会告诉他,苏州有个博物馆很漂亮,它是建筑大师贝聿铭设计的。贝聿铭是苏州人,在世界好多地方都有他的传世作品,例如美国的约翰·肯尼迪图书馆、华盛顿国家艺术馆东厅以及法国的卢浮宫玻璃金字塔、北京的香山饭店等。他是"现代建筑的最后大师"。苏州博物馆是他的封山之作。

嫁 女

我原以为女儿出嫁的时候，做母亲的要哭嫁，没想到做父亲的也会流泪。

女儿的大婚日子定在10月6日。等到那天，阴沉了几天的天空云开日朗，人意天时，心中的一块石头终于落地。最先来家里敲门的是一位摄影师，很年轻，人看起来有点小，但摄影工作非常老练，一刻不停地调灯光、把位置，为新娘造势。接着是化妆师，一如摄影师，同样年轻。化妆师一来，摄影师就变成"跑龙套"，台前幕后，一路跟拍。新娘照、伴娘照、合影照、全家福，一直拍到新郎进门，镜头又转到新郎求婚的场面。自然是一番折腾，新娘才应允。

9时许，女儿准备上车，按习俗需吃"上轿饭"。自女儿长大后，我和妻子就没有再喂过她吃饭。今天，女儿要出嫁了，我又看到妻子喂她吃饭。当女儿从她母亲手里一口一口吃下红烧肉、鳗鲞和苔菜花生米的时候，我忽然想到女儿出生的时候，是我喂她第一口水，仿佛又回到从前，一个人躲在窗帘后面流泪。

我们28岁才有了女儿，总盼望着她早点长大，可孩子就是长不大。但当她真的长大了，并成为一个有知识、健康而美丽幸福的新娘时，我们又觉得她长得太快了。她在父亲节对我说："爸爸，今天是父亲节，感谢你这么多年对我的培养、对我的疼爱、对我的教诲。谢谢你为我们这个家所付出的一切。希望爸爸身体健康，女儿永远爱你！"那时，我知道女儿已经长大。古话说,女大当嫁,就是说女儿总是要嫁人离开父母的。今天,我们很高兴她找到了新郎,并牵手走进了婚礼的殿堂。这是爱神的旨意。我们愿意遵循爱神的旨意,把女儿嫁给新郎,并祝他们幸福安康。

婚礼在华侨豪生大酒店举行。当晚,亲朋好友齐聚一堂,喜气洋洋。在司仪的祝福声中,我这头手牵着女儿走上红地毯,等在那头的新郎已经迎面而来,在中间完成了交接。当女儿被新郎接走的瞬间,我愣了一下,好像有一种莫名的失落。这个时候我才知道,女儿嫁出去了,而且是通过这种仪式嫁出去的。当然,这只是一种仪式,但这种仪式对于一个父亲来说却意味深长,是幸福还是伤心?我应当为女儿高兴,但又忍不住在心里对女婿说,你分走了我一半的爱。

婚后,女儿女婿夫妻恩爱,家庭幸福。对于我们长辈,他们都很孝敬。因此,我们又多了一份爱。这份爱,自然是女婿给我们的。

送 行

  按照法定年龄,我要在2017年7月退休,但焕成兄、永祥兄等几个好朋友在6月29日就为我和高枫举办欢送晚宴,地点选在一个农家大院。高枫和我同年同月生,又是我和焕成兄、永祥兄的乒乓球团队球友,自然情义不浅。

  那天晚宴,永祥兄早已选定地点,但没想到本来云开雾散的天空,一到下午就脸色大变,乌云翻滚,电闪雷鸣,一场雷暴不期而至,大雨如注。这是今年甬城最大的暴雨。下午5时过后,大雨稍息,我们开始前往农家大院赴宴。半路上雨又下大,焕成兄、永祥兄等人都被大雨淋湿,难道上天要为我们留下雨夜送行的场景,所谓"泪湿沾襟"?

  到场后,甬晶兄、慕兄和陈博士已在那里等候,他们也被雨水淋湿。永祥兄为晚宴精心点菜,除一些农家大院的招牌菜,他还事先订了几个新菜。焕成兄和慕兄还从家里拿来多年珍藏的好酒。好友、好酒、好菜一个都不少,满座皆欢,场景感人。此情此景,我不由想到了当年汪伦送别李白的故事。汪伦曾在安徽的泾县做过县令,后辞官回乡,在桃花潭居住。听说李白在政治上不得志,自称是酒中人,喜欢山水,于是就修书一封,邀请李白前来喝酒游玩。书曰:"先生好游乎?此地有十里桃花。先生好饮乎?此地有万家酒店。"接书后,李白欣然前往,两人意气相投,结为好友。但天下没有不散的筵席,终究有分别的时候。有一天,李白和汪伦作别,起程回家,汪伦踏歌赶来送行。感此情谊,李白即兴写了一首《赠汪伦》的留别诗。诗曰:"李白乘舟将欲行,忽闻岸上踏歌声。桃花潭水深千尺,不及汪伦送我情。"

今天,现代人与古人送行的仪式和场面有些不同,但送行的情谊却是一样的。因此,李白写给汪伦的留别诗虽然已经过去了千百年,但依然可以感动我们。这几年,对于退休的人,机关事业单位大都不举行送行仪式了,退休的人好像挥挥衣袖,悄悄地去。可是,我的几个朋友,他们还在乎送行这种仪式,并且出于纯朴真心,而不是虚情假意,走过形式。于是,我想把李白这首诗送给那天在座和不在座的好朋友,感谢他们在我退休之前赶来为我送行。并且,请允许我引用和改写这首诗的后两句:"桃花潭水深千尺,不及朋友送我情。"

又及,由于暴雨积水,好友金大侠被雨水所阻,没来赴宴,但随即发来短信,言及对我们的送别之情,同样感动。是为记。

第三辑 书 话

文学作品才是不朽的财富
——重读《张贤亮选集》

20世纪80年代,因为喜欢张贤亮的文学作品而买了一套《张贤亮选集》,百花文艺出版社1984年出版。选集共分三卷,包括小说、散文、诗歌、创作经验和文学散论等,其中最有价值的自然是小说。由于曾经阅读过张贤亮的一些作品,比如《灵与肉》《绿化树》和《男人的一半是女人》等,因此,选集买来后只是随便翻翻,随后就放在书房,不大在意。后来到了90年代,张贤亮下海,在银川镇北堡创建西部影视城,搞文化产业。那时,他的商业知名度甚至压过了他的文学作品。从那时起,我和很多人一样开始关注张贤亮的传奇经历和创富故事。

2014年9月27日,张贤亮突然因肺癌去世,终年78岁。根据张贤亮的遗嘱,张贤亮的儿子在其墓碑上写了这句话:"他来了,又走了。"这是一句带有哲理的文学语言。看来张贤亮看重的还是文学。因为只有文学作品才是他不朽的真正财富。今天,当我重读《张贤亮选集》的时候,也有这种感悟。

张贤亮出身贵族之家,爷爷是外交官,父亲哈佛商学院毕业后回国从商。母亲燕京大学毕业,随父亲到美国陪读。张贤亮少年有才,1957年就开始发表文学作品,可没想到因诗歌《大风歌》而获罪,被打成右派,劳改22年。1979年,张贤亮终于被摘掉"右派"帽子,恢复名誉。1980年,经过22年劳改后,张贤亮从劳改农场到银川工作,做《朔方》编辑,重新开始文学创作,发表了许多有影响的作品,成为20世纪80年代标志性的作家之一。虽然后来从商积累了大量的财富,但他始终没有忘记自己是一个作家,直到生命的最后时刻。

《张贤亮选集》记录了张贤亮创作生活的轨迹和艺术上逐渐走向成熟的道路,对于我们了解和怀念80年代的思想解放和文艺创作,具有重要的审美价值和现实意义。

1981年,张贤亮发表第一部中篇小说《灵与肉》,一夜成名。小说随后被导演谢晋拍成电影《牧马人》,影响全国。80年代是一个特殊的文学年代,"伤痕文学"喷薄而出,成为新时期的文学现象。张贤亮的《灵与肉》有意识地把这种伤痕中能使人振奋和前进的那一面表现出来,不仅引起人哲理性的思考,而且给人以美的享受。

这种哲理性的思考和美的享受同样体现在他的长篇小说中。1985年,张贤亮创作的长篇小说《男人的一半是女人》在《收获》杂志上发表,由于作品中的性描写而在文坛引起很大反响。这是中国新时期第一部突破"性禁区"的文学作品,描写男女之间性的渴望、苦闷、挣扎和快乐,给人以美感。但他采用的不是自然主义的手法,而是试图采用浪漫主义和写实主义相结合的手法,达到"唯物论者启示录"的思想高度。"世上万千生物活过又死去",这是一条亘古不变的真理,人哪能例外?因此,"我不想去追求虚无缥缈的永恒。永恒已经存在于我的生命中了"!这种哲学思考不仅体现在作品中,而且伴随张贤亮的一生。他的碑文不正是这种思想的体现吗?

张贤亮坐过牢,受尽磨难,但他在劳改期间一直坚持读马克思的《资本论》等经典著作,并写了大量的笔记。这些经典思想不仅影响他的信仰和精神气质,而且也被他运用到作品中,成为他哲学思考的来源。读张贤亮的文学作品,常常会看到他的哲学思考,这也许是他与同时期作家的一大区别。他的哲学语言与文学语言是辩证统一的,而且增加了文学语言的力量,因为在他看来,"人是靠头脑,也就是靠思想站着的"。文学作品也不例外。"在清水里泡三次,在血水里浴三次,在碱水里煮三次"(《绿化树》);"太阳即将走完自己的路,但她明日还会升起,依旧沿着那条亘古不变的途径周而复始;蛾子却也许等不到明天便会死亡,变成一撮尘埃"(《男人的一半是女人》)。这些语言你能说哪些是哲学语言,哪些是文学语言?

张贤亮是一个纯粹的人。在《张贤亮选集》的自序中,他向读者袒露真实的自己,既不自夸也不自谦,包括自己的优点和缺点、长处和短处。

(原载《宁波日报》读书版 2015 年 3 月 30 日)

胸怀世界,居安思危
——读戴旭的《C形包围》

去年暑假期间,我在北大参加北京大学干部教育师资培训班,有机会听北大中文系王岳川教授讲座。王岳川讲的主题是文化强国与文化创新,其间讲到中国未来将面临战争的挑战,体现出一个学者的忧患意识。在讲座中,王岳川还推荐了一些有思想价值的书目,其中一本是戴旭的《C形包围》。

我喜欢有独立思想的书,一如喜欢有独立思想的人。读完戴旭的《C形包围》后,我立即感到这是一部有独立思想的书,好像遇见了一个久违的朋友。虽然我与作者未曾谋面,但我觉得与他又那样熟悉。作者戴旭是一位空军上校,不仅学术有专攻,而且胸怀世界,兼济天下,想人所未想,言人之未言,因其大胆的言论和精辟的思想,在中国学术史上也算是一个"异类""狂人"。

那么,在《C形包围》这本书里,以"中国鹰犬"自称的作者究竟"嗅"出了哪些独特的东西?在我看来,至少有以下几点。

一是强烈的危机感。

作者认为,近百年来,中国一直处于危机中。100年前的危机来自英国等欧洲国家;60年前是日本;30年前是苏联;最近30年是美国。美国的战略意图是针对中国编织包围圈,从地图上看,这个包围圈就像一个"C"字。也许有人会说,美国不是欢迎中国的发展吗,为什么又要在军事上包围中国?作者认为,这是因为"美国追求建立世界帝国的大战略目标"。

二是深刻的忧患意识。

作者认为,改革开放30多年,中国取得了经济建设的巨大成就,GDP超过日本。但是,历史的经验教训告诉我们,光有GDP没有用。因此,中国要有忧患意识,居安思危,戒奢以俭,反腐倡廉,不能重蹈历史的覆辙。

当下有人认为,经济才是国家强大的起点,但作者认为"社会公正才是国家强大的起点"。中国近代之所以落后,其根源在于社会的不公正。历史早已证明,公正的作用是什么?社会没有公正的后果又是什么?"如果我们把社会比作自然界,那么,公正就像阳光一样,是大多数生物赖以健康生存的基本保障。人类社会亦是如此,公正是亘古不变的人类最核心的价值观。"正如亚里士多德所说,在各种德性中,公正不仅关乎自身,而且还关乎他人。因为它是唯一与他人相关的,所以,公正是一种完满的德性,它集一切德性之大成。因此,在所有德性中,公正是最主要的,它比星辰更加光辉。

黑格尔曾经说过:一个关注天空灿烂星辰的民族,才是有希望的民族;如果一个民族只关心眼下、脚下的事情,这个民族是没有未来的。

感谢王岳川教授给我推荐的这本书。我也向读者推荐这本书。

(原载《宁波晚报》读书版2014年10月19日)

道德的光芒比阳光还要灿烂
——读亚当·斯密和他的《道德情操论》

一百二十多年前,恩格斯在马克思墓前曾经说过,马克思发现了人类历史的发展规律和资本主义经济发展规律。一个人一生中能有这样两个发现,甚至只要能做出一个发现,也已经是幸福的了。

一个人在他死后能留下一部影响世界的学术名著已经凤毛麟角,可有人却留下了两部。

这个人就是亚当·斯密。他,同样是幸福的。

1790年7月17日,亚当·斯密在爱丁堡与世长辞,但他为全世界留下了两部不朽的学术名著《国民财富的性质和原因的研究》(简称《国富论》)和《道德情操论》。前者是一部经济学名著,论述富国裕民的经济学原理与体系,改革开放后已广为人知;后者是一部伦理学名著,但很少引起我国理论界的关注,更遑论普通民众。在他死后,学界对《国富论》评价甚高,并把他奉为"现代经济学之父",可惜却把他的《道德情操论》束之高阁。

这也难怪,因为改革开放后,中国首先需要国家富起来,这就像一个饿了很久的人,他首先需要食物填饱肚子,打个饱嗝。此后30多年,我国经济面貌发生惊人的变化,国力不断提高,财富不断积累。可是另一方面,等我们吃饱喝足、衣食无忧时,却发现经济发展的最高点竟是道德的最低点,比如信仰危机、价值混乱、贫富悬殊、寡廉鲜耻、假冒伪劣、坑蒙拐骗、弄虚作假、见利忘义、唯利是图、学术不端、贪污受贿、道德败坏等等。这种现象虽然不是我们富国裕民的目的，却是无可避免的结果。这个时候，我们忽然发现，市场经济缺少了道德伦理，就会引发上述这些问题。

其实，亚当·斯密在写《道德情操论》这部论著的时候，已经在思考这个问题。他不仅是一位经济学大师，而且也是一位杰出的伦理学家。杜格尔德·斯图尔特在他的《亚当·斯密的生平和著作》中写道，道德情操问题一直是亚当·斯密研究的重要问题。从担任爱丁堡大学讲师、道德哲学教授开始直至生命的最后时光，他都在思考道德情操问题。就在写作《国富论》的时候，他已经在交替创作《道德情操论》。因为在他看来，市场是一只"看不见的手"，道德也是一只"看不见的手"，它引导社会平等、诚信、公平、正义。

1759年，《道德情操论》第一次出版，但又做了几次修订。1789年12月修订完毕。1790年，亚当·斯密逝世前几个月，最后一版《道德情操论》出版。在最后一版中，亚当·斯密增写了《论由钦佩富人和大人物，轻视或怠慢穷人和小人物的这种倾向所引起的道德情操的败坏》；重新改写了包含对良心、公正的旁观者理论的发展以及"自我控制"这一主题；论述了道德理论的实际运用，例如谨慎、正义、仁慈和自我控制等内容。这些新增的内容，"极大部分是在重病之下写成的"，可见它对亚当·斯密产生了多么大的影响。

《道德情操论》中的经典名言曾经多次被温家宝总理引用。2009年金融危机后，温家宝总理出访英国，并在剑桥大学发表演讲。温家宝说："有效应对这场危机，还必须高度重视道德的作用。道德是世界上最伟大的，道德的光芒甚至比阳光还要灿烂。真正的经济学理论，决不会同最高的伦理道德准则产生冲突。经济学说应该代表公正和诚信，平等地促进所有人，包括最弱势人群的福祉。"温家宝还引用亚当·斯密在《道德情操论》中的话:"如果一个社会的经济发展成果不能真正分流到大众手中,那么它在道义上将是不得人心的,而且是有风险的,因为它注定要威胁社会稳定。"道德缺失是导致这次金融危机的一个深层次原因。一些人见利忘义,损害公众利益,丧失了道德底线。因此,企业要承担社会责任,企业家身上要流淌着道德的血液。

　　如果说《国富论》是经济学的"圣经",它用市场经济这只"看不见的手"创造"财富增长",那么,《道德情操论》则是人类伦理生活的"情操旗杆"和"道德向导",它擎起道德良知的烛光,约束人类的"欲望",引导人们穿越人性幽暗的隧道。

　　今年这个冬天有点冷,我们需要灿烂的阳光温暖。

　　然而,我们在渴望阳光温暖的时候,还需要道德的光芒。

　　因为,道德的光芒比阳光还要灿烂。

(原载《精神之火——2011年"宁波全民读书月"读书征文优秀作品选》,本文获2011年宁波市"书与人生"读书征文三等奖)

吴文英和他的词

吴文英,字君特,号梦窗,浙江四明鄞县(今宁波鄞州)人,是南宋继姜夔之后的重要词人,《宋六十名家词》收《梦窗词》三百余首。

吴文英生于庆元六年(1200),卒于景定元年(1260);或生于嘉定五年(1212)前后,卒于咸淳八年(1272)前后。吴文英本姓翁,后因出继吴氏,遂以吴文英姓名行世,而其真姓和家世却逐渐被人所忘。吴文英长兄翁元龙,字时可,号处静,擅写词,其词风飘逸清新,当时与吴文英齐名。吴文英曾写有《解语花·立春风雨中饯处静》一词,以表达兄弟间的情怀。次兄翁逢龙,字际可,号石龟,嘉定十年(1217)进士,曾任平江(今苏州)通判,建昌太守。吴文英有词《探春慢·忆兄翁石龟》,抒发他的怀兄之情。

和姜夔一样,吴文英终生未仕。绍定五年(1232),吴文英在苏州仓幕供职,流连吴门十二年。淳祐九年(1249)后,又在越州为浙东安抚使吴潜等人幕僚,有《木兰花慢》等四首词投赠贾似道。

吴文英继承了北宋周邦彦的词风,"深得清真之妙",故有"前有清真,后有梦窗"之说;和李贺一样,吴文英的词过于讲究辞藻格律,且词意深隐,多用代字僻典,晦涩难懂,因而又有"词中之有梦窗,犹诗中之有李长吉"之誉。

吴文英作词讲音律,讲典雅,讲用字不可太露。他说:"音律欲其协,不协则成长短句之诗;下字欲其雅,不雅则近乎缠令之体;用字不可太露,露则直突而无深长之味;发意不可太高,高则狂怪而失柔婉之意。"

《八声甘州·灵岩陪庾幕诸公游》写于苏州,是吴文英词中的代表作。

渺空烟四远,是何年,青天坠长星。幻苍崖云树,名娃金屋,残霸宫城。箭径酸风射眼,腻水染花腥。时靸双鸳响,廊叶秋声。

宫里吴王沈醉,倩五湖倦客,独钓醒醒。问苍天无语,华发奈山青。水涵空,阑干高处,送乱鸦,斜日落渔汀。连呼酒,上琴台去,秋与天平。

馆娃宫(名娃金屋)、箭径、响屐廊和琴台,是吴王夫差和西施游苏州灵岩山的旧址,作者托物怀古,感慨万千,用虚实相生的艺术手法,把眼前景物与幻想融为一体,可谓"奇思壮采"。结句"秋与天平"描写秋高气爽的景象,意境开阔,向来被传为名句。

《风入松》《唐多令》也被人传诵。吴文英的一些小令秾丽绵密,亦有可取之处。比如《浣溪沙》:

门隔花深梦旧游,夕阳无语燕归愁,玉纤香动小帘钩。
落絮无声春堕泪,行云有影月含羞,东风临夜冷于秋。

但是,吴文英有不少词却因过分追求艺术技巧而不免流于形式,缺乏真情实感。有些词雕琢堆砌,晦涩难懂。比如《琐窗寒》的"绀缕堆云,清腮润玉",《庆春宫》的"残叶翻浓,余香栖苦",《瑞鹤仙》的"泪荷抛碎璧,正漏云筛雨,斜捎窗隙",《点绛唇》的"枕痕历尽秋声闹",等等。

对于吴文英词的评论,历来分歧很大,褒贬不一。清末浙派词人对吴文英的词评价很高:"梦窗奇思壮采,腾天潜渊,返南宋之清泚,为北宋之秾挚。""梦窗之词,丽而则,幽邃而绵密,脉络井井,而卒焉不能得其端倪。""梦窗密处,能令无数丽字一一生动飞舞,如万花为春,非若珊瑚蹙绣,毫无生气也。""梦窗与苏(苏东坡)辛(辛弃疾)二公实殊流而同源,其见为不同,则梦窗致密其外耳。其至高至精处,虽拟议形容之,未易得其神似。"朱孝臧《宋词三百首》选吴文英词二十五首,为所选宋代词人中最多的一家。

当然,批评吴文英词的人也不少。张炎在《词源》中说梦窗词"质实",不如姜夔词"清空"。"词要清空,不要质实:清空则古雅峭拔,质实则凝涩晦昧。姜白石词如野云孤飞,去留无迹。吴梦窗词如七宝楼台,眩人眼目,碎拆下来,不成片断。"王国维说:"梦窗之词,吾得取其词中一语以评之,曰:映梦窗,凌乱碧。"映碧,即言其"眩人眼目";凌乱,即言其"碎拆下来,不成片断"。在《人间词话》中,王国维说:"南宋词人,白石有格而无情,剑南有气而乏韵。其堪与北宋人颉颃者,唯一幼安耳。近人祖南宋而祧北宋,以南宋之词可学,北宋不可学也。学南宋者,不祖白石,则祖梦窗,以白石、梦窗可学,幼安不可学也。……其实幼安词之佳者,如《摸鱼儿》《贺新郎·送茂嘉》《青玉案·元夕》《祝英台近》等,俊伟幽咽,固独有千古,其他豪放之处亦有'横素波、干青云'之慨,宁梦窗辈龌龊小生所可语耶?"

总的来说,吴文英词产生于南宋末期,表现了南宋词人脱离现实,追求形式的词风,同时也反映了宋词的最终衰亡。吴文英善于炼字面,他的一些词秾丽绵密,讲究音律,讲究典雅,有一定的内容和境界,但由于过分追求形式,他的不少词晦涩难懂,并不可取。因此,我们既要看到吴词的可取之处,同时又要指出其不足之处,不可一概而论。

(原载《学习与研究》1989 年第 2 期)

政治观的保守并不能掩盖他学术成就的辉煌
——读《王国维传》

20多年前,因为喜欢诗词,曾经买过王国维的《人间词话》。虽然这是一本薄薄的小书,但在词学理论上对我的影响很大。尤其是作者提出的境界说,不仅影响我对词的理解,而且还常常作为人生哲理引用。后来,我又阅读过叶嘉莹先生的词学著作,对这位研究古典诗词的专家解读王国维的《人间词话》赞赏有加。不过对我来说,王国维还是一个熟悉又陌生的人。说熟悉,是因为知道他的大名,读过他的词学论著;说陌生,是因为王国维一生的经历很复杂,他又是一位学术大师,许多学术著作太过专门深奥,无法研读。

2004年12月,杭州出版社出版了陈铭先生的专著《潮落潮生——王国维传》(简称"《王国维传》")。陈先生用比较简易的语言,介绍了王国维这位学术大师的生活和著作,使我对王国维这位20世纪文化名人的一生有了全面的了解。

拜读陈先生的《王国维传》后,我觉得有以下几点体会。

其一,以时传人,以时传事。

《王国维传》叙述了王国维一生的成就和影响,指出王国维是中国19世纪末20世纪初的文化巨人。他既是一位重要的思想家、教育家、文学家,又是中国现代历史学的开山鼻祖,对中国近现代文化的推进有着不可磨灭的贡献,至今仍然值得后人敬重、继承和研究。"20世纪以来,中国人文科学的发展,许多方面都带有王国维的痕迹。他是学术界绕不开的里程碑。"比如他把近代科学的思维方法引入哲学、教育学、历史学和文学的研究之中,主张独立精神,提出"以人为本"的教育思想;他把西方的文艺理论引入中国文学的研究中,和中国传统的文学理论结合起来,开拓了一种全新的文学评论的思想和方法;在词学研究中,他的"境界论"提升了现代词学的理论水平,开拓了现代词学研究的新境界,影响深远;他开辟的新的史学研究门类,如甲骨文、敦煌学、简牍学、西北古民族学、西北地理历史学等,已成为现代史学的重要组成部分;他提出的"两重证据法"(纸上的材料与地下出土的新材料结合以考证历史的方法),至今仍然是史学界研究之圭臬。总而言之,王国维开辟的新学科,他的学术思想、方法与他坚持学术研究独立的精神,是20世纪中国学术界的丰碑,永远值得后人景仰。

不过,陈先生在叙述王国维的这些成就和影响的时候,不是就事论事,而是做了大量的历史研究,搜集了可靠的历史资料,把王国维放到19世纪下半叶到20世纪上半叶的重大的时代背景和历史事件中加以考察,以时传人,以时传事,使我们从中看到王国维一生的经历以及他的所思所想、所作所为,从中看到这个历史人物的真实面貌。

陈先生认为,19世纪下半叶到20世纪上半叶,这是中国历史的重大转折时期,也是中国学术思想的重大转折时期。王国维正是在这解构和重构的历史时期中涌现出来的中国文化巨人。他的思想和学术,"既带有旧时代的厚实与悲怆,又显示新时代的开拓和丰繁"。因此,王国维一方面在中国历史和中国学术的重大转折时期取得了非凡的成就,一方面又跳不出他悲剧的性格命运,以至于在颐和园昆明湖投湖自杀。王国维自杀后,引发了学界关于自杀原因的种种讨论,比如殉情说、殉文化说、逼债说、因病厌世说等等,至今没有定论。但如果我们从当时重大的历史背景和历史事件以及王国维悲剧的性格中去理解,就会得到合理的解读。

王国维从 27 岁开始就反复阅读康德和叔本华的哲学著作,接受了他们的哲学思想。尤其是叔本华的悲剧论与王国维的性格相契,对他一生影响很大。"在表情的文字中,王国维更突出了悲观论",因为他解决不了"人生之问题"。后来,在北伐战争的历史大变动中,广州的北伐军北上,叶德辉(清朝遗老)被杀,清朝的遗老们纷纷"逃难",犹如大祸临头。作为清朝遗老的王国维感到惊惶、恐惧,以为清朝已经不可能复辟,"有学问的遗老"实在没有出路了。唯一干净的土地,只有颐和园昆明湖"这一湾清水了"!因此,王国维最后以自杀结束自己的一生,既是意料之外,又是情理之中。

其二,实事求是,不虚美。

与其他一些传记作品不同的是,本书是一部学术著作,不是一部文艺作品,它没有虚构和想象。这也是陈先生一贯的写作风格,实事求是,不虚美,从《龚自珍传》到《王国维传》都是如此。

在客观地介绍王国维的学术成就和深远影响的时候,陈先生也实事求是地写到了王国维的一些缺点和局限,这对于我们认识王国维具有重要的参考价值。

王国维写过词,但陈先生认为他的词学理论的成就和影响远远超过他的创作。对于王国维的词学理论《人间词话》,陈先生评价很高,认为《人间词话》是用传统的诗话、词话的形式,提出了词学研究的新方法、新思想,涉及创作论、本体论和接受理论。尤其是境界说,不但是境界论的新阶段,而且昭示着西方哲学、文学观点与中国古典诗学的交融,推进了中国现代诗学的发展。不过,对于王国维的词作,陈先生则不敢苟同。虽然王国维对自己的词作既自信又自负,甚至认为,自欧阳修以后,近千年的词作者没有比得上他的。但陈先生认为,"这也未免太气盛了",因为"嗜好和模仿往往在创作中留下痕迹,王国维的词免不了这样"。况且词史上的评价也不是像王国维自诩的那样。

王国维曾经受聘北京大学通讯导师,但他在"荣任"废帝溥仪的南书房行走后,因北京大学考古学会在报上发表《保存大宫山古迹宣言》一文与北大绝交。因为北大的这篇宣言指斥清王室出卖国宝,破坏古迹,并且还指名批评溥仪,使王国维悲愤不已,辞去北大通讯导师的职务。对此,陈先生认为王国维的遗老"忠愤",是一种愚忠行为,是他政治保守的表现。

王国维的愚忠还表现在对溥仪的歌颂。因忠于清廷,加之学问深厚、著述丰富,王国维被升允推荐为皇帝的南书房行走,陪皇帝读书。南书房行走是一个可有可无的角色。说俗一点就是跑腿子,说雅一点称为"文学侍从"。这算不上什么官职,可是王国维对这种恩宠却感激不尽,永志不忘。为了报答溥仪的恩宠,刚当上南书房行走不久,王国维就写了一首《题御笔双鸲鹆》,赞颂溥仪画的鸲鹆(八哥)。其实,溥仪本无艺术天分,他只是随手涂鸦,画了两只八哥,王国维就恭恭敬敬地题诗称赞,制作了"文绣的文学""铺缀的文学"。而这些都是他当年批评过的东西。后来,王国维又写了许多应制诗,那就"更不像话了"。比如 1924 年 2 月,王国维写了一组九首绝句,名曰《题御笔牡丹》,"一片颂词谀语,在诗中没有了正直的学者,也没有了才华横溢的诗人"。

总之,综观王国维一生,他政治上是保守的,在学术上取得了辉煌的成就。但是,"政治观的保守并不能掩盖他学术成就的辉煌"。

读《唐诗美学论稿》

唐诗代表了中国古典诗歌的最高成就,千百年来受到中国人的喜爱。我们都知道唐诗很美,但究竟美在何处,却又不甚了了。近几年,中央电视台播出的《中国诗词大会》虽然向观众普及了诗词的有关知识,包括唐诗的知识,得到了广泛的传播,但是,似乎又满足不了观众从美学角度欣赏唐诗的审美需要。因此,我又想起陈铭先生的《唐诗美学论稿》。这部从美学鉴赏角度评论唐诗的专著,对唐诗中的"盛唐气象""中唐风貌"和"晚唐余晖"的审美特征做了高度概括,并对唐诗中昂扬的主动精神,诗情画意中的哲理思维以及开创美、规范美、中和之美和实动美等进行深入研究,涉及音乐、绘画、宗教、心理学、伦理学、民俗学等有关学科,对于我们理解唐诗,欣赏唐诗具有启示意义。

一、从开创到规范

在中国文学史上,唐代不仅开创了中国封建社会的全盛时代,是中国封建社会政治、经济和文化发展的高峰,而且也是一个诗的时代。唐代诗人不仅创作了数量超过任何一个朝代的诗歌,而且发展了诗歌的各种体裁和形式,开创了众多的文学流派,并以此作为诗歌的审美特点,其中最有代表性的就是李白的浪漫主义和杜甫的现实主义。我大学里学的《中国文学史》(中国科学院文学研究所、中国文学史编写组编写)也是这样编写的。但陈先生认为,唐诗的美学特点体现在开创美和规范美。而李白和杜甫则是开创美和规范美的代表人物,因而李杜之别,实质上是开创美与规范美之别。

李白诗"以气包之",他自由的个性和创作天才使他不仅留下了流传千古的伟大诗篇,而且开创了中国古典诗歌新的美学原则。唐以前的旧体诗大多为五言诗,有比较固定的格律形式。李白的《梁甫吟》等以七言为主,扩展了诗歌的语言形式,突破了旧格律诗的结构形式、句法音律。在突破旧格律时,"李白诗最大的特点在于突破原先那种呆滞的平衡和对称,创造了一种活泼的平衡,发展了诗歌中动态的形式美"。

在形式美上,李白加强了旧体诗的内在意象与外在语言的节奏感和韵律感。从诗歌形式发展来说,李白的诗赋予陈旧的题材以新鲜的现实感,"表现了全新的审美经验和杰出的艺术表现力",从而把中国古典诗歌的美学思想提高到新的高度。

陈先生认为,随着政治经济的繁荣,唐代要在各方面建立起地主阶级的思想秩序。在诗歌创作上,杜甫等唐代诗人确立了中国古典诗歌的美学规范。从开创美到规范美,是唐诗发展的必然,反映了诗人古典诗歌创作的成熟和定型。

近体诗(包括律诗、绝句)是唐诗的创新,也是唐代诗人对中国诗歌发展的贡献,律、绝两种体裁在句法、平仄、押韵、节奏上都做出了严格的规定。虽然初唐就有人开始近体诗创作,但不够成熟。到了杜甫时已经比较成熟,并逐步规范、均衡。如《江南逢李龟年》:"岐王宅里寻常见,崔九堂前几度闻。正是江南好风景,落花时节又逢君。"

杜诗的特点是"神","诗律细"与"诗有神"在杜诗里是统一的。"把一种表现自由意志和变化感情的复杂内容,纳入和谐、工整,甚至有相当大局限的形式中,也就是规范的形式与自由的内容的统一,是杜甫对于中国古典诗歌的巨大贡献。"

二、从虚静到实动

从文学史上来看,魏晋时期的玄学曾对文学产生过重要影响。由于政治上的高压,文人逃避现实,崇尚老庄和玄谈,用玄言诗来寄托人生,由于玄风盛行,诗赋成了老庄哲学的说教,一时成为社会风气。因此,陈先生认为"虚静也就成为一个时期文艺的审美风尚"。

唐代山水诗继承和发展了魏晋山水诗的传统,它不仅给唐诗带来了题材的变化,而且改变了魏晋玄言诗和形式主义的风气。但对山水诗的认识却颇有争论,肯定的人认为山水诗是"寄情山水",否定的人认为是"消极避世"。十三所高等院校编著的《中国文学史》持的是否定的观点:"开元、天宝年间,由于社会安定,经济繁荣,统治阶级有了优厚的物质基础和悠闲的生活条件。同时,由于统治阶级内部矛盾的斗争和发展,一部分人产生了消极避世的思想,一部分人又把隐居作为自己仕进的'终南捷径',因此,出现了一些较多地描写山水田园闲适生活的诗人。"陈先生则不认同这一观点,因为这种观点没有从唐代社会发展条件和历史地位上去研究文学创作与社会现实的关系,没有从文学自身的发展规律去认识山水诗的成熟,也没有从人与自然关系的历史发展去认识山水诗的形成和发展。

陈先生认为,唐代山水诗的发达既得益于唐代雄厚的物质条件和经济基础,又具备了盛唐诗人昂扬的主动精神,能够认识自然,欣赏自然美,并用诗的语言把自然美再现出来。在盛唐诗人的笔下,山水田园并不是消极避世,而是唐人主动掌握自然,把自然界人化。"它们已经不是孤立的自然景物,而是人的感觉对象。"所以,唐代山水诗把情与景结合起来,摆脱了《诗经》以来诗歌单纯起兴的形式以及魏晋六朝诗歌语言直露的缺点。因此,"诗歌引起读者的美感,不仅仅是自然物的景的存在,更重要的是诗人主观感情选择过、渗透过的景的存在,把景与情结合得浑然一体"。

王维的山水诗是唐代山水田园诗的典型代表,比如《鹿柴》《鸟鸣涧》《山居秋暝》等。但在王维山水田园诗的研究中,常常会遇到一个问题,即王维的山水田园诗的审美特色究竟是静美还是动美。传统的观点认为,王维的山水田园诗属于静态美,教科书也是这种观点。但陈先生认为王维的山水田园诗不是静态美,而是动态美。因为静止是相对的、暂时的,静止是为了运动。从诗歌的艺术形象和审美情趣来看,"王维的山水田园诗正好写出了静止中的运动,写出了大自然蓬勃的生命力和人类征服自然的无限创造力"。在寂静的春夜,花落鸟鸣,草木生长,兴衰交替,不就是一曲大自然生生不息的小夜曲吗?因此,王维山水田园诗给人的审美感受,"是静中之动的动态美","动在诗口是点睛"。它反映了唐代审美心理的特点,即"摆脱了魏晋玄学所崇尚的虚静,而努力发掘宁静环境中的实动","发掘出了人类社会和自然界静中之动,闲静境界中的动态美"。

对于韩愈和白居易的诗歌创作,陈先生也有自己的观点。在陈先生看来,中唐社会的内在矛盾使中唐诗歌的美学趣味发生了变化,"这个变化就是在肯定中和之美的基础上,有意识地强调了残缺的美,不足的美和感伤的美"。韩愈的以丑为美和白居易的以俗为美正是这种残缺美的体现。这种审美趣味的变化深化了盛唐诗歌的规范美,使诗歌得到新的表现力,从而把诗歌推向中国古代文学的最高形式。

《唐诗美学论稿》还探讨了唐诗中的中和之美和民族风俗美以及宗教、音乐和绘画对唐诗的影响,对于我们理解唐诗的审美情趣不无启示。

为国医大家立传
——评章倩如的《国医大家钟一棠》

去年夏天的一个夜晚,我和章倩如在月湖畔的一个茶馆里喝茶聊天。茶酣之间,他对我说,他正在受邀写宁波一代名医钟一棠的传记,成书后要我写个评论,我当即答应。因为对于全国名老中医钟一棠,我是比较熟悉的。

2009年仲夏,章倩如受妇联之邀主编报告文学《她们》,组织市内外作家采访宁波市杰出女性。我被邀撰写宁波市中医院周建扬医师的故事,开始接触到全国名老中医钟一棠。周建扬是钟一棠的学术继承人之一,她和钟一棠是师承关系。因此,写周建扬自然离不开钟一棠。那个夏天,我到惊驾路钟一棠的府上采访,九十四岁的钟老思维清晰,从医道谈到人道,给我留下美好的印象。今天,当钟一棠走过百年春秋的时候,我的朋友章倩如出版了传记作品《国医大家钟一棠》,用作家的目光回望他的百年时光,这是一件可喜可贺的事情。

读了《国医大家钟一棠》后,我觉得这部作品有以下几个特点。

一是为生者立传。

《国医大家钟一棠》是一部人物传记,它不同于作者以往的报告文学。虽然它和报告文学有相通之处,但又有所区别。所谓相通之处,是指传记文学也好,报告文学也好,都必须以事实为依据,注重作品的真实性,不能像小说那样虚构。但传记文学又不同于报告文学,它既

| 书 | 话 |

要求真实性,又要求有人性及叙事性,不能看到作者的个人观点。这比报告文学的要求更高,需要作家的"才、学、识"。本书不介入作者的感慨、议论等主观色彩,而是以一个"审视者的姿态",从容不迫地叙述传主的生命光华,"细细端详"传主的人性之美。

钟一棠出生于中医世家,是甬上杏林一代耆宿。因此,如何为他立传,把他一生的传奇经历、心路历程和学术思想留给后人,这是一个他本人和家人以及他的传人都关心的问题。当钟一棠的家人找到作者并要求作者撰写这样一部人物传记的时候,作者开始有些犹豫。过去有"盖棺论定"和为尊者讳的史学传统,但胡适提倡应该在人活着的时候写,更接近真实性以及更有人生启迪意义。后来,他终于被钟一棠的人格和医术打动,答应为之立传。据《宁波史话》记载,甬上杏林曾有过唐代著名药物学家陈藏器、元代麻疹专家滑寿、明代的"温补派"赵献可和妇科世家宋家,以及清代浙东第一伤科陆家等名医和世家,虽然这些名医和世家都留下过医学著作,但我们没有看到过一部传记。今天,作者创作的《国医大家钟一棠》是甬上第一部为宁波一代名医立传的人物传记,填补了这个空白。

《国医大家钟一棠》全书分十一章,循着钟一棠的生命轨迹和心灵史,全面叙述了全国名老中医钟一棠爱国爱乡、"仁术济世"的传奇故事,使我们看到了一代名医的医者大道和士大夫精神。青少年时期的钟一棠到沪上求学,参加义勇军抗日救国。学成后回乡,自设诊所行医,悬壶济世。在国家民族遭受灾难时以所学为掩护,为拯国救民募集抗日卫国经费。在庄桥沦陷期间做过镇长,周旋在敌伪之间。1949年后,响应政府号召参加联合诊所,尔后整合到中医门诊。花甲之年又受命创办宁波市中医院,举办"中医师大专班"。退休后出版医疗专著《钟一棠医疗精华》。2012年,成立"钟一棠全国名老中医药专家传承工作室",培养王邦才等十位中医传承人。期颐之年开办"钟益寿堂"

中医诊馆,发扬光大钟氏世家医德医风,为民众提供价廉质优的中药服务。他一生都在做对国家民族、对家乡人民有益的事情。

二是史学追求。

既然《国医大家钟一棠》是一部人物传记,那么,它就离不开史学。因此,史学也是作者追求的目标。这些年,传记文学写作存在一个很大的问题,就是传记文学不好看,其原因是不能告诉读者很多生动的细节、生活的情节。《国医大家钟一棠》的叙述语言善于抓住人物的性格特征和事件的典型意义,为我们提供了许多生动的细节、生活的情节,增加了作品的可看性。譬如钟一棠年少到沪上求学,在上海中医学院读书期间,适逢"九一八"事变,日军侵略中国,一腔热血的钟一棠积极报名参加学院义勇军,并被推选为副队长兼宣传部部长,组织抗日宣传和募集抗日经费。"九一八"事变后,钟一棠又带领学院义勇军队员赴南京请愿。这些经历使钟一棠痛恨日军和日货,以致在他新婚宴尔的时候也不例外。婚礼次日,当钟一棠看到新婚妻子洗漱台的化妆品全是日货时,勃然大怒。作者写道,"'日本'这两字此时像两块尖利的石头飞打过来",使钟一棠失去理智,把化妆品全部甩在地上,任凭新婚妻子哭诉。其实,日本的化妆品是新婚妻子的七叔送的结婚礼物,与她无关。又譬如钟一棠自小失去父母,二哥钟一桂如父亲一样把他抚养成人。钟一棠毕业后,随二哥钟一桂从医,后独立行医,但兄弟俩都秉承钟氏世家的传统,"不为良相当为良医",仁术济世。可是,在"文革"年代,钟一桂这个良医却被当作资产阶级中医权威打倒批斗,得了癌症。临别之际,钟一桂对钟一棠留下最后的遗嘱,他要回乡下土葬,葬在父亲钟纯泮的身边。钟一桂去世后,钟一棠既要满足他的愿望,又要考虑当地火葬的政策,情与理难以两全。他到公安局要求出具土葬的通行证,但办事人员很为难,白天不好护送棺木出城。当天深夜,钟一棠将二哥的遗体护送出城,葬在父亲的墓边。这个生动的细节虽然不合理,但它合乎人性。

　　本书的史学追求又体现在它的史学价值。在钟一棠的百年时光中,他经历了中国历史上特殊的时期,其间又有"九一八事变""七七事变""四清运动"、合作化和"文革"等,为了写作此书,作者花了许多工夫,研究了大量的史料,并进行梳理和取舍,理清脉络,还原了各种历史事件的背景及其真相,然后把传主放在这些风云激荡的历史事件中叙述,赋予了作品厚重的历史感和传主钟老生命的质感。

漫谈朱惠民的白马湖文派研究

朱惠民老师是我们宁波市党校系统的名师,又是一位在社会上有影响的文化学者,虽然已经退休多年,但他一直孜孜以求,笔耕不辍,对白马湖文学流派研究时有新作出版。《白马湖文谭——浙东新文学丛刊〈我们〉》是朱老师的最新研究成果,与《白马湖散文十三家》《白马湖文派散论》和《白马湖文派短长书》等著作构成白马湖文学流派系列研究成果。作为同行,我为朱老师对文化那炷幽明的香火的坚守和儒林那份执着的追求表示敬佩。

朱老师虽然和我是同行,但他又是我的前辈,我从他那里学到不少东西。当年我在宁波市委党校学报编辑部工作的时候,曾经约他写文章,他都如约寄来稿件。于是我就一边编辑文稿,一边学习。在我们党校,文史类研究内容不是主课主业,但我以为学报应该有一些这方面的文章,可以风格多样。后来,由于我们党校学报在文化研究上的局限性,朱老师就把白马湖文派研究的文章寄到宁波大学学报,但也偶尔有文章寄给我,我们一直保持着联系。他每出版一本专著,总是要赠送给我。古代文人相交,常常诗书往来,互相唱和,乃文人间雅事。可几十年下来,我收到过朱老师的不少赠书,但自己至今没有什么书回赠。虽然没有礼尚往来,但朱老师一如既往地给我赠书,我心存感怀。

朱老师的研究是多方面的,比如对企业文化和宁波美食也很有研究,在业内有很高的知名度,但我以为真正能够代表他的研究成果和留给新文学史的还是白马湖文学流派系列的论文和专著。虽然文史不是党校的主流学科,但在我看来,朱老师的白马湖文学流派研究同样重要,很有意义。

  一个学者的研究成果有没有意义,在于他的研究是不是原创,有没有创新,也就是说有没有学术价值。朱老师的白马湖文学流派研究做了许多开创性的贡献,它在新文学史上的价值和意义有很多专家和学者做了评价。比如我们看到的《白马湖文谭——浙东新文学丛刊〈我们〉》附录里的评论文章,也包括《白马湖文派散论》附录中赵柏田先生的评论——《红树青山,秋水文章》。著名文学史家吴福辉认为,朱惠民研究白马湖文派是"一个其志不小的文化憧憬","他是这个领域内最早的一位有实力的文化学者"。著名现当代散文评论家吴周文为《白马湖文派短长书》点赞,并进一步指出,朱惠民白马湖文派的研究已经"把白马湖作家群作为一个流派在文学史上做实,使之得到学术界的公认和共识"。除了这些,我想它的意义和价值还在于对宁波地域文化、浙东文化的贡献。从文化学的角度看,朱老师对白马湖文学流派进行历史的和地区的观察,微观地理解具体事实,宏观地探索系统规律,重新发现文学研究会宁波分会"我们"社的组织作用和文学力量,具有鲜明的浙东地方色彩。因此,从地区传统文化来看,白马湖文学流派的研究属于浙东文化,它丰富了浙东学术文化研究的内容,这是对浙东学术文化研究一个独特的贡献。从这个意义来说,现代散文"白马湖文派"研究的学术价值也应该纳入浙东学术文化的研究范畴,并在其中占有一席之地,这一点往往被媒体所忽略。

  朱老师对白马湖文学流派的研究还体现在审美价值上。他研究的白马湖文派集中了朱自清、夏丏尊、丰子恺、刘延陵、朱光潜、俞平伯和叶圣陶等当时文坛上的散文大家,他们清淡的语言风格和美学特征深深地影响了作者的文风。因此,作者也试图用散文随笔的语言形式来表达学术论文的思想内容,把理性思维和形象思维很好地结合起来,恰当地融入自己的思想、性格和感情。这种文风既继承和发扬了中国传统文学的审美观,体现了作者的美学追求,又渗透着作者开放的创作观念和创新的研究方法。从《白马湖文派短长书》和《悦读白马湖派散文家》等著作中,我们看到了这种文风的继承和发展。

《白马湖文谭——浙东新文学丛刊〈我们〉》是朱老师"白马湖文学"系列的第5本著作,也是压轴之作。至此,他完成了他心中的愿望。30年前,他有一个文化憧憬,那就是要为白马湖文学流派在中国新文学史上争一个"席位"。现在,他的愿望终于实现。因为,不仅现代散文"白马湖派"被学界认同、接受,而且他的研究成果也被人作为文献引用转载。

2017年,《白马湖文谭——浙东新文学丛刊〈我们〉》被宁波市文联作为文艺创作的重点项目出版。海曙区文联也组织召开座谈会,邀请有关专家学者研讨白马湖文学流派的史学意义及其当代价值。会上,还举行了赠书仪式,海曙区有关中小学校的师生接受朱老师的《白马湖文谭——浙东新文学丛刊〈我们〉》等系列丛书。这是一个值得称道的文学现象,也是朱老师的一个心愿。因为在他看来,白马湖文派散文不仅要得到学术界的认可,而且要受到中小学生的喜爱。他选编《悦读白马湖派散文家》的一个目的就是把它作为大中学生(包括他的孙女)阅读的文本,培养他们体悟那种自然质朴散文的美感,提高审美情趣和鉴赏能力,从而去除时下流行的"学院批评"的论文八股气,摒弃"媒体批评"的那种煽情、炒作,浅尝辄止或不求甚解。倘若如此,他的白马湖文派散文研究则可以功德圆满矣。

简约而不简单
——读《千年文脉·浙东学术文化》

文脉,文化之脉络也。宁波是一座历史文化名城,浙东学术文化留下了丰厚的文化资源。但要把浙东学术文化简约化、通俗化,并非易事。宁波大学方同义先生出生于浙地,是一位从事中国哲学和文化教学与研究的老教授,虽然已经退休多年,但他依然没有淡出学界。2012年,宁波出版社组织本地学界文化精英编纂"宁波文化丛书",并作为宁波市文化精品工程,方先生受邀撰写浙东学术文化。两年后,出版了《千年文脉·浙东学术文化》一书,做了一件简约而不简单的事情。

读了《千年文脉·浙东学术文化》后,我有以下几点感想。

一、脉络清晰,观点鲜明。

浙东学术文化源远流长,研究者众,学术著作汗牛充栋,但究竟何处落笔,研究者各有各的视角。在方先生看来,月湖是"浙东学术文化的摇篮",因此,浙东学术文化应该从月湖开始讲。这就把浙东学术文化从清代推到了唐代,在宁波具有一千多年历史。所谓"千年文脉",此之誉也。

方先生认为,月湖是宁波的母亲湖,她的悠久文化影响了宁波的人文精神。月湖开凿于唐贞观年间,是城中之湖。南宋绍兴年间,形成十洲胜景格局,乃至于今。月湖风光秀丽,人文荟萃,积淀深厚,孕育了浙东学术。在月湖的周围,云集了书院、诗社、藏书楼,一代代的官宦世族、文人学士到此定居,讨论学问,吟诗作画,形成一种学术风气和氛围,创造了学术创新发展的外部环境。所以,称之为"浙东学术文化的摇篮"比"浙东学术重地"或"浙东学术圣地"更加贴切。

那么,何谓浙东学术?方先生认为浙东学术这个概念不是随便可以说的,而是有一定的来历。先是朱熹提出"浙学"的概念。而后清代学者章学诚正式推出"浙东学术"的概念,并加以论证。章学诚将自明至清发生在浙地的学问系统统一称为"浙东学术",并列举了王阳明、刘宗周、黄宗羲、万斯同、全祖望等一系列浙东学术的代表人物。到了近代,先后又有"浙东史学""浙东学派"之说,而宁波本地的学者则倾向于"浙东学术"这一概念,因为它兼顾了浙东地区学问系统的各个不同的侧面,所述范围也更为宽广。据此,方先生把它概括为:"所谓'浙东学术',就是指浙东地区产生形成、潮起潮落、演变发展的各种各样有系统而较专门的学问或知识的总称。"

二、文史不分家,追求文学性。

这些年,有关浙东学术文化的学术文章很多,但缺少文学性的学术文章大多不好看。其实,古代的史学家是追求文学性的,有文史不分家的传统。方先生继承了这一传统。今天,学人做文章大多比较严谨,注重观点的提炼和层次结构的逻辑性,常常跳不出抽象思维的圈圈。但这样的学术文章往往缺乏形象思维,枯燥乏味,看起来比较累。《千年文脉·浙东学术文化》在保持学术性的前提下,在写法上注意糅进一些游记的特点,比如参观浙东学术代表人物的故居等,在史实描写的后面,穿插一些场景的描写和文艺性的叙述,使行文变得活起来,好看起来。

例如写到月湖之秀,方先生把它比作一个江南女子,清新脱俗,秀丽莫名。写到月湖之厚,引用了全祖望在《竹洲三先生书院记》对吕祖俭讲学场景的描述:"大清早,有人高声说,吕先生来了。于是,众人齐刷刷到湖边迎接。吕先生要么直接入堂讲学,要么高高兴兴地与大家一起坐船,到湖中游玩。"从这种生活趣味可以想见当时的读书风气。例如写到方孝孺(时人称为"正学先生"),方先生提出了方孝孺被灭十族的原因在于方孝孺为了求一个"是",这个"是"延续了孔子"杀身成仁"和孟子"舍生取义"的精神。集中到一点,是选择说谎、应诏、做大官,还是坚持正义与正道,被杀生灭门、诛十族?为了描写灭族的悲剧,方先生特地到方孝孺的故里——宁海桃花溪参观。桃花溪溪东的村民大多姓王,叫溪下王村;溪西的村民大多姓方,叫溪上方村。如今,姓王的家族依然香火不断,而姓方的家族却消失得干干净净,偌大的村庄再也没有了人烟,唯有一块"明儒方正学故里"牌坊孤独地立在那里。观乎此,我们就会想起600多年前明成祖灭方孝孺十族的惨案,令人唏嘘不已。今天,方孝孺在宁海的家族已经不存在了,但是方孝孺的精神并没有消失。鲁迅先生称之为"台州式的硬气",这不就是方孝孺精神的延续吗?

  方先生这种文史哲不分家、学术文章追求文学性的写作方法值得提倡。

宣言的历史贡献及其时代局限

100多年前,马克思和恩格斯两人共同创作了经典著作《共产党宣言》,发现了人类历史的发展规律和资本主义经济的发展规律。100多年后,不管世界发生了多大的变化,经典著作《共产党宣言》仍然闪耀着真理的光芒,这是今天我重读此书后的感想。

100多年前,资本主义的发展正处于上升时期,资产阶级在它不到100年的阶级统治中所创造的生产力,比过去一切世代创造的全部生产力还要多、还要大。因此,虽然《共产党宣言》和《资本论》的宗旨都在于推翻资本主义制度,但是马克思的世界历史理论还是充分肯定了资产阶级在历史上曾经起过和正在起着的革命性作用,并揭示了资本主义经济发展规律,这是马克思对人类社会的历史贡献。在《共产党宣言》中,马克思认为,"资产阶级,由于一切生产工具的迅速改进,由于交通的极其便利,把一切民族甚至最野蛮的民族都卷到文明中来了。……它迫使一切民族——如果它们不想灭亡的话——采用资产阶级的生产方式"。马克思又指出:"资产阶级使乡村屈服于城市的统治。它创立了巨大的城市,使城市人口大大增加起来。因而使很大一部分居民脱离了农村生活的愚昧状态。"在《资本论》第一版序言中,马克思指出:资本运动的规律正以"铁的必然性"发生作用并且正在实现的趋势,"工业较发达的国家向工业较不发达的国家所显示的,只是后者未来的景象"。马克思还说,"社会经济形态的发展是一种自然历史过程","一个社会即使探索到了本身运动的自然规律……它还是既不能跳过也不能用法令取消自然的发展阶段"。

当然,马克思在肯定资产阶级历史作用的同时,也指出了它的不可避免的弊病。《共产党宣言》是在资本主义早期大工业不断发展,经济危机日益严重,资产阶级对工人阶级的剥削和压迫越来越残酷,阶级斗争不断激化的时代背景下产生的。19世纪初,资本主义工业革命已经在欧洲完成或正在完成,这一时期资本主义开始进入机器大生产阶段,但另一方面,随着资本主义大工业和工厂制度的建立,资本主义的基本矛盾——生产的社会化与资本主义生产资料私有制之间的矛盾也暴露出来。这一基本矛盾不仅导致周期性的经济危机,也导致了资产阶级与无产阶级的阶级矛盾。周期性的经济危机改变了资产阶级的生产关系和交换关系,并且改变了资产阶级的所有制关系,使"这个曾经仿佛用法术创造了如此庞大的生产资料和交换手段的现代资产阶级,现在像一个魔法师一样不能再支配自己用法术呼唤出来的魔鬼了"。其后果就像一场"社会瘟疫",导致社会灾难。

今天,人类社会已经进入21世纪,资本主义的发展经历了许多变化,出现了前所未有的新情况和新问题,但马克思在宣言中阐述的一些基本原理依然正确。比如今天的经济全球化问题,虽然当时没有全球化这样的概念,但马克思已经阐述了这一思想:"资产阶级,由于开拓了世界市场,使一切国家的生产和消费都成为世界性的了。""过去那种地方的和民族的自给自足和闭关自守状态,被各民族的各方面的互相往来和互相依赖所代替了。物质的生产是如此,精神的生产也是如此。"又比如周期性的经济危机,马克思的预言也没有过时。2008年发生在美国华尔街的金融危机波及世界许多国家,全球股市出现股灾,短短一周内蒸发6万亿美元。美国道琼斯指数单周下跌18%,创下股市下跌的历史记录。华尔街的金融危机对中国金融、外贸出口、制造业和就业等都带来严重影响,部分劳动密集型企业倒闭、停产或半停产。这次金融危机与马克思在宣言中的分析惊人地相似。

在《共产党宣言》中,还有一个基本思想具有重要的价值,那就是人的自由发展问题。在"无产者和共产党人"一章的最后一节,马克思说:"代替那存在着阶级和阶级对立的资产阶级旧社会的,将是这样一个联合体,在那里,每个人的自由发展是一切人的自由发展的条件。"由于过去我们常常把"至今一切社会的历史都是阶级斗争的历史"这一结论当作宣言的基本思想,因而以阶级斗争为纲,使国家和社会长期处在阶级斗争的环境中,人的自由发展这个基本思想往往被忽略。其实,这个基本思想对如何理解共产主义学说很重要。正如杜光在《马克思是怎样论述自由的》一文中所说:"马克思、恩格斯在建立他们的共产主义学说时,明显地继承了资产阶级思想家和空想共产主义前辈的思想成果。他绝非偶然地把'每个人的自由发展'作为共产主义原则。马克思在早年著作中曾指出:'共产主义 —— 是通过人并且为了人而对人的本质的真正占有。'而人的本质特征便是'自由的自觉的活动'。'自由是全部精神存在的人的本质。'在马克思看来,自由是人本质的复归;争取自由的过程,就是争取人的本质的复归过程,也是人的解放的过程。共产主义的目标就是人的解放,实现自由。"正是因为这个原因,马克思认为,未来社会将"以自由联合的劳动条件来代替劳动受奴役的生产条件",是一个"自由平等的生产者联合体所构成的社会",这个社会被称为"自由人联合体",也就是共产主义。虽然由于自由平等的生产条件还没有成熟,"自由人联合体"还没有形成和出现,但这个方向是正确的。改革开放以来,中国共产党总结了"以阶级斗争为纲"的经验教训,提出了"以人为本"和"促进人的全面发展"的发展理念,把"自由""平等"等观念作为社会主义的核心价值观的基本内容之一,这是实现共产主义的最高价值追求。

在评价宣言的历史贡献时,也应该看到它的时代局限。马克思、恩格斯生于19世纪[马克思(1818—1883)、恩格斯(1820—1895)],那是资本主义发展的早期。1848年2月,《共产党宣言》德文版第1版出版,距今已有160多年历史。因此,如果用发展变化的实践来看,这个纲领有些地方已经过时了。其实,马克思、恩格斯在1872年德文版和1888年英文版的宣言序言中,已经指出了这个问题。在序言中,马克思、恩格斯虽然肯定了宣言的一般原理,但对于原理的实际应用,随时随地都要以当时的历史条件为转移。由于1848年以来大工业的巨大发展,工人阶级的组织也随之发生改进和增长;由于二月革命和巴黎公社的实际经验,纲领的有些地方已经过时了。其次,对于社会主义文献的批判和关于共产党人对待各种反对党派的态度的论述也已经过时。因为政治形势已经完全改变,当时列举的那些党派大部分已被历史的发展彻底扫除了。

当然,除了这些,还有其他一些时代局限,比如对于共产主义的设想。按照马克思的理论,俄国只要发生革命,推翻沙皇专制制度,无产阶级掌握政权,进入社会主义,那么,俄国的农村公社就可以直接成为共产主义的经济形式。1917年,在列宁的领导下,十月革命推翻了资产阶级临时政府,建立了世界上第一个社会主义国家。1936年,斯大林宣布苏联实现了农业集体化,实现了社会主义,建立了社会主义制度,即共产主义社会第一阶段,并实行共产主义经济政策,但70多年后又一夜之间瓦解,回到资本主义的旧路。

历史的应然发展是一回事,历史的实然发展又是另一回事。中国的社会主义发展不也是这样吗?中华人民共和国成立后,我们以为只要政权到手就可以进入社会主义。因此,不管社会发展程度如何,都可以用经济和行政的手段消灭生产资料私有制,消灭阶级,直接进入共产主义社会。1956年,我们也像苏联一样消灭私有制,建立国家所有制和集体所有制,向共产主义社会过渡,甚至以为已经"进入共产主义大门",正在进行"共产主义建设"。但是后来的实践证明,这不过是一种脱离实际的空想。现在看来,经济不发达的社会或者说落后国家要建设社会主义,实现共产主义,那是需要经过很长的历史时期的。其间,资本主义将与社会主义长期并存,私有制也将与公有制长期并存。

重读柔石和《为奴隶的母亲》

革命作家柔石的短篇小说《为奴隶的母亲》从发表至今,已经过去了80多年。但是今天,当我们重读柔石和这部20世纪中国小说经典作品,仍然具有重要的现实意义。

柔石(1902—1931)为宁波本土作家,浙江宁海县人。原名赵平复,因为他家门前曾有一块小石桥,上镌"金桥柔石",所以曾以"柔石""金桥"为笔名。

1918年,柔石考入浙江省立第一师范学校,投入新文学运动。1919年五四运动爆发后,开始从事文学创作,在宁波出版短篇小说《疯人》。1925年春,柔石到镇海中学任校务主任。此后,回家乡创办宁海中学。1926年,柔石任宁海教育局局长,改革全县的教育。两年后,因乡村暴动失败寓居上海,经友人介绍结识鲁迅,与鲁迅结下深厚情谊。在鲁迅的帮助下,柔石接替《语丝》编辑,并与友人成立朝花社,创办《朝花周刊》。1929年1月26日,柔石和鲁迅合编《近代木刻选集》。是年旧历除夕,柔石应邀到鲁迅家过年,与鲁迅、周建人等四人谈天。他们"什么都谈,文学、哲学、风俗、习惯,同回想,希望"(《柔石日记》)。由于是单身,柔石还在鲁迅家搭伙,常常向鲁迅请教文学等问题,请鲁迅批阅自己的作品。而鲁迅对于柔石的作品,总是详细地提出意见。长篇小说《旧时代之死》经鲁迅批阅后出版。1929年11月1日,柔石出版中篇小说《二月》。鲁迅非常欣赏《二月》,称之为"优秀之作",并为之作《小引》。译作《关于托尔斯泰的一封信》在《萌芽》第一卷第一期发表。(《萌芽》月刊由鲁迅主编,柔石参与编辑。后来成为"左联"的机关刊物,由"左联"主办)1930年3月2日,"中国左翼作家联盟"召开成立大会。大会通过了"左联"理论纲领,选举了领导机构。在这次大会上,柔石被选为执行委员,后任常务委员、编辑部主任。

"左联"成立后不久,鲁迅遭到国民党反动派的秘密通缉,不得不在北四川路内山完造家避居。在鲁迅避难期间,柔石常常冒着生命危险前去探望,仅《鲁迅日记》记载的就有18次之多。1930年5月,由冯雪峰介绍,柔石加入中国共产党,并以"左联"代表资格参加全国苏维埃区域代表大会。1931年1月17日,因叛徒告密被捕,2月7日深夜,被国民党枪杀于上海龙华警备司令部,终年30岁,成为"左联五烈士"之一。

柔石牺牲后,鲁迅非常悲痛。为了揭露国民党的暴行,从没给人写传的鲁迅,给柔石写了《柔石小传》,记叙了他短暂而光辉的一生。1933年,为了纪念柔石等"左联五烈士",鲁迅先生又写下了《为了忘却的记念》这篇著名杂文。作者回忆自己与白莽(殷夫)、柔石在文学事业与生活上的多次交往和感触,特别记叙了他们被捕后的狱中生活以及遇害的情景,深情地颂扬了柔石等热血青年的革命精神与人品,有力地控诉了反动派屠杀人民的罪行。同时还抒发了作者怀念烈士,坚信革命一定胜利的思想感情,成了对烈士永远的怀念。在《为了忘却的记念》一文中,柔石被鲁迅誉为"台州式的硬气":"他的家乡,是台州的宁海,这只要一看他那台州式的硬气就知道,而且颇有点迂,有时会令我忽而想到方孝孺。"这是鲁迅对柔石思想性格的定评。今天,从方孝孺到柔石的这种"台州式的硬气"已成为宁海人的一种精神气质。

柔石的生命虽然短暂,但他为中国文学留下了150万字的小说作品。1997 年,时代文艺出版社出版了《柔石小说全集》。主要作品有长篇小说《旧时代之死》、中篇小说《二月》《三姊妹》和短篇小说《为奴隶的母亲》等。短篇小说《为奴隶的母亲》载于 1930 年 3 月 1 日《萌芽》第一卷第一期,后收入《现代中国作家选集》,并被译成英文,由斯诺编入《活的中国》。小说继承了鲁迅等"五四"新文学的传统,运用"白描"的手法,讲述了一个典妻的悲惨故事。故事发生在 20 世纪 30 年代,再现了当时浙东民间的典妻风俗。有一个秀才,年纪已五十岁了,因为没有儿子,想买一个妾。但是他的大妻不允许,只准他典一个女人,时间为三年或五年。大妻要求女人的年纪三十岁左右,养过儿子,人要沉默老实,又肯做事,还要肯对她低眉下首。假如条件符合,价钱是八十元或一百元。春宝娘因生活所迫,被她的丈夫典给这个秀才家,给他生子,传宗接代。于是,她忍痛撇下 5 岁的儿子春宝,来到这个秀才家做"典妻"。后来,她为秀才生了儿子秋宝,但又不得不留下秋宝回家。可是,当她回到自己那间破屋的时候,另一个儿子春宝已经奄奄一息,分离了三年的春宝已经不认识她这个亲娘了。这时,春宝娘的日子就像"沉静而寒冷的死一般长的夜,似无限地拖延着,拖延着"。

　　典妻这个典型人物曾经深深地感动了很多人,并被改编为电视剧、电影。2004 年,中央电视台电影频道根据柔石的同名短篇小说改编制作了电影《为奴隶的母亲》,以此纪念作家柔石先生诞辰 100 周年。此片获得 2004 年好莱坞国际电影电视节星光奖最佳影片奖、2004 年第十届上海国际电视节"白玉兰"奖最佳电视剧奖。

　　小说《为奴隶的母亲》还被改编为甬剧《典妻》。《典妻》由宁波艺术剧院甬剧团于 2002 年创作首演。主创人员充分挖掘原作的深刻思想内涵,结合现代人的审美理念,巧妙发挥甬剧艺术形式的独特优势,借鉴、运用戏曲、舞蹈等表现手段,着力表现哀婉深沉的悲剧气氛和质朴浓郁的人文关怀,形成了甬剧独有的艺术震撼力和艺术表现风格。

在宁波本地及杭州、上海、西安、香港等地的演出中,获得观众的青睐,并被专家誉为"甬剧史上一部里程碑式的剧作"。该剧先后获得中宣部"五个一工程"入选作品奖,第八届中国戏剧节"优秀剧目奖"及编、导、舞美、表演等多项奖项。

如果说历史是"现在与过去之间的对话",或者是"今日社会与昨日社会之间的对话",那么,我们"只有根据现在才能理解过去;我们也只有借助于过去,才能理解现在"。我国的典妻风俗产生于旧社会。中华人民共和国成立后,典妻的现象已经彻底消失。可是,当时代的车轮到了21世纪的今天,这种丑恶的社会现象似乎死灰复燃。比如"代孕""包二奶"等新的"典妻",在许多地方相继产生。80多年过去了,"典妻"这个典型人物似乎又回到我们这个社会,正在影响着今天的社会风气,从而引发人们的思考。

当今,在世风日下、人性扭曲的环境下,大学生代人生子,女明星被人包养已屡见不鲜。她们也许比那个时代的春宝娘要"阔气"得多,但是其实质都一样。因为,她们都是一种被出卖的商品,没有独立的人格和个人的自由,没有做人的尊严。因此,从这个意义上说,她们与春宝娘一样,最终逃脱不了一个"为奴隶的母亲"的历史命运。这也许是《为奴隶的母亲》至今具有抨击罪恶、呼唤自由、启迪良知的警世意义之原因所在吧。

今年是柔石牺牲80周年,谨以此文作为纪念。

(本文获2011年宁波市委党校暑期读书征文优秀奖)

茨威格和《人类群星闪耀时》

2017年春节,我到北非旅游,回国时在法航飞机上遗忘了两本随身携带的书,其中一本是茨威格的《人类群星闪耀时》。虽然那本书已经旧了,但我却有些怀念。因为那是我所喜欢的作家茨威格的传记作品。在我的藏书里,一个作家的作品大多不会超过两本,而茨威格的书却有三本。除了两本小说外,还有一本就是他的传记作品《人类群星闪耀时》。

斯蒂芬·茨威格是奥地利的著名小说家、传记作家。代表作有小说《一个陌生女人的来信》《一个女人一生中的24小时》《滑铁卢之战》《危险的怜悯》等;回忆录有《昨日的世界》。他曾为巴尔扎克、托尔斯泰、尼采等许多名人作传,有传记《异端的权利》《麦哲伦航海记》《人类群星闪耀时》《断头王后》《三大师传》等。这些传记作品中的人物犹如人类文明天宇上闪烁的星辰,给读者留下难忘的印象,也为茨威格赢得不朽的声名——历史上最好的传记作家。

茨威格于1881年出生在奥地利维也纳一个富裕的犹太工厂主家庭,青年时代曾在维也纳和柏林攻读哲学和文学,获得博士学位。从20世纪20年代起,茨威格便以德语创作赢得了不亚于英、法语作品的广泛声誉。无论是诗歌、小说、戏剧、文论、传记,还是文学翻译,茨威格都能从独特的视角,用自己别出心裁的风格写作。尤其是小说和人物传记,几乎每篇都是名著,闪耀着不可磨灭的光芒。

在茨威格看来，历史之所以非此即彼，并不仅仅由历史的必然性决定，而往往取决于一些偶然甚至荒诞的细节。因此在他的笔下，历史人物和历史事件往往充满浓郁的戏剧性和宿命论意味。由于受心理学和弗洛伊德学说的影响，茨威格非常善于捕捉人物的微妙心理，擅长细节刻画和心理描写，常常把枯燥无味的历史人物写得活灵活现。在《人类群星闪耀时》里，茨威格将几个历史人物的故事娓娓道来，引人入胜。比如一个上天无路、入地无门的欧洲逃亡者靠捕风捉影发现了世界第一大洋太平洋；千年帝国拜占庭毁于一扇被遗忘的小门；拿破仑的一世英名因一个愚忠之人一秒钟的犹豫而葬送……

在我的记忆中，《人类群星闪耀时》给我留下特别印象的则是《逃向苍天》。

《逃向苍天》是本书中采用戏剧形式写的一篇历史特写。纪实文学的历史特写一般都采用散文的体裁，但茨威格却不拘一格，大胆采用戏剧剧本这一特殊的形式来写真人真事，并为托尔斯泰未完成的剧本《光在黑暗中发亮》补写尾声。

列夫·托尔斯泰是19世纪俄国最伟大的批判现实主义作家，他创作的《战争与和平》是世界上最伟大的小说之一。因此，他既是俄国的，也是世界的。托尔斯泰的一生是伟大的，同时又是矛盾的。他在世界观改变之后，为自己贵族地主庄园式的生活不符合自己的信念而深感不安，但他的妻子却囿于世俗偏见，过多地为家庭和子女的利益着想，不能理解他的思想，因而造成夫妻的不和与家庭的悲剧，这更使托尔斯泰痛苦不堪。于是，他在1882年和1884年曾一再萌发弃家出走的念头。这种想法在他19世纪90年代的创作中就有反映。1890年开始创作的剧本《光在黑暗中发亮》的主人公，便是当时作者的真实写照。

剧中主人公萨林采夫在世界观转变之后与家庭和社会发生了严

重的冲突，但他同时又主张不以暴力抗恶。这个剧本是托尔斯泰最矛盾的作品之一。剧本虽然经过长时间的创作，但始终没有完成，只留下片段，因为托尔斯泰不知道该如何结局，他还没有为主人公的矛盾找到解决办法。而现实生活中的托尔斯泰正如剧本中的萨林采夫一样，正处于深深的矛盾之中而不能自拔，因为他虽然想以弃家出走来摆脱自己的痛苦，但又怕自己的这一举动会引起妻子和亲人的痛苦，这无异于犯下罪孽，违背自己"不抵抗"的理论。这种矛盾的生活折磨了他将近20年。1910年10月，风烛残年的托尔斯泰在经过了几场极富戏剧性的冲突之后，终于下决心悄悄离家出走。10月28日清晨，一辆载着托尔斯泰的马车在黎明前的黑暗中向远方驶去，前面是茫茫的苍天。当时，陪同他出走的只有一个挚友兼医生马柯维茨基。但是，这位82岁的老人已禁不起旅途的劳顿。三天之后，他因患肺炎不得不在阿斯塔波沃火车站下车，暂住在站长的公务房间里。经过几天的重病之后，终于在11月7日清晨与世长辞。

茨威格正是以托尔斯泰的这一经历为题材，写了《逃向苍天》。剧中的主人公便是托尔斯泰本人，而秘书杜山就是医生。剧本最后以火车站站长与杜山的一段对话结尾：

站长：我心里无法明白，这样一个人，这样一个我们俄罗斯大地上的国宝，为了我们这些人而历尽了苦难，而我们却在无忧无虑中蹉跎岁月。

杜山：善良的好心人，不必为他难过。如果他不为我们这些人去受苦受难，那么，托尔斯泰也就永远不可能像今天这样属于全人类。

这既是剧中人物的一段对话，也是茨威格对托尔斯泰的高度评价。

茨威格还写过另一部托尔斯泰的传记作品《列夫·托尔斯泰》,它是《三作家》之中的一部。这部传记作品对于我们全面了解托尔斯泰的人物肖像和精神世界很有帮助,也值得一读。

《生活的艺术》漫谈

在我的读书生活中,有些书读一遍就够了,有些书连一遍也读不下去,有些书只是翻翻而已。不过,有些书则放在床头,常常翻看。《生活的艺术》便是这样的一本书。

《生活的艺术》是林语堂先生在华人世界的代表作,作者用散文的笔调表达了对人生的看法,读来自然妥帖,颇有味道。作者提出的富有哲理的观点几乎涉及生活的方方面面,比如生命的享受、生活的享受、旅行的享受、文化的享受、思想的艺术、读书的艺术等等,给人以诸多的启示。读了此书后,我想就其中的人生哲学和读书的艺术谈谈自己的感想。

中国的人生哲学有道家哲学和儒家哲学,一个代表出世的人生观,一个代表入世的人生观。但作者认为,这两种哲学都比较极端,不是健全的人生观。那么,什么是健全的人生观呢?作者以为健全的人生观应该是子思的中庸哲学。中庸哲学是一种介于两个极端之间或者说酌乎其中的人生哲学,它在运动与静止之间找到了一种完全的均衡。因此,作者认为理想的生活应属一半有名,一半无名;懒惰中带用功,在用功中偷懒;名字半隐半显,经济适度宽裕,生活逍遥自在。这种理想生活就是中等阶级或曰中产阶级的生活,他们虽不是探险家、征服者、发明家、英雄、富豪或总统,但他们是最快乐的人,因为他们所赚的钱足以维持独立的生活。曾替别人做过一点事情,可是不多;在社会上有名誉,可是不太显著;穷不至于穷到付不出房租,富也不至于富到可以不做工。

在中国传统的人生观里,要么是入世的儒家哲学,要么是出世的道家哲学,中庸思想或者中庸哲学往往作为不思进取的人生观遭到批判。一个人首先是入世,然后追求财富与权力、名誉和地位,如果得不到或者失败了,他们就会玩世和出世,到道教或者佛教中去寻求人生的寄托。其实,在智者看来,儒家和道家两种哲学并不是那么绝对,只是代表了两种极端的理论,在它们之间,还有中间的理论。中庸哲学就是中间的理论,这种理论可以把儒家的入世思想和道家的出世思想融合起来,是一种比较健全的人生哲学。因为它最会享受人生。

书中也谈到了人生的另一种享受——读书。作者认为,读书是一种乐趣,是一种享受。如果把一生爱读书和一生不知读书的人比较一下,就会知道这一点。凡是没有读书癖好的人,就空间来说,他简直是等于幽囚在周遭的环境里边。他的一生完全被日常例行事务所囿,只能与少数几个朋友接触谈天,只能看见眼前的景物,逃不出幽囚的牢狱。但当他拿起一本书时,便立刻走进了另一个世界。倘若所读之书又是一本好书,那么他就得到了和一位最善谈者接触的机会。这位善谈者会引领他走进另外一个世界、另外一个时代。一个人在一天中,能有两小时的工夫撇开一切俗世烦恼,走到另一个世界中去游览一番,这种幸福自然被幽囚于牢狱的人所羡慕。

当然,读书的好处远不止此。读书还可以使人语言有味,面目可爱,有风韵,有味道。作者认为,味道仍是读书的关键。一个人并不是为了要使心智进步而读书,因为读书之时如果怀着这个念头,那读书的一切乐趣便完全丧失了。这个观点与英国名作家、"读书家"毛姆的读书观不谋而合。毛姆认为,有些书我们不得不读,比如为了对付考试和获得资料而读书,或者为了增进知识而读书,但读那种书不会得到享受。而真正的读书是一种享受，它既不能帮你获得学位，也不会帮你谋生，却可以使你生活得更充实。

至于读书的艺术，说起来很简单，那就是随手拿过一本书，想读就读，完全出于自愿。不过，所读之书最好符合自己的口味，寻求和自己性情相近的人。这就像对于食物一样，各人的口味不可能完全相同。因此，对我是美食，但对别人来说也许并不喜欢。如果一个读者对于所读之书并无胃口，那尽可弃之不读，免得浪费时间。

林语堂先生出生于福建龙溪，是一个学贯中西的知名学者，集哲学家和文学家于一身。他提倡性灵文学，与中国古代"性灵派"的文学主张一脉相承。他的散文创作语言幽默，富于灵性。《生活的艺术》是他在美国出版的畅销书，曾居美国畅销书排行榜一年之久，成为美国人了解中国人生活的经典作品。后来，《生活的艺术》被翻译到中国，受到读者关注。2010年，凤凰出版传媒集团出版了《生活的艺术》纪念珍藏版，不是翻译作品，而是林先生用中文完成的著述，值得一读。

读书偶记

我年少时读书是从鲁迅的作品开始的,但若从人生的阅历来说,应该是年少时读金庸,而年老时读鲁迅。可是对于我们经历过"文革"的人来说,我们的阅读生活却正好相反,那就是先阅读鲁迅的作品,后阅读金庸的作品。

"文革"是中国历史上一个特殊的时代。那时候,毛泽东和鲁迅是两个伟人,一个是政治家,一个是文学家。因此,我们中小学时代所读之书大多是毛泽东的著作和鲁迅的作品。鲁迅当然是伟大的思想家和文学家,要了解中国人和中国全面的民族精神,除了阅读鲁迅的作品,别无捷径。不过,鲁迅作品的思想比较深刻,读起来比较累,需要有人生的阅历体会才能读得懂。当时,我们年轻人想读轻松一点的书,但那时读书是不能个人选择的,除非是冒着被人举报的风险读禁书。金庸的武侠小说就是禁书。但为什么是禁书,谁也说不清。或许是因为金庸的作品来自港台。那个年代,内地和港台界限分明,内地的东西都是无产阶级,港台的东西都是资产阶级,两个阶级水火不相容,这是意识形态领域的阶级斗争吧。

金庸小说的开禁是在"文革"结束后。这还得从邓小平说起。1981年7月18日,重新复出的邓小平在北京接见金庸。原来邓小平是金庸的粉丝。当金庸小说在内地被当作"禁书"之时,恢复工作的邓小平就托人从境外买了一套金庸小说,并且对其爱不释手。邓小平爱看金庸的武侠小说,每天晚上睡觉前都要看几页。他认为看武侠小说轻松、不累,并能从书中获取精神力量。

邓小平接见金庸后,金庸的武侠小说开始在内地"开禁",并很快成为畅销书。我因为喜欢金庸的作品,也买了两本。那是金庸的第一部武侠小说《书剑恩仇录》。虽然这部作品明显带有模仿的痕迹,但它毕竟是我看到的金庸第一部"禁书"。主角陈家洛对正义与气节的追求,舍己为人、锄强扶弱的武侠精神以及人性中的喜愁悲欢都给我留下深刻的印象。这也是金庸武侠小说的基调,只不过后来作品的风格更加成熟而已。虽然后来作者的历史观也有转变,比如汉人、满人、契丹人、蒙古人、西藏人等中都有好人坏人,比如和尚、道士、喇嘛、书生、武士等形形色色的人物个性和品格各有不同,但人性却极少变化。

1994年,三联书店出版了金庸作品集,总数三十六册,包括十二部长篇小说、两部中篇小说、一篇短篇小说、一篇历史人物评传,以及若干篇历史考据文字。金庸在"三联版"作品集的序言中说,"三联版"中国大陆地区的简体字本是经他授权独家出版的,此前只有天津百花文艺出版社经他授权出版了《书剑恩仇录》。其他都是盗版,无论是大陆地区、海外地区还是香港、台湾地区,都是如此。我对三联书店一向怀有好感,不久就买下了这套作品集,并把它和《鲁迅全集》一起放在书架上。从此,鲁迅和金庸的书籍就成为我阅读的经典作品。

金庸作品集上架后,先前买来的《书剑恩仇录》就多出来了,把它再放在书橱里吧,似乎有些多余;下架吧,又不知放到哪里?后来买的书多了,书橱又小,好多书都无处安身,于是只好把金庸的这两本书挪到别处。

2010年末,我老家的外甥女突然打来电话,语气慌张地对我说:"舅舅,外公病了,快点回家。"我知道父亲已经90多岁,人生已快到尽头,就急忙从宁波赶到老家的托老院,并请来一个医生为他看病、打吊针。我一边陪着父亲打针,一边与邻床的老人闲话。其中一个老伯伯80多岁。他看起来性格开朗,待人和善,身体也不错,还经常看书。我看他手里拿着一本又破又烂的书看得入迷,有些好奇,就问之:"老伯伯在读什么书呀?"答曰:"金庸的《书剑恩仇录》。"我于是想到了那两本多出来的《书剑恩仇录》。父亲没什么大病,打两次吊针就好了。第二天,我离开父亲,也与老伯伯告别。临别之时,我对他说:"老伯伯,我有两本多出来的《书剑恩仇录》,待我下次带来赠送给你。"他满脸高兴,一直把我送到门口。

  2011年暑期,我照例去老家托老院看望父亲,随身带去两本《书剑恩仇录》。没想到父亲的身体还好,可是那个读金庸小说的老伯伯却不见了。一问父亲,才知道他刚刚去世。我随手从包里拿出那两本半新的《书剑恩仇录》,却不知如何是好。老伯伯和我一样爱读金庸的武侠小说,那本翻得已经不能再破的《书剑恩仇录》想必陪伴他到了生命的终点。

  如今,我也开始步入晚年,但先读鲁迅后读金庸依然是我读书的习惯。所不同的是,随着年龄的增长,白天读鲁迅,晚上读金庸。每当翻读金庸小说的时候,我除了想起书中那些人物,还会想起那个手捧破书读金庸的老伯伯。虽然老伯伯不是金庸书中之人,但人性、人道和人文关怀都是相通的。我想,当我到了生命的终点,如果还能像老伯伯那样诗书做伴,那又何尝不是一种幸福?

第四辑 影评

剪得好

影片《大进军》的上映，给今年的国庆节献上了一份厚礼。

《大进军》表现了解放战争时期彭德怀率部转战西北，击溃胡宗南的辉煌战绩，是一部再现历史、观照现实的优秀影片。然而，当我们为它鼓掌的时候，却又不无担忧。因为，和《大转折》一样，《大进军》的市场前景不容乐观，经济效益面临着挑战。

"主旋律"影片应该既有社会效益，又有经济效益，这两者的统一也是党和政府一直提倡的。为了保证重大题材"主旋律"影片顺利投拍，国家从资金、政策上给予大力支持，但是没有取得令人满意的"回报"。成绩大多平平，有的甚至大蚀其本。

"主旋律"影片不叫座的原因，除了缺乏艺术性、观赏性外，还有就是片子太长，使人望而却步（这也可以说是缺乏观赏性的一个表现），这几乎是"主旋律"影片的一个通病。许多重大历史题材的"主旋律"影片都分上、下两集，每集在一小时以上。不久前上映的《大转折》长达3小时40分。长，也许有它的道理，但对观众来说，无论是票价还是时间都难以承受。

针对这一弊病，广东省电影公司做了一次改革的尝试。他们根据观众的反映，在征得八一厂的同意后，聘请电影界高手对《大转折》做了大胆的剪辑，删除了那些不影响主题和艺术感染力的繁枝杂节，并把那些拖泥带水的表现行军、报告、会议的情节加以浓缩。剪辑后的广东版《大转折》(片长 2 小时)起死回生,使观众刮目相看,仅广州的票房收入就超过 40 万元,为同期国产片票房最高纪录。

  这件事给我们一个启示:"主旋律"影片也应该面向市场,按市场规律"操作",把观众认可不认可、欢迎不欢迎作为创作成功与否的检验标准。否则,"主旋律"影片经济效益固然无从谈起,社会效益也是一句空话。

         (原载《宁波日报》副刊 1997 年 10 月 2 日)

宝刀不老话谢晋

廉颇老矣,尚能饭否?当74岁的谢晋导演准备把150年前中国最为屈辱的历史——鸦片战争搬上荧幕,献给1997年香港回归的时候,许多国内外的知名人士都提出了这样的疑问。没想到就在人们为之担心之际,谢导已经在香港回归的庆典之前,捧出了那段沉甸甸的历史,可谓宝刀不老。

影片为我们提供了审视历史的文本,它借鉴了当今史学界最新的研究成果,代表了中国历史影片的崭新观念。同时,它的艺术成就也得到了海内外的高度评价。影评界认为,谢晋的这部大制作、大投入、大手笔、高质量的历史巨片,不仅站在今天的历史高度,客观公正地表现了那段令中华民族感到莫大耻辱的历史,而且对大场面的处理很有分寸,很多细节把握准确,给人以启迪。从客观效果来说,影片无论在剧本、摄影、剪辑、美工等方面都表现上佳,它不仅是一部为迎接香港回归的应景应时之作,更是一部称得上可以传世的经典之作。

影片的价值还在于它为中国开辟了一条高投入、高产出,与国际接轨的新路。谢晋已经找到了海内外市场的"门槛"。

《鸦片战争》为谢晋赢得了国际声誉,但他说:"《鸦片战争》不是我的最后一部影片,只要我生命还在,我就会永远在电影这块沃土上耕耘。"

(原载《宁波晚报》副刊1997年6月19日)

历史不能戏说
——看《宋家三姐妹》有感

由北京电影制片厂和香港思远影业公司联合出品的《宋家三姐妹》,虽说是部合拍片,但带有明显的港台片风格。

在我国现代史上,宋家、孔家和蒋家王朝曾经权倾一时。宋氏三姐妹因其显赫的家族和富有传奇色彩的历史命运而备受后人瞩目。应该说,这是一个很有分量的历史题材,可惜编导在把握这一题材时却简单地把她们"戏说"为一个爱钱,一个爱国,一个爱权。

导演张婉婷声称《宋家三姐妹》不是一部历史片,而是一部文艺片,是她作为一个香港导演对这段历史的诠释。这似乎为她的"戏说"作了注脚。但这只是她个人一厢情愿的说法,作为观众,我们在接受她的诠释时,则另有自己的说法,那就是历史不能如此"戏说"。

明星杨紫琼、张曼玉和邬君梅是导演开出饰演宋家三姐妹的三张"菜单"。向以侠女功夫见长的杨紫琼首次出演文戏,饰演大姐宋霭龄显得有点手足无措;张曼玉饰演宋庆龄明显分量不足;旅美归来的邬君梅似乎也难以适应宋美龄这一角色,在表演上不能尽其所能。因此,这张精美的"菜单"没有给观众留下什么印象。

近几年,一些历史上有影响的名门望族常常被搬上影视舞台,成为影视创作的一大题材,但成功者少,失败者多。其主要原因恐怕在于编导对历史的态度。国产片往往强调"忠于历史"而忽视艺术上的可看性;港台片注重可看性却又因离"谱"太远而遭人非议,《宋家三姐妹》就是如此。看来,把历史当作"回音壁",不敢越雷池一步,是不可取的;相反,如果把历史当作"橡皮泥",随心所欲地"戏说",也未免浅薄。

(原载《宁波日报》副刊 1997 年 4 月 17 日)

《辛德勒的名单》随想

（一）

美国人真是怪异，一边派兵入侵异国，扮演不怎么光彩的"世界宪兵"角色，一边又把奥斯卡大奖颁给斯皮尔伯格（犹太人的后裔）拍摄的影片《辛德勒的名单》。当许多电影导演面对日渐稀少的电影观众束手无策，不得不在家"挖鼻孔"的时候，《辛德勒的名单》却征服了全球观众。国内一些大导演在看完这部长达三个多小时的影片后也不能自已，决心拍一部中国的"辛德勒的名单"——《南京大屠杀》。

（二）

和平和发展是人类的主题。《辛德勒的名单》关注了这一主题。虽然这是50年前发生的一段历史，但"一切历史都是当代史"。《辛德勒的名单》回顾过去，让世人永远铭记德国纳粹屠杀犹太人的历史，又警示今天的和平来之不易。《辛德勒的名单》在世界许多国家上映后，引起强烈反响。电影的语言是相通的，当波兰人的后代纪念奥斯卡·辛德勒的时候，我们也为南京大屠杀中的死难者默哀！

（三）

《辛德勒的名单》获得奥斯卡最佳摄影奖。这部黑白片的得奖既是意料之外，又是情理之中。彩色片自 1935 年的《浮华世界》问世后，黑白片就相形见绌。但是，就像尽管人们发明彩色照片，黑白照片仍大行其道一样，黑白电影也没有失去它的艺术魅力。斯皮尔伯格有意把《辛德勒的名单》拍成黑白片，也许就是想把战争的本来面目以及给人类带来的创伤和痛苦还原给观众，增强影片的感染力。

（四）

写实主义和技术主义是电影发展史上的两大传统。前几年，技术主义异军突起，风行一时。中国第五代导演曾留下许多杰作。但时过境迁，陈凯歌、张艺谋等都"改邪归正"，经过"否定之否定"，返璞归真，回到写实主义传统。《霸王别姬》《秋菊打官司》等屡屡获奖，写实主义重新焕发出生命力。在今天看来，写实主义电影仍然符合电影本身的特性，《辛德勒的名单》又一次证明了它。

（原载《宁波日报》副刊 1994 年 12 月 10 日）

电视病八种

如今,电视已成为日常生活中不可或缺的生活内容,很难想象一旦失去电视,人们的生活将会发生怎样的变化。但是另一方面,电视的弊端也日益显示出来。目前,电视病已引起西方国家的普遍关注。归纳起来,主要有以下八种。

一曰:**散布愚昧**

据《美国新闻与世界报道》说,美国正面临着一个潜在的危机,那就是半文盲人数的增加。现在,美国约有3200万人缺乏进行日常生活所必需的最起码的读写能力。这些在电视环境中成长起来的"电视一代",他们对电视的依赖是造成文盲和半文盲的重要原因。

二曰:**电视综合征**

电视形成的急剧旋转、眼花缭乱的文化环境虽然给观众带来了一种空前的文化震荡,但也产生了一种电视综合征。譬如发生在孩子身上的电视孤独症。电视产生的大量信息灌输给儿童,使儿童只会模仿,缺乏分析能力,从而导致性格和心理上的变态。

三曰:**麻醉剂**

美国《读者文摘》指出:"电视节目不是一种推动力。它的系列片向我们展示的纷繁多彩的节目,只是让我们跟着它跑。"电视节目的轻松性和刺激性,既不费脑筋也不费气力,往往使人处于一种麻醉和睡眠状态。

四曰：广告弊害

许多电视节目是环绕广告来播出的，肆意在节目中穿插广告，以致对人的感情施加影响，把人的现实情况简化为固定的框框，利用人的急切心情以及运用密集劝说的技巧达到相当于操纵的目的。

五曰：导致人类走向社会隔离

人们足不出户，只同电视交往，久而久之，将导致人类走向社会隔离。电视一旦成为"家庭成员"，既削弱了人际交往，也疏远了一家人的感情关系。

六曰：大众性的仪式

传播学认为，电视文化是一种大众文化、一种平俗的文化，缺乏精英文化的思想内涵，更没有高尚的审美情趣。这种平俗文化不需要智力，使收看电视成为一种"日常的大众性仪式"。

七曰：文化渗透和文化侵略

目前，发达国家的电视通过廉价的录像带以及卫星传播向发展中国家渗透。据统计，美国在世界市场中掌握着60%的电视节目。电视文化的渗透和"入侵"对民族文化带来了很大的影响，使一些国家和地区出现一种畸形文化。有人就把香港的电视文化叫作"鸦片文化"。

八曰：暴力和色情的泛滥

美国改善广播电视全国委员会早在20世纪五六十年代曾做过一次统计，从1954年到1961年，表现暴力的节目在全部电视节目中占据的比例从17%上升到60%，而同期暴力犯罪的数量亦大幅增长。

（原载《宁波日报》副刊1994年9月17日）

"恐龙"来了
——"好莱坞"入侵法兰西

"看,还是不看?"这真是一个问题。最近,随着美国导演斯皮尔伯格的巨作《侏罗纪公园》的上映,法国掀起了一股"恐龙热",上上下下都在争论"恐龙"来了怎么办。一部电影引起如此强烈的"震荡",实在是十分罕见。

其实,如果我们看一看法美之间的"文化战",就不难理解法国人为何如临大敌般的恐惧了。

早在克林顿上台之前,美国电影协会就不惜重金,把宝押在他的身上。克林顿上台后,为了回报美国电影协会,打算把视听产品的自由贸易权纳入关贸总协定。如果这项条款成立,那么,法国这个欧洲电影的最后壁垒也将崩溃。难怪法国总理在有关"关贸总协定是否将文化产品列入自由贸易范围"这一问题争得不可开交之际,接见了法国电影文化界著名人士德帕迪厄、波兰斯基、伊莎贝尔·于佩尔等,听取他们对关贸总协定中"文化例外"条款的意见。

近几年,美国的"文化侵略"不断升级。据欧洲视听和电讯研究所统计,1988年至1992年,欧共体各国进口美国电影的交易额从23亿美元升至37亿美元,而美国进口欧洲电影的交易额则始终在3亿美元。从法国国家电影中心对世界电影票房的统计中也可以看出美国电影的"入侵"。1992年,在西欧各国电影的排行榜上,占榜首的都是美国电影《本能》。在排行榜前10部影片中,西班牙全部是美国电影;比利时前7部是美国电影;意大利除3部本国电影外,其余均是美国片;英国全是美国电影的天下;法国有7部是美国电影,其中前4部是美国电影,票房收入的60%被美国电影夺去,怪不得法国人也叫美国人为"美帝国主义""霸权主义","好莱坞"是屠杀法国文化的"凶手"。

法国是世界电影的发源地,法国人曾以艺术电影享誉世界影坛。可是现在,美国电影的大棒也打到了法国,夺去了大半的电影市场。因此,法国人承认也罢,不承认也罢,美国电影这条"恐龙"正在吞噬法国电影乃至世界电影。就像全世界都在吃美国快餐(汉堡包)、抽美国烟(万宝路)、穿美国服装(牛仔裤)、喝美国饮料(可口可乐)、听美国音乐(摇滚乐)一样,今天,全世界也都在看美国电影。

"恐龙"来了,法国人怎么办?世界各国怎么办?

(原载《宁波日报》副刊1993年11月22日)

丢掉的不仅仅是大奖

《半把剪刀》得了个全国电视大奖。消息传来,有人感叹:爬格子的是宁波人,而风光的却是安徽人。其实这在文艺走向市场的今天算不得怪事,但作为宁波人毕竟有些尴尬。

那么,好端端的一部通俗化的音乐电视剧本何以会"跑"到安徽去了呢?说是宁波没钱吧,宁波也曾花几十万拍过电视剧;说是搞戏剧没花头吧,以前拍摄的《田螺姑娘》也得过第十届飞天奖。有人说,宁波不是没钱,也不是没有好的编剧、好的摄制条件,而是没有好的导演。如果我们请个好的导演,我们也可以拍《半把剪刀》,就不会丢掉大奖了。其实,事情并没有那么简单。

平时碰到一些外地人,指指点点说宁波没文化。这当然不是说宁波没有传统文化,而是指缺乏现代化的文化市场和文化氛围。作为最早对外开放的港口城市之一,宁波的文化建设确实有些落后,至今看不到能撑大场面的大明星、大艺术家。电视剧要走向市场喊了三四年,但有些摄制单位仍然是"计划经济"。由于形不成竞争机制,文化市场也就无从谈起。而没有繁荣的文化市场和浓郁的文化氛围,优秀的作品和人才的流失也就用不着大惊小怪了。

(原载《宁波日报》周末版 1993 年 11 月 6 日)

武打片重又走红

曾经倒人胃口的武打片近来又开始走红。继《新龙门客栈》后,北京电影制片厂和香港合拍的黄飞鸿影片第三部《狮王争霸》轰动京沪两地。影片还未公映,盗版录像带就烽烟四起。尽管如此,这部中国电影体制改革后第一部推向市场的影片仍然被影迷钟爱。据统计,上海上映的头两周,票房收入就上百万。

甬上也不例外。党校会场推出的《狮王争霸》有奖看片活动轰轰烈烈,吸引了不少观众。8月向来是电影院的淡季,然而今年却淡季不淡。据党校会场统计,《狮王争霸》放映以来,观众人数翻了一番。其他头轮影院的放映也普遍看好。

武打片重新走红,除了观众对武打片的重新认识外,还在于影片本身的魅力。《新龙门客栈》一改过去人们对武打片胡编乱造、打打闹闹的片面看法,使观众改变了对武打片的成见。影片集演员、故事、特技于一体,既有可看性,又提高了武打片的审美层次。《狮王争霸》把严肃的主题寓于中国老百姓喜闻乐见的传奇之中,把武打片和中国舞狮子的传统文化结合起来,从而提升了武打片的品位。

《新龙门客栈》和《狮王争霸》的走俏给武打片带来了新的走向。

一是大明星加盟"武林"。《新龙门客栈》中的林青霞、张曼玉和梁家辉是香港影坛的"常青树",他们的联袂主演给影片带来了很大的号召力。同样,《狮王争霸》中的李连杰、关之琳等大腕明星亦是影迷崇拜的偶像。有的影迷说："我就是冲着这些大明星来的。"

二是大场面层出不穷。《新龙门客栈》中的千里追杀、沙漠戮战；《狮王争霸》中的千狮群舞、万马奔腾，气势磅礴，蔚为壮观，给观众留下了强烈的视觉享受。两狮相斗，从外到内，从上到下，起伏跌宕，淋漓尽致，亦给观众留下深刻印象。

三是制作投入巨大。《新龙门客栈》和《狮王争霸》制作精良，特技、音响、画面十分精美，与过去的一些小打小闹的武打片相比，无论是漂亮的外包装，还是高品位的内核，都令人刮目相看。

总而言之，武打片正处于向大明星、大场面、大制作发展的趋势。据电影部门介绍，即将上映的《虎兄虎弟》也是国内一部火辣辣、大场面、大制作的武打片，又是国家电影局审定的第一部"儿童不宜"片。

（原载《宁波日报》副刊 1993 年 8 月 9 日）

好莱坞电影"蚕食"电影市场

如果我们留意一下甬城影院的"行情",就会发现这样一种现象,在低潮的窘境中,好莱坞电影却独领风骚。

好莱坞电影真正引起影坛关注是近几年的事。前些年,电影界在探讨西方电影流派时,不少人对奥斯卡(好莱坞)电影嗤之以鼻,不屑一顾。近几年,我市党校会场在国产电影疲软的电影市场中率先亮出好莱坞电影,相继举办"奥斯卡电影周",在甬城引起轰动效应,几年来好莱坞电影久映不衰。今年年初,东方电视台独家现场直播第65届奥斯卡金像奖颁奖仪式,吸引了成千上万的影迷,一时成为影坛关注的焦点。

近来,一些影院纷纷附设镭射影院,为好莱坞电影提供了新的观赏空间,受到影迷的青睐。党校会场镭射影院经理说:"奥斯卡电影拍得好看,能吸引人。虽然我们放映的是旧片,但观众还是爱看。"据票务部门统计,与其他影片相比,好莱坞电影《教父》《人鬼情未了》等影片的上座率至少要提高五分之二。最近,民光影院推出的"奥斯卡点片"活动亦得到观众的欢迎。《爱情故事》《罗马假日》等影片一再被影迷点映,上座率在60%以上。

奥斯卡电影拍得好看,一个重要的原因是好莱坞大明星的魅力。好莱坞的"明星制"造就了一代又一代的世界明星,从而确定了"世界电影大本营"的地位。《罗马假日》中的格里高利·派克、奥黛丽·赫本等世界级影星魅力永存,几十年来为影迷所倾倒。

好莱坞电影也是现代高科技的艺术结晶,这是它吸引人的外在因素。把高科技运用于构思新颖的故事情节中,从而娱乐观众,此乃好莱坞电影的惯用手法。《人鬼情未了》除了男女主角的出色表演外,人变鬼、鬼亦人的离奇故事情节和特技摄影也是吸引观众的因素之一。今年,由《大白鲨》导演、科幻大师斯皮尔伯格掀起的"恐龙热"正在席卷欧美。

好莱坞电影一向注重商业性,高额的票房价值使好莱坞电影称霸全球。在世界电影每况愈下的时代,好莱坞电影犹如乱世"不倒翁","蚕食"世界电影市场。好莱坞电影梦幻工厂凭借它得天独厚的经济和科技实力,不断生产出花样翻新的电影产品,并赢得观众。

也许,好莱坞电影的走俏给我们带来这样一个启示:对观众而言,电影就是一种商品,谁拍得好看,就为谁掏腰包。

(原载《宁波日报》副刊 1993 年 6 月 28 日)

镭射电影的新走势

年初以来,随着电影热度的悄然回升,镭射电影市场也开始复苏。电影界有人预测,镭射电影的前景将一片光明。

近几年,曾经"皇帝女儿不愁嫁"的电影因其关卡太多、体制老化、分成偏低、票价没有放开、质量下降以及管理上的软硬件难以适应文化市场的冲击等等,失去了一批批影迷。相比之下,电影的孪生姐妹——镭射电影却因其新颖的投影方式、真实自然的内容受到青年观众的青睐。据电影部门统计,去年7月以来,对青年观众有较强吸引力的镭射电影院,仅市区就诞生了五六家,占市区电影放映单位的一半。随着宁波剧院、党校会场、江东影剧院等放映单位相继上映镭射电影,镭射影片供不应求,一下子成为影剧院的"抢手货"。可是,好景不长,仅仅几个月,风靡甬城的镭射电影便一如令人哀叹的电影一样,开始冷落下来。

镭射电影的冷落除了发行体制"梗塞"、片源青黄不接等外部原因外,影院内部的管理、剧场环境、放映效果也难以满足青年观众的高标准要求。据放映部门统计,镭射电影大多为港台和外国影片,文化层次较高。光顾镭射电影的大多为年轻人,求新求异、求静求雅是他们走进镭射影院的前提。但是,原有的影院大多设备落后陈旧,空间大、音响散、图像远,加之片源不足,几部影片炒来炒去,渐渐使他们失去兴趣。因此,改造影院设施、增加镭射影片的片源已成为影院经理的一个议题。

　　近日开张的党校会场镭射影院为全市首家独立镭射电影放映厅。镭射厅从原有 1000 多个座位的大厅中分离出来,设 200 多个座位,配备 NTSC 和 PAL 制式影碟机、高清晰 300 英寸大屏幕投影机、大功率立体声功放机,并配有立体声音响。据霍建设经理介绍,独立的镭射厅小型化、多功能,除放映深圳西科公司提供的全国最新光盘外,还将举办多种学术观摩活动。改建后的镭射厅还配备了雅座、情侣包厢等,既有舒适幽静的环境,又有高雅的艺术氛围。电影公司人士预言,小型化、多功能、高格调将是镭射电影的发展趋势。

　　据悉,从 4 月起,中国独家生产镭射影片的西科公司将转入正常生产,以每月 12 部的速度周转。届时,一批中外名片将投放市场,与观众见面。

(原载《宁波日报》周末版 1993 年 4 月 10 日)

"灯笼"终于挂出来

和《菊豆》一样,《大红灯笼高高挂》早就被世界接纳,并在国际电影节上得奖,但在国内却姗姗来迟。据说影片违禁的原因之一是"性暴露"。中国人一向对性讳莫如深,而《大红灯笼高高挂》偏偏不忌讳,敢闯祖宗的"禁区",这就难免犯忌了。

有人说,《菊豆》《大红灯笼高高挂》的开禁救了当今的中国电影。这种说法虽有些夸大其词,但也不无道理。《大红灯笼高高挂》还未上市,电影发行放映部门和电影院的经理们就早早做了几个大红灯笼,以备挂在电影院门前招示观众。而观众更是望眼欲穿。

谈到《大红灯笼高高挂》自然离不开巩俐。巩俐在"墙外"很红,但在"墙内"却直至《秋菊打官司》受到好评,才得到评论界的承认。其实,看过《大红灯笼高高挂》的人都知道,巩俐的裸露戏是很谨慎的,而且总是以人文内涵为背景,将人的生存环境和人物命运连在一起。

巩俐演的颂莲被娶到陈府,给陈老爷做四姨太。在妻妾成群的陈家大院,姨太太们被分成大门、二门、正房和偏房几个等级。在这种家法秩序森严的生存环境里,姨太太要么按照陈家的规矩,得到老爷的宠爱,享受挂灯、捶脚的特权;要么被老爷冷落,打入"冷宫"。颂莲选择前者,因为她年轻貌美。但是,一夫多妻必然导致家族的"内讧"。于是,争风吃醋、钩心斗角便成为陈府的"家丑"。为了得到挂灯、捶脚的特权,二姨太向大姨太和老爷告密,说三姨太和别人偷情;颂莲剪下二姨太的耳朵。在陈府,颂莲是新来的姨太,要想得到老爷的独宠,自然要满足老爷的需要,摆出美丽的身体给他看。而一旦坏了这个规矩,红灯笼就会变成"黑灯笼",楼顶的小黑屋就是她命运的归宿。

  颂莲是一个很复杂、很难演的角色。为了寻找四姨太发病后的感觉,巩俐曾先后两次专程到山西省精神病院体验生活,观察精神病患者的神态。为了艺术需要,她做出了很多牺牲。据悉,巩俐在即将杀青的《画魂》中出演画家潘玉良,自画人体,表现女画家的艺术追求。这又给审查部门出了一个难题。

(原载《宁波日报》周末版1992年12月5日)

"谢晋电影"的嬗变

早已在影坛敲响的《清凉寺钟声》终于和观众见面。和《最后的贵族》一样,《清凉寺钟声》因其思想主题和叙事方式有别于"谢晋电影模式"而使评论界褒贬不一、莫衷一是。

《清凉寺钟声》是谢晋继《最后的贵族》后又一部探索人的生命意识、开掘人类心灵层面的作品。从侧重于对人的政治命运、道德品质的描述(《红色娘子军》《高山下的花环》等)转向对人的生命意识、心灵层面等人类问题的开掘,这是谢晋电影创作不断超越的体现。

1986年那场关于"谢晋电影"的讨论,实质上是1979年以来关于电影观念讨论的继续。有人对反映普通人的政治命运、道德品质,注重传统叙事方式的"谢晋电影"从思想体系、人物形象塑造到创作心理构架和叙事方式提出了全面批评。这场讨论不仅对谢晋本人,而且对整个中国电影的创作观念都产生了深远的影响。

《最后的贵族》是谢晋电影创作的一个明显转折,它突破了以往的所谓"谢晋电影"模式。主人公李彤的人物形象已经远远超出了过去"老式"女人的标准图像,我们很难沿用以往"谢晋电影模式"的审美标准来评判她。《清凉寺钟声》是《最后的贵族》的延伸和深化。所以,我们在评价它时,同样应作如是观。

《清凉寺钟声》的主题思想和人物性格都不是单一的。正如谢晋自己所说:"从表面上看是谴责日本帝国主义侵华战争的罪孽,实际上远远超出这个主题思想。这部影片包含着深刻的人性哲理、佛学思想。"

羊角大娘是影片中的主要人物,从她身上体现了人类情感的最高境界——母爱。出于母爱,羊角大娘收留了一个日本侵略者的孤儿狗娃。为了狗娃,羊角大娘不仅要付出极大的心血,而且还要忍受常人难以忍受的白眼。羊角大娘有一个非常朴素的道理:"只要能给人一条活路的,就不要把他推到死路上去。"这种朴素而富有哲理的语言,体现了我们中华民族的人生哲理。

狗娃的出家揭开了影片的另一个层面。表面上看,狗娃出家似乎是对现实的一种解脱,但实际上是现实生活的一种特殊表现。狗娃成为明镜法师后并没有四大皆空。"出世"与"入世"始终构成他内心的矛盾冲突,这种冲突也是谢晋创作心态矛盾的一个投影。谢晋想超越政治命运、道德品质,但又不得不被政治命运和道德品质所局限。哑巴葫芦和羊角大娘的死,给明镜法师以极大的情感震颤,使他内心再也无法保持平静。因此,内心的矛盾冲突就自然表现出来。在明镜法师到日本认亲的场景中,亲母的呼唤使他脱下了袈裟,穿上和服,但是清凉寺的钟声又使穿上和服的他重新穿上袈裟。

从李彤到明镜法师,我们可以看到谢晋电影创作正在发生深刻的嬗变。这一嬗变也暴露了创作者的矛盾和局限。

从电影观念来说,《清凉寺钟声》反映了谢晋对历史和现实、激情和理性、传统观念和现代意识、生活真实和艺术真实等一系列问题的困惑与矛盾。谢晋试图超越传统,但又被传统所束缚;要拍自己想拍的影片,但又常常受到社会政治、经济现状的影响和制约。另一方面,观众对谢晋电影的挚爱,也对谢晋的电影创作产生影响。

从叙述方式来说,《清凉寺钟声》的前半部比较注重故事和戏剧性,后半部则超越一般故事的编织,向人物的内心世界开掘,譬如明镜法师对羊角大娘一家的反省与领悟,认亲时"入世"与"出世"的矛盾、斗争。

从美学风格来说,《清凉寺钟声》是谢晋电影从人物性格化到内心世界审美化的过渡性作品,因而影片就不可避免地分为两个层面。羊角大娘和狗娃的故事属于第一个层面,狗娃出家和事佛则属于第二个层面。谢晋试图把佛学哲理的美学意识融入传统的叙事之中,并以此来沟通人类的共同情感。因此,影片一方面表现了以羊角大娘为代表的人类美好心灵,另一方面又笼罩着一层佛教的情绪、氛围。所以,我们既被羊角大娘的美好心灵所感动,可是这一感动又被至高至大的佛教意识、情绪所湮没。

谢晋电影创作的变化给我们提出了新的课题。我们既要理解艺术家勇于开拓和超越的精神,又要对其作品进行承前启后的具体分析。

(原载《宁波日报》副刊 1992 年 7 月 18 日)

谈谈结尾

影片《平津战役》是《大决战》的最后一部,它既独立成片,又涵括三大战役全剧,因而影片既有自己的特色,又体现大决战的总体构思。

《平津战役》作为压轴之作,出场人物最多、最全,头绪繁多,但影片却有条不紊地展现了平津战役中"分割包围、封闭逃路,先打两头、孤立中间,和平改编、解放北平"的三大阶段。北平的和平解放,标志着三大战役的胜利结束。但影片并没有以此作结,而是又增加了半小时的尾声:人民解放军横渡长江、占领南京;中国人民政治协商会议在北平隆重召开;毛泽东、周恩来等党和国家领导人与全国各族人民欢聚一堂、共商国是。

从整体来看,《大决战》的结尾完成了编导的总体意识和整体构思,但从《平津战役》这部影片本身来说,却又显得拖沓,是为不足。当然,《平津战役》既要有自己的特点,展示自己的性格,又要把握《大决战》三部六集的总体意识,难度确实很大。但我以为影片结尾如果用字幕来交代中华人民共和国成立、政协一届全会召开等历史性事件,或许可以减少拖沓感。

(原载《宁波日报》副刊 1992 年 5 月 9 日)

可喜的第一步
——市首届电视剧"敦煌杯"评奖述评

市首届电视剧"敦煌杯"评奖活动已于日前落下帷幕。这届评奖采取群众投票和专家评比相结合的办法,既有相当的群众性,又有一定的权威性。通过这次评奖,我们看到了我市电视剧创作队伍已基本形成,并走出了可喜的第一步。

突出"主旋律"、坚持多样化是近年来我市电视剧创作的导向,也是这次参评电视剧的一个特点。作品中既有反映时代精神的《花园村的党支书》《昨天刚刚过去》和描写反腐败斗争的《滴血残梦》、描写渔民生活的《风起远岛》,也有表现"宁波帮"的《飘香的风荷》《国香》;既有描述象山籍"左联"五烈士之一殷夫光辉一生的历史剧《血路》,也有江南民间故事《阴阳奇婚》和戏曲电视剧《皇后易嫁》。这些电视剧选材好、主题好,具有一定的社会意义和观赏价值。

荣获优秀电视剧一等奖的《飘香的风荷》,是这次电视剧评奖中的一个焦点。这部3集故事片以卢绪章为原型,表现了一个共产党人在同"魔鬼"打交道中,始终保持出淤泥而不染的高尚品格。作品主题健康向上,格调较高,寓意新颖,美工、摄像也协调、和谐,较好地体现了思想性和艺术性的统一。

中品居多、缺乏上品是这次参评电视剧的一大缺陷。《血路》的编、导、演水准都较高,与另外几部相比,可以说提高了一个层面,可惜它的主创力量多来自上海,许多项目都不在这次评奖之列。《飘香的风荷》虽然整体上值得肯定,但艺术处理上的粗糙也是相当明显的。电影艺术主要是编导艺术,电视亦然。因此,如何形成一批有影响的编剧群和导演群,是我市电视剧创作提升品位的关键。同时,培养一支宁波自己的影视演员队伍,也是一桩值得文艺界重视的事。

  电视剧创作在我市还比较年轻,但发展势头很好,起步不错。省电视家协会副主席、本届"敦煌杯"电视剧评委韦连城说:"这次参评电视剧已达到一定水平,比我想象的要好。"可喜的第一步已经跨出,只要努力去攀登,我市的电视剧创作水平一定能够踏上新的台阶。

(原载《宁波日报》副刊 1992 年 4 月 18 日)

内心的色彩化
——谈《决战之后》的导演风格

美国电影理论家波布克说过,一个成熟的导演,他的作品的"每一个视觉画面上都有他的签名"。李前宽、肖桂云导演善于在影片中运用光影和色彩等电影元素,从而具有鲜明的导演风格。《开国大典》是这样,《决战之后》亦是如此。

战犯 — 改造 — 获赦 — 公民,这是决战之后一大批国民党高级将领在中国历史上走过的道路。从战犯到公民,他们经历了一个由强制改造到自觉改造的过程。《决战之后》用冷、暖色调的变化、对照描写了这个过程。与那些低沉而凝重的旁白相映衬,人物内心的色彩化给人留下深刻的印象。

功德林监狱封闭型的空间和战犯闭锁的心理构成了影片的冷色调。内战结束了,但战争留下的阴影依然在战犯们的心里萦回。他们都是带着战争的失衡态来到功德林监狱的。在功德林这个特定的封闭系统里,阴冷的心理、灰暗的囚室、黑色的囚衣,使昔日趾高气扬的国民党"英雄"开始了一种闭锁的、自戕式的生活。从一扇扇打开的牢门中,我们窥视到了他们各自顽固、沮丧、失落和绝望的心态、情绪。杜聿明有病不就医,折磨自己;黄维拒绝剃须,"绝不向自己的敌人投降";刘镇湘卧床不起,绝食抗议;郑庭笈签字离婚,"无颜见妻儿"。

时间的推移、空间的转换,改变了功德林沉闷、单一的冷色环境,给战犯们闭锁的心里投来了一块亮色。解放牌汽车、武汉长江大桥等开放性空间带来了影片的暖色调。历史环境与现实环境的交会、战争环境与和平环境的交会、自然环境与社会环境的交会、有限环境与无限环境的交会、同质环境与异质环境的交会、封闭环境与开放环境的交会、冷色调环境与暖色调环境的交会，把战犯从失衡态拉回到平衡态。"人民，只有人民，才是创造世界历史的动力。"承认也罢，不承认也罢，这是不以人的意志为转移的历史发展规律。

十年后，第一批获赦战犯从功德林封闭型的囚犯生活走向开放型的公民生活。不久，第二批、第三批功德林战犯相继获赦。人民的公敌终于变成人民的一员。在金黄色的人民大会堂，杜聿明受到了周恩来总理的接见。

从单一的冷色到丰富多彩的暖色和金黄色，这是影片运用色彩的过程，也是国民党战犯从人民的敌人变成人民的一员过程中，内心世界变化的轨迹。因此，色彩的变换不仅是自然的，而且也是人物精神状态的真实写照。这种看似无意实是有意的象征隐喻手法，是导演技术成熟的一个标志。

（原载《宁波日报》副刊 1992 年 3 月 28 日）

味在咸酸之外

电视系列剧《编辑部的故事》在文化圈内已引起很大反响,成为人们谈论的热门话题,但这一话题在南方观众中却热不起来。同样是"海马工作室"编出来的《渴望》,他们喜欢看,并哭之嘤嘤,而对不像《渴望》那样用人物命运、故事情节去打动人心,而是靠幽默的语言取胜的《编辑部的故事》却不感兴趣。

其实,我们如果改变一下传统的思维定式和欣赏习惯,换换口味,听北京人侃侃老百姓的喜怒哀乐、甜酸苦辣;侃侃文化人的热诚与冷漠、正直与虚伪、豁达与势利、高雅与粗俗、潇洒与猥琐、抗争与无奈,倒也别有一番滋味。《编辑部的故事》与其说是电视系列剧,不如说是电视广播剧,因为可听性是它的特色。正如编剧所说,全剧"没有人物命运勾着观众,全靠对话上有彩儿"。如果我们耐心地听下去,就会发现编辑部虽然是个小舞台,但这个小舞台却演出了一幕幕人间喜剧,折射出形形色色的世态人情,可谓"舞台小世界,世界大舞台"。这时,我们就会像吃火锅一样,品出"味在咸酸之外",达到"韵外之致、味外之旨"的艺术享受和"近而不浮,远而不尽"的艺术境界,然后或会心地一笑,或嘲讽地一笑,或自嘲地一笑。

笑过之后,或许还会思考一下可笑后面还有什么。这滋味岂止于咸酸?

(原载《宁波日报》副刊 1992 年 2 月 29 日)

春节联欢晚会众人谈

一年一度的中央电视台春节联欢晚会吸引着数亿电视观众，猴年的春节联欢晚会怎么样？我以为，体现民族艺术精华的节目始终是春节联欢晚会的一大内容，虽然岁岁年年人相似，但年年岁岁"花"不同。

展现中国戏曲大观的《戏曲欣赏》源远流长，既是中华民族的"国粹"，也是晚会的拿手好戏。赵飞、白涛、吴建平、方小娅扮演的净、文丑、武生、武旦炉火纯青，令人叫绝。地方台选送的《踩鼓点》绘声绘影，虚实相生，把我们带到了富有少数民族特色的婚俗场景，别有一番滋味。山西台的《顶牛》游戏别开生面，那蓝牛与红牛的针锋相对以及红牛与裁判一起被顶进水中的场面，令人捧腹。戏曲歌舞《逛庙会》集影视明星与各种戏曲联唱之大成，丰富多彩，应接不暇。《十二生肖大拜年》热闹欢乐，充满喜庆吉祥的气氛，那马、那猪、那羊、那猴交替相接，活泼可爱，为晚会点缀了一景。小品《秧歌情》别出心裁，融浓郁的秧歌舞于对话之中，贴近自然，不落俗套。还有赵子岳的手影，形象生动，栩栩如生，给人留下深刻印象。

尾声《春天来了》根据约翰·施特劳斯的世界名曲《蓝色多瑙河》改编，洋为中用，那优美的旋律和青春的脚步带来春的气息，使整个舞台旋转起来，从而把晚会推向高潮。

（原载《宁波日报》副刊 1992 年 2 月 8 日）

演不完的社会悲剧
——从《法外情》看港台伦理片

近几年,以家庭伦理为题材的港台伦理片接二连三地进入千家万户。早已在录像市场上露面的《法外情》最近正式公映,并再次成为人们观看的热点。

母子之爱,这是人类一个古老的、共同的主题,也是港台伦理片创作的一个审美基调。从前几年的《妈妈,再爱我一次》到今天的《法外情》,莫不如此。和《妈妈,再爱我一次》一样,《法外情》也没有逾越"合理而不合情"这一既定的叙事框架和价值取向。

《妈妈,再爱我一次》中的黄秋霞含辛茹苦地养育了被丈夫抛弃的遗腹子小强,但在宗法制度和父权社会的现实环境里,她又把小强送到他的父亲那里,而忍痛割断母子之情。这种貌似高尚、伟大的母爱,实际上是一种合理而不合情的资本主义等级社会对真实人性的扭曲变形,它阉割了母子之间活生生的亲情。同样,《法外情》中的低级妓女刘惠兰忍辱负重,以用身心换来的血汗钱暗中承担着私生子刘志鹏从孤儿院到大学的生活费用。然而这个低贱而伟大的母亲为了儿子的名誉、地位,却又忍心撤回上诉,甚至在被无罪释放后,也难以与近在咫尺的儿子相认。隔在他们中间的是一条无法逾越的鸿沟。

既然港台伦理片的价值取向是维护等级社会至高无上的荣誉,情理难以两全,那么,港台伦理片为何一再成为人们观看的热点呢?

从社会心理的角度来说,亲子之爱具有原始性和素朴性,这是人类一种共同的社会心理。这种社会心理往往得到人们的共鸣,并形成一种普遍的情绪、情感和趣味。《法外情》等港台伦理片抓住了这一人们普遍感兴趣的题材,并加以渲染。但是,这种社会心理又具有一定的阶级倾向性。因此,合理而不合情便是它的必然结果。

从艺术手法的角度来说,港台伦理片大多具有可看性、煽情性。一是以人物命运的悬念来唤起观众的期待心理;二是以情感的冲突来推动剧情的发展,用悲剧来打动观众,从而引起共鸣。在人物命运的设置下,港台伦理片往往将人物关系放在情感的漩涡中。黄秋霞与小强、刘惠兰与刘志鹏的亲子关系本是人之常情、天经地义,但由于剧情的需要,他们的亲情却是冲突的、对立的。

总之,港台伦理片合理而不合情,这是一个演不完的社会悲剧,并将继续成为人们观看的题材。因此,我们一方面要承认它的观赏性,一方面又要加以理性地批评。

(原载《宁波日报》副刊 1991 年 12 月 7 日)

不朽的史诗
——兼谈《周恩来》的叙事结构和流程

"每个时代都有不朽的史诗。"丁荫楠导演的《周恩来》以史诗般的叙事方式,概括了周恩来一生的伟业、思想和人格,写出了伟人周恩来生命最后十年最实在、最感人、最足以显示独立人格魅力的不朽诗篇,并产生一种伟大心灵的回声——崇高,形成一种强烈的情感冲击力。

周恩来一生经历了许许多多的重大历史事件,但影片只选取"文革"十年周恩来人生的最后历程作为当下时空,并以此为依托,不断回顾过去,使人物的心理、思绪得到延伸、映照。这种时空交错的叙事结构既是一种省略、对比,也避免了编年史、记录式的叙事框架。

影片把周恩来一生史诗性的重大业绩和活动分成几个板块,但又没有按照时间顺序加以排列,而是根据情绪流动的心理动作线进行交错。剧中无中心事件("文革"只是一种社会背景、情绪氛围),无集中情节,事件大都无来龙去脉,多为中途切入、中途切出,有时只是点到为止。这是一种诗化的手法。这种诗化的手法是影片叙事流程的一个特点。

主观不确定时空是影片叙事流程的内在依据。从形式上来说,中途插入的过去时空好像断断续续,比较松散,但如果用周恩来思想感情的心理动作线把它串起来,那么,周恩来一生的伟业、思想、人格和对人类的价值便反映得比较完整。比如南昌起义、长征、日内瓦会议等。

西花厅、305医院是影片叙事流程的两个基本单元,是现在时空和过去时空的交接点。从办公室到医院,从医院到办公室,这是周恩来晚年的生活轨迹,它们构成了周恩来丰富多彩的生活图景和内心世界,集中体现了周恩来日理万机和鞠躬尽瘁、死而后已的崇高人格和伟大心灵。

西花厅总理办公室是周恩来人生最后十年生活的主要场景,也是影片叙事流程的主要时空。譬如转移贺龙一场戏,时间倒回到南昌起义之夜,起义总指挥贺龙和周恩来正在指挥震惊中外的南昌起义。回到现实,国家元帅贺龙向总理周恩来话别,被迫转移到西山。现在时空和过去时空的交错,将国家元帅与起义总指挥的贺龙加以映照,从而产生一种情感的撞击。同样,中国青年艺术剧院导演孙维世之死也是如此。一张死亡通知书使周恩来无比悲愤。时光倒回到过去,20世纪30年代延安时期的孙维世朝气蓬勃地骑着一匹马,到窑洞里向周恩来报告去苏联的好消息。看着照片上的孙维世,周恩来情不自禁,拍案而起。

305医院是周恩来办公室的延伸,也是影片叙事流程的继续与深化。1974年夏,周恩来病情恶化,住进305医院接受手术治疗。8月24日夕阳西下的傍晚,周恩来在305医院沿湖边回廊散步。这一天,是老舍先生的忌日,望着波光粼粼的湖水,周恩来思绪万千,想起了8年前老舍跳湖的事件,时光倒流到周恩来观看老舍话剧《茶馆》,画面上出现了一曲旧社会的悲歌。

影片的叙事流程还出现在历史镜头的组接上。譬如尼克松总统访华(过去时),十里长街送总理(现在时),既有一种现实性,又有一种史诗感。这种时空交错的叙事结构和流程不仅表现了周恩来一生内涵深刻的历史性,而且还产生了一种使人景仰的崇高性。

(原载《宁波日报》副刊 1991 年 10 月 5 日)

疯狂的爱神
——谈史蜀君的《燃烧的婚纱》

曾以"青春三部曲"享誉影坛的女导演史蜀君,1989年以来把视角转向了爱情文艺片。第一部《庭院深深》获得了"金鸡奖"三项单奖。去年她编导的第二部爱情文艺片《燃烧的婚纱》,今天又与观众见面。

《燃烧的婚纱》叙述的爱情故事和《庭院深深》一样悲欢离合、细腻动人,但其透视出来的力度和艺术感染力却大不相同。

主人公苏灿云由于爱慕虚荣而被费南诱惑,堕入情网,但因其地位低下而又被费南遗弃。当她得知婚礼上的新娘不是她,而是名门之后的夏家小姐时,精神上受到了极大的打击。但是,苏灿云没有因此而沉沦,而是从挫折中奋起,发誓一辈子也不会忘记对费南以及男性社会的仇恨和报复。为了复仇,她历经磨难,终于取得学位,并成为一个能与男人抗争的女强人;为了复仇,她利用了夏若强的感情,从而打进费氏家族,逐步并吞了费南的企业和家产。但事业上的成功并没有使她得到感情上的满足。于是,她导演了一幕独特的复仇活剧:费南被邀请到当年他们两人相爱时待过的一套豪华房间,她身穿当年费南送给她的高级礼服,和费南过去一样打开一道道华灯,与夏若强在婚礼舞曲中翩翩起舞。

往事的再现使费南在事业失败和家庭不幸的双重打击下悔恨交加。但影片没有像《庭院深深》那样按一般观众的欣赏需要安排一个温馨的"大团圆尾巴",而是采用一个非常冷峻的画面结局:一声枪响,费南自杀;一双眼睛,苏灿云若有所失。这个结局没有答案,但给我们留下了思考;这个结局有些残酷,却给人强烈的情感冲击。由此,我们看到了史蜀君导演走出了"爱的小屋",从而使生命更具力度。

(原载《宁波日报》副刊 1991 年 6 月 22 日)

见物不见人
——评《你好,太平洋》

陈家林导演的影片《你好,太平洋》以改革开放为背景,采用鸟瞰式、全景点的纪实手法和散点结构,以满腔热情的政治责任感,再现了经济特区十年来所发生的举世瞩目的巨大变化和重要事件。这种高视点、全方位、粗线条的表现形式,画面开阔、色彩明快、场面宏大,构成了一种时空交错的立体画卷,形成了一种崭新的视觉冲击力。然而,一旦这些炫目的景物在我们眼前消失,我们却难觅一个印象深刻、铭记不忘的人物形象。因而这种见物不见人的审美方式虽然能给我们带来一时的痛快,却难以使我们保持持久的审美满足。

《你好,太平洋》人物层次众多,人物关系错综复杂、曲折多变,从中央到地方,从香港到特区,从银行到码头,从自行车厂到电子行业,既有中央、省、市等高层人物,也有企业家、金融家等中层人物,还有打工仔、打工妹等下层人物,涉及政界、商界、金融界等,组成了改革开放的"关系网",构成了矛盾冲突的戏剧性。遗憾的是,由于编导过分地突出人物的思维,强调特区人的总体形象和散点结构,因而没有形成人物群像,也丧失了人物丰富多彩的个性。譬如劳资纠纷这场戏,场面盛大,气氛紧张,矛盾冲突尖锐,但序幕刚刚拉开,就被市长闭上了幕。结果,对市长和代表打工妹的"大姐"的刻画,都在这场风波中不了了之,显得非常尴尬。同样,拍卖土地、发行股票等几个场面也浅尝辄止,人物关系难以展开、深化。

影片中不同的环境条件和时空差异,没有形成人物性格的空间和时间变异性。因此,各个层次的人物只是一种类型、一个符号,难以看到丰富、独特、鲜明的个性特征。也许市长的性格比较鲜明一些,但我们除了看到他与高层、中层和下层人物的工作关系外,再也找不到别的什么了。和《大城市1990》一样,市长就是市委书记,市委书记就是市长。这种理想化的人物形象,难以显示各自独特的性格内涵,因而也难以给我们留下深刻的印象。

陈家林导演曾以善于驾驭人物关系、刻画人物性格著称。《谭嗣同》中的谭嗣同,《末代皇后》中的皇后,《百色起义》中的邓斌,《努尔哈赤》中的努尔哈赤和《袁崇焕》中的袁崇焕,都给观众留下深刻的人物印象。虽然《你好,太平洋》的视点和结构有所不同,但既然是故事片,那么塑造故事片的主体——人却是相同的。只有这样,影片才不至于见物不见人,观众才不至于看纪录片而不是故事片。

(原载《宁波日报》副刊1991年5月4日,本文获1992年全国群众影评征文比赛三等奖)

我看《渴望》中的刘慧芳

电视连续剧《渴望》播出后,一句顺口溜就流行起来:"媳妇要找刘慧芳,女婿要寻宋大成。"这种现象说明,凡是展示真善美的东西,总是能打动人心的。但我以为,刘慧芳不是做人的楷模,只是提供了一种道德规范。

有人认为在刘慧芳身上完成了对善的寻找,刘慧芳就是善的化身。其实,刘慧芳不能代表所有善的表现形式,因为人们性格的差异、经历的不同、奋斗目标的高低、为人处世的行为选择,也是千差万别的。同样是一个好人,他的"好"法就未见得和刘慧芳如出一辙。因此,在生活的道路上,我们不必太难为了自己,以为好人就只有刘慧芳一种模式。

(原载《宁波日报》副刊 1991 年 2 月 4 日)

人性的呼唤
——评白沉的"女性三部曲"

继《大桥下面》《秋天里的春天》后，68岁的白沉又献给我们一部女性题材影片《落山风》，从而完成了他的"女性三部曲"。

白沉出生于一个等级森严的封建官僚家庭。母亲是白家的三姨太，为人忠厚、贤惠，但家道的破落和家庭的歧视，使她的精神长期受到压抑，终于过早地离开了人世。母亲的苦难生活给白沉留下了人生的悲哀，也给了他艺术的启蒙。因此，白沉早就萌生了一个强烈的愿望：将来有一天，我一定要把中国传统女性的勤劳、任怨、吃苦的美德，封建礼教下女性的屈辱与不幸，封建道德观念束缚下女子的压迫与抗争，艺术地反映出来。从《大桥下面》到《落山风》，白沉终于完成了这一夙愿。

《大桥下面》叙述了城市青年秦楠在十年动乱中遭受的爱情创伤。《秋天里的春天》描写了妇联主任周良惠因为封建门第观念和世俗偏见的影响、束缚，难以得到爱的权利。《落山风》中的女主人素壁因为不能生育而被丈夫遗弃，被迫出家为尼。大桥下面、空房之中、庵堂里面，流露出了秦楠、周良惠、素壁的淡淡的哀愁，这是白沉"女性三部曲"的基调。

白沉的影片尽管流露出一种淡淡的哀愁，但又给人一种力量。这种力量便是人性的力量。从《大桥下面》到《落山风》，人性的呼唤始终是白沉影片的主题。秦楠因为精神的创伤而心灰意冷，但她终于在高志华的帮助下冲破社会的舆论，重新鼓起了走向新生活的勇气；周良惠失去了很多，罗立平的爱弥补了她失去的爱，使她重新焕发了青春；素壁在社会压力和偏见的摧残下锁上了感情的大门，林文祥炽热的爱使她泯灭的感情重新燃烧起来，她最终发出了"我是人，一个女人"的呼声。这种有着反抗精神的呼声，喊出了许许多多女子对于屈辱与不幸的抗争，喊出了时代的声音。

几千年的封建思想、伦理道德意识在现代女性中依然存在，男尊女卑、门当户对、听天由命等心理压力还在抑制、扼杀一些现代女性，白沉的"女性三部曲"正是在这个意义上对此加以解剖，并引起人们的思考。从秦楠、周良惠、素壁身上体现了艺术家对女性的苦难历程的思考，但是，这种思考似乎还可以更深一层。譬如《落山风》中的素壁，在林文祥的启发下，扭曲的人性得到转化，表现出一种反抗精神。但这种反抗精神仅仅表现在她的生育能力上，却没有以一种独立的人格去显示她的力量。也许导演这样处理是为了表现素壁自身的弱点、局限，从而给这个悲剧留下一些思考。但我觉得素壁的反抗既然并不意味着觉醒，那么她喊出的"我是人，一个女人"的呼声便找不到完整的照应。

妇女解放不仅表现在伦理道德上，而且表现在妇女的独立人格上。我们期待着白沉在下一阶段的艺术探索中，继续把视点放在妇女的命运上，并找到一种新的审美价值。

（原载《宁波日报》副刊 1991 年 1 月 26 日）

扭曲了的母子情

"母子之爱"是影片《妈妈,再爱我一次》的基调,也是它打动人心的情感之源。如果说这一母子之情体现在黄秋霞和小强母子患难与共、相依为命的磨难生活时是合情合理的话,那么,当黄秋霞把儿子送到曾经把她推入深渊,使她饱受耻辱和痛苦的林家时,便变得不合情理了。也许有人会说,黄秋霞将自己唯一的精神寄托——小强送给林家是母爱的升华,但事实上这是她向象征着父权社会的林家的屈服,也是母爱向封建宗法观念的屈服。

黄秋霞由于地位卑下而被林家抛弃,但她以极大的意志和毅力养育了小强。在她看来,小强就是她的精神支柱,没有小强,她的生活就没有存在的意义。因此,小强不能没有她,她也不能没有小强,这是一种纯洁高尚的母子关系。但是,当小强成为林家继嗣的时候,这种母子关系就被赤裸裸的宗法关系代替了。这种宗法关系是宗法社会的表现,它受社会保护,因而林家可以用钱财来买。所以,当林家用金钱得到小强的时候,编导的思想倾向也就暴露无遗了。因此,与其说黄秋霞向林家妥协,还不如说向那个宗法社会妥协。正是这个宗法社会,才使她一次次牺牲,放弃了自己的爱情和婚姻,也失去了自己的最后希望——小强,从而使自己的性格和精神扭曲,成为一个精神病患者。

可见,《妈妈,再爱我一次》一方面张扬了可歌可泣的母爱,另一方面也扭曲了这种母爱,这就是影片之所以以情感人、打动人心,却未能启发良智,从而培养人的健康心理的原因所在。

(原载《宁波日报》副刊 1990 年 10 月 27 日)

是是非非之间
——从《兵临绝境》看人物性格的矛盾运动

艺术运动中具有较高审美价值的人物性格的运动形式,总是不断地突破平衡态,又被拉回到平衡态,然后又要突破平衡态。于是,人物的性格就在这种双向逆反运动中发展、变化着。而这种性格的矛盾运动又总是处在随机变异的环境中。环境的变异作为一种外部动力推动着性格的矛盾运动,构成性格双向逆反的动态过程。《兵临绝境》具体地描述了这个动态的过程,从而使战争片中人物形象的审美价值又上升到一个较高层次。

《兵临绝境》不是描写敌我双方在战争中的对峙、较量和胜负,而是着重从战争一方这个角度(对方只作为一种气氛),叙述国民党新编22军在日军重兵包围、濒临绝境的环境中不断内讧的故事,刻画了22军军长梁梦征、312师师长白云森和311师师长梁晥育三人在环境变异的情势下背叛自己,又回归自己的过程。

梁梦征兵困陵城,眼看着故乡沦落,处于极度的不安和矛盾之中。他不愿出卖自己和22军,但在援军投敌、重兵胁迫的特定"异质环境"里,他又无法忍受巨大的环境压力。于是他签署了接受改编、投降日军的命令。然而就在签署命令的同时,梁梦征又因无法保持心理的平衡而饮弹自尽。他背叛了自己,又回到了原来的自己。

面对梁梦征的自杀,白云森策划了第一次反抗。为了摆脱绝境,冲出重围,白云森打着军长的旗号,抬着军长的遗体,指挥突围。突围的成功使白云森成为一军之长,他开始感到统帅的权威。在这种"异质环境"中,白云森开始背叛自己,他下令扔掉军长的遗体,并宣布军长是个签署投降手令的叛徒,以此树立自己的威信。

在这种情势下,梁晓育与白云森发生了冲突。梁晓育是军长的亲侄子,一直不露声色。当有胆有识的白云森第一次反抗时,他支持了他;而当白云森宣布梁军长为叛徒时,他的心理失去了平衡,起来反对白云森的决定。后来,当白云森被军长的贴身卫士周浩打死后,梁晓育终于在新的"异质环境"下背叛自己。他打死了周浩这个了解自己底细的心腹之患,也消灭了李兰这个藏有军长手令的表妹,收拾了残局。

梁梦征、白云森、梁晓育这三个人物各自的性格既对立又统一,这是他们性格运动的内在依据。而他们性格的内在运动总是处在"异质环境"中,因而随着环境的变异,他们性格的内在特征就会充分表现出来,原来的平衡态就被破坏,向着相反的方向运动。因此,我们不能简单地用好人或坏人的评判标准来衡量他们,而应当从他们性格的矛盾运动中去寻找依据。

(原载《宁波日报》副刊 1990 年 10 月 13 日)

"王朔电影"应当休矣

1988年以来,王朔的《顽主》《大喘气》《轮回》《一半是火焰,一半是海水》被搬上荧幕,掀起了一股强劲的"王朔"热浪,某些人竟吹捧1988年为"王朔电影年"。

关于"王朔电影"的评论一直是褒贬不一。有的认为,"无论王朔的作品有多大的局限性,都会具有认识价值和审美价值";也有人预言,"王朔电影"将在1989年的岁月中逐步被认识和理解。如今,1990年已经过去了不少日子,可是从《顽主》到《一半是火焰,一半是海水》,我们仍然难以认同。

正如有些观众所说,"王朔电影"塑造了一批"痞子"。这些"痞子"作为主人公,有的笑骂无常,游戏人生;有的贪婪无耻,玩世不恭;有的歇斯底里,超凡脱俗;有的纵情作恶,寻衅生事。他们在干了许多亏心事后"深沉"地忏悔。结果又如何呢?他们不是跳楼就是跳海。这种反传统、反文化和反理性的当代城市青年生活,也许"绝对真实,决不虚伪",但是,艺术真实不应该是"绝对真实"。因为"王朔电影"中的主人公那种空虚无聊、庸俗浅薄、失去信念的冷嘲热讽的心态和激烈反叛的行为,既不是当代城市青年较为普遍的精神现象,也不是20世纪80年代城市青年审美观念的主流。诚然,"即使是痞子也应该有对人生进行思考的权利",但是艺术家如果不对这种权利进行思考和批判,重新确立正确的价值取向,而是把它加以张扬,那就势必在指导思想上出现混乱,从而失去应有的审美价值,损害作品的审美品格。从"王朔电影"产生的社会效果来看,实在是不足为训的。

其一,庸俗无聊,格调低下。

影片《顽主》中"三T公司"的哥们儿玩世不恭的荒诞闹剧,《轮回》中石岜清醒时温情脉脉、迷乱时粗俗放纵的心态,《一半是火焰,一半是海水》中张明和吴迪的冷漠游戏、赤裸裸的"性解放"……这些扭曲的灵魂、病态的性格、戏谑的行为,充分展现了"王朔电影"游戏人生的生活态度。他们厌恶传统生活,追求所谓自由,放浪不羁,又没有健康的精神寄托,找不到出路。对于这些,如果不以正确的思想和行为加以引导,岂不只能以嘲讽、调侃和游戏人生的生活态度和行为方式糊糊涂涂地了却他们的一生?或许作者的意图是想通过这些人物,让观众"严肃地审视自己的生活方式和城市青年的精神内涵,从而呼唤理解,走出困惑,在选择中获得切切实实的人生答案",但是,用这种人生态度和生活方式来对待社会和个人,就能够改变他们自己的庸俗无聊吗?这种悲观主义的生命哲学和荒谬虚无的生活理念,难道能够在现实中找到人生的答案?显然,这种病态的游戏人生的思想倾向不能使观众"认可和理解"。其实,"王朔电影"的主人公所追求的东西,那种无政府状态别说在中国没有希望,就是在资本主义社会里恐怕也是难以找到什么好的出路。

其二,"隔离"观众,失去票房。

"王朔电影"是在我国电影体制转变和电影经济困惑中产生的。也许作者企图通过他作品中人物的生活历程,创造出一批"城市电影"来吸引观众和赢得票房,但实践证明,由于作者没有能够准确地把握好城市青年生活的基调和审美情趣,因此,非但没有取得预期效果,相反事与愿违,既"隔离"了观众,又失去了票房。从电影市场反馈的数据来看,"王朔电影"的拷贝发行量都是不多的,并属于低上座。

总之,"王朔电影"无论是从社会效益来看还是从经济效益来看,都是不足取的。

(原载《电影评介》1990 年第 7 期)

让生命更具力度
——评琼瑶片《庭院深深》的结尾

《庭院深深》所叙述的爱情故事和其他琼瑶影视片一样,主人公都在爱其所爱,然而又不得其爱。爱琳虽然身为柏家太太,但她始终得不到柏沛文的爱,当她得知方丝萦就是废墟中那个鬼魂——章含烟时,一场戏剧性的冲突发生了,她们都被爱折磨得"伤痕累累"。最后,方丝萦终于忍受不了这种痛苦而出走。这时,柏沛文的同父异母的兄长简非凡又前来柏家找柏母复仇,并买下了柏家的所有财产。于是,悲剧性的冲突便进入高潮。当我们听到复仇者的枪声,看到方丝萦奔赴火车站、爱琳前去寻找新的生活、柏沛文面对空房一无所有时,这种人生的磨难所爆发出来的悲剧,深深地打动了观众。

遗憾的是,导演史蜀君忍受不了这种惨烈。于是,影片的结尾出现了这样一个场面:柏沛文和女儿喊着方丝萦,方丝萦回头和他们拥抱在一起。这个"大团圆"的结尾虽然合乎情,但冲淡了剧情渲染的悲剧气氛和产生的悲剧效果,也有悖于影片"爱其所爱,然而又不得其爱"的题旨。因此,影片虽然细腻地展现了人物生命的磨难和情感的搏斗,但缺少力度。也许史蜀君导演的用意是期待观众在看完影片后,心灵得到慰藉,但我们也希望她能走出"爱的小屋",让感情更具震撼力,让生命更具力度。

(原载《宁波日报》副刊 1990 年 6 月 30 日)

一个"圆形人物"
——李慧泉形象赏析

谢飞执导的《本命年》塑造了一个有着复杂性格的当代城市青年形象——李慧泉。

李慧泉和"王朔电影"中的主人公有着相似的生活经历,但他不像"王朔电影"中的痞子那样,因精神空虚、困惑而找不到出路,采取游戏人生、反叛社会的生活态度。从对李慧泉这个复杂的悲剧形象的剖析与折射中,编导在呼唤重建一种理想、信仰和价值观念。

李慧泉带着心灵的创伤来到社会,经济的富裕并不能填补他精神的空虚。他抗争,要寻找精神上的慰藉。赵雅秋的出现使他的精神一度有所寄托,但这一寄托很快就消失了。现实使他的梦幻破灭,从而陷入深深的孤独与失望之中。他想摆脱精神的困惑,而又摆脱不了,于是徘徊、彷徨。最后,终于倒在冷清清的地面上,像枯叶和废纸一样毁灭了。

李慧泉的性格走向是真实可信的。他既有颓唐的一面,又有不甘颓唐的一面,不像"王朔电影"中的人物那样粗俗放纵,或以自甘堕落进行报复。他的毁灭既是周围环境所致,也是他自身多重性格矛盾发展的必然结果。从文学形象来说,这是一个典型的"圆形人物"。

(原载《宁波日报》副刊 1990 年 6 月 16 日)

徐义德和他的太太们

电视连续剧《上海的早晨》在展示民族资本家徐义德同工人之间错综复杂的矛盾冲突的同时，真实、细腻地表现了他的家庭生活，从而使剧情颇具观赏性。

徐义德的家庭由三个单元组合而成，用一道楼梯串联起来的三扇房门，营造出三个太太既互相联合又互相排斥的情感氛围。从三扇打开的房门里，我们可以看到由家具、服装、首饰等道具组成的三种色块——黑、红、白，它们体现了三个太太不同的经历、身份、地位和性格，大太太的德高望重（黑色）、二太太的热烈泼辣（红色）和三太太的娇媚洁雅（白色）。这三种色块以三个单元的时空形式出现，既各不相容，又统一在徐公馆的总体色调中，融合在三个时空的流程中，构成了多视点、多空间、多色块的结构现状。大太太老成稳重，地位最高，但她人老珠黄，深感自己已经得不到徐义德的宠爱，唯一能显示其地位的便是她的身份。所以，她在徐公馆总想摆出长者的姿态，以此维持她的面子。二太太虽还有几分风韵，但毕竟徐娘半老，也吸引不了徐义德。可是，她有徐义德独一无二的儿子徐守仁。这种得天独厚的宗法关系使她得以自豪。因此，她敢说敢做，甚至可以拧徐义德的耳朵。三太太年轻漂亮，是徐义德宠幸的太太，但她所处的地位使她难以摆脱孤独和屈辱，掌握不了自己的命运。徐义德虽然给了她最大的戒指、最多的金条，但她还是怕被抛弃。于是，她总是想用自己的姿色迷住徐义德,但心里又笼罩着一种淡淡的哀愁。结果,无聊、寂寞、苦闷、悲怨老是伴随着她,只能在争风吃醋中虚度青春。

　　三个太太都爱徐义德,虽然她们都从自己的地位和利益出发,各有各的小算盘,但当"五反"运动来到徐公馆的时候,她们异口同声,一致对外,都想保住徐义德,这与她们钩心斗角、争风吃醋的气氛形成强烈的对照。当徐义德在"五反"运动中"过关"回到家里时,她们就像从患难中得到解救一样彼此融洽、和谐,徐义德就在这种又矛盾又调和、又联合又排斥的情绪流动中摇摆不定,无论是物质上还是精神上总是摆不平。他虽在社交中精明能干,可是一回到家里就窝窝囊囊,像那道通往套间的楼梯,只好随其踩踏,顺其自然。不过,徐义德这道"楼梯"又是三个太太的中心,是她们的依靠和寄托。所以,她们都得依附他,这多少又使徐义德得到一些心理的平衡。

(原载《宁波日报》副刊 1990 年 2 月 3 日)

《开国大典》观赏

影片《开国大典》以其气势恢宏的历史画面和真切细腻的艺术手法,再现了共和国诞生的光辉历程,重点塑造了毛泽东和蒋介石这两个有血有肉的历史人物形象。

在影片中,毛泽东和蒋介石对于我们来说既熟悉,又陌生。他们既不是简单的好人,也不是简单的坏人,而是血肉丰满的普通人。为了真实地刻画他们的性格,影片展现了一些必要的细节,从而使他们的形象变得生动有力。譬如毛泽东进城后私察北平城,与市民一起吃小吃,并和大家一样掏钱付费;参加完人民英雄纪念碑奠基仪式后,毛泽东对着一盘小菜默默流泪,无法下咽。一餐饭钱、一碟小菜,这是极普通、极细小的道具,然而正是通过这些细节,我们领悟到了毛泽东的性格特征和内心世界。同样,影片在表现蒋介石这个反面人物时,也不是概念化、脸谱化的。蒋介石下野后退居溪口,但他对日趋不利的战事日夜担心。为了表现这种心态,影片在蒋介石的蚊帐上安排了一只若隐若现的蜘蛛。蜘蛛的出现,使梦中乍醒的蒋介石惊慌失措,以致将台灯也打翻在地。在台北,蒋介石把1949年10月1日定为"国耻日",全家禁止进食,饿得孙子大哭不止。这时,蒋介石不是骂娘,或者训斥孙子,而是拿出饼干给他吃。这既是意料之外,又是情理之中。

《开国大典》既注重历史的真实感,又融合艺术的真实感,在历只真实的基础上强化艺术真实。因此,影片不仅具有重要的认识教育作用,而且也具有艺术审美价值。

(原载《宁波日报》副刊 1989 年 10 月 14 日)

后　记

  2017年暑期,不知不觉已到退休时间,坐了几十年的办公室不能再坐下去啦。因此,除了工作交接,就是整理书籍和报刊。打开泛黄的旧报旧刊,从前那些发表的文章叠起来满满当当一摞。扔掉吧,可惜;留下吧,又嫌麻烦,居家小小的书斋已没有它们的容身之所。就在这个时候,我想到了何不出版一本文集,使它们有一个归处。

  大凡出一本集子,总得要有一个名字。记得清人李密庵有一首《半半歌》,写得饶有趣味,妙不可言,给我留下深刻印象。也许有人会说,《半半歌》是不思进取的借口,但林语堂先生却很欣赏,并把它写进《生活的艺术》一书中。林语堂先生很美妙地把《半半歌》的思想表达出来,认为这是一种健全的理想生活:名字半隐半显,经济适度宽裕,生活逍遥自在。或许这种生活不太完美,但我却心向往之。我虽然爱好读书写作,但又比较偷懒,学术只做一半,评个副教授,写点小文章就已经知足。且术业无专攻,所写之文一半是学术,一半是文学,非常随意散淡,不够专一,这正好用李密庵的《半半歌》作为借口,以此自娱,并由此想到用"半半"来作为这本文集的名字。

  这本文集所选的文章分为四类,一是散文,二是游记,三是书评,四是影视评论,大都发表在本地的两报一刊(《宁波日报》《宁波晚报》和《文学港》)上,但有几篇是退回来或者没有发表的,也一并收入,共83篇。排列以文章发表的时间为序。为了文体的统一,本书没有把发表在报刊上的学术文章归集。倘若以后有兴趣,再来出一本。

书稿整理出来后,忽然觉得自己似乎留下了一点文字。虽然文字不多,但毕竟留下了自己读书、写作、旅行的履痕,也记录了时代的印记,从中可以看到当时的社会风气和作者的审美情趣及价值取向。2000年以后,我已不写影视评论,可是有些读者朋友还常常记得我20世纪90年代写的电影评论。感谢报刊的编辑诸君录用我的文章,也感谢读者朋友记得我的文章。这次文集的出版,则要感谢宁波出版社袁志坚总编辑、编辑室沈建国主任和王苏编辑给予我出版上的襄助。

我还要感谢我的语文老师陈铭。"文革"时,作为"一代词宗"夏承焘的研究生,陈先生被下放到我家乡的一所乡镇中学教书,担任我们的语文老师。那时候先生不幸学生幸。陈先生不仅教我写作,而且还教我打乒乓球,我从他那里学习写作和打乒乓球的基本功,受益匪浅。"文革"后,陈先生回到杭州工作,任浙江省社科院文学研究所首任所长、研究员,我们曾有过联系。他退休后,我们见过几次面。没想到当我整理文集,准备请先生当面指教的时候,先生已经辞世,令人唏嘘不已。先生虽然不在了,但我不会忘记,在此写上这么几句,表示对先生的纪念!

当然,我还要感谢中国作家协会会员、著名散文家章倩如(笔名樵夫)对我写作上的帮助。我们相知相交30多年,一路上他带着我采访、写作,是我的良师益友。

最后,感谢《宁波日报》原总编辑、宁波市记协主席徐正。徐总编曾是《宁波晚报》和《宁波日报》的总编辑,见证了我在《宁波晚报》和《宁波日报》发表文章的过程,鼓励和支持我出版文集,并为我的文集作序。

王国安

2018年7月19日